辻村深月

使

者

ツナグ

高詹燦——譯

《推薦序一》

生者與死者的奇蹟再會，辻村深月療癒百分百

小葉日本台

非常欣賞這本書的題材和作者的發想，生者與死者的奇蹟再會，有被療癒到，很有意思，「辻村深月」這個名字，有前途，有必要記起來。

對於往生的至親、朋友、戀人、甚或只存於心中的明星偶像，你是否有著各種掛念？來不及說的告白？來不及問的疑惑？如果可以，願以一生唯一的請求，再見一次面？嗯，這樣的想念，我有，相信很多人都有，不然民間現實中就不會流傳所謂的觀落陰了。回到本作，生者與死者會面的遊戲規則：透過稱為「使者」的媒介連繫、生者與死者彼此都只有一次機會、見面場合選在滿月之夜的飯店房間，依此三步驟，有效時限天亮之前，請把握。

〈偶像的心得〉，本書第一個單元，使者完成的第一個任務，會面的雙方是否定自身存在的粉領族與不幸猝死的大明星。誰沒迷過偶像，明星的人氣全靠粉絲支持這個道理大家也都懂，但卻不致天真，不敢奢望偶像會把你當一回事，粉絲之於藝人只是一個集合的代名詞，少有例外。平瀨愛美是人氣明星水城沙織的粉絲，平凡的上班族，人生毫無亮點，乏味無趣的生命裡，唯有螢幕上的沙織是她存在的勇氣與意義，她透過管道找到使者想見沙織，即使被騙也無妨，但往生的沙織是大明星，應該有更多想會面的人，有何理由把這唯一的會面給單純的粉絲？「因為她想尋死」……，於是，溫馨感人的情節就此開展。

本書的五個故事，基本上就維持這般調性，感傷卻不矯情，失落但有曙光。除了上述粉絲與

明星間之初告解——〈偶像的心得〉外，尚有一家之主對病逝母親再也忍不住淚水和後悔——〈長男的心得〉；因為猜忌、妒忌致殺意交雜——〈摯友的心得〉；女友失蹤七年依舊堅信純愛——〈等候者的心得〉；以及最終章，被奶奶指定繼承，做為生者與死者間連繫的少年步美身世之謎——〈使者的心得〉等，五個短篇，五款思念，五種人生樣貌，有時候，最親近的人也是最不知該如何面對的人；有時候，我們必須學會如何面對這門課，才能整頓心結再出發。

關於作者辻村深月，最先知道這號人物是她的作品《今天是好日子》，在二〇一二年初ＮＨＫ改編成的連續劇，優香主演，調性輕鬆帶推理，質感不錯滿有趣的，初印象評價很不錯。《使者》獲第三十二屆吉川英治文學新人賞，改編的電影二〇一二年十月日本上映，單看預告片就是無敵催淚彈，屬辻村小姐第一本被引進台灣的文字作品，新的名字、新的視野、新的閱讀體驗，另人萬般期待。

另外一提，關於本書最後單元〈使者的心得〉，內容不僅描寫少年步美的成長心路，想見的、想問的、以及父母雙亡的心中疑惑外，也從步美當「使者」的角度，從不同的觀點看待這些藉由他牽線，進而完成會面的生者與死者間過程互動的種種，這其間有猶豫、爭執、怯懦、懷疑、當然更有卸下心防的不知所措與真情流露；若是就小說的寫作架構而言，這一章是前四個短篇的延續、補完，以更多面向的視野完備整個故事的輪廓。

這種有著各自獨立之短篇，並藉由主角前後呼應貫穿整部小說的創作模式，近年來頗常見，比如有川浩的《阪急電車》，比如三上延的《古書堂事件手帖》，比如辻村深月的這部《使者》等等，頗像那種每話完結，最終回再來個總交待的日劇腳本。有此說法，現在的年輕人不擅大量文字閱讀，時下流行的手機和平板反倒適合輕巧短薄的題材架構，無論如何，《使者》都是一本在文學上獲肯定，在故事上有拍成電影的價值，在市場上享口碑話題，再加上若能因這樣的書寫型態吸引更多新世代閱讀，那本書豈能不看不推！

《推薦序二》

這個作者了不起！——獨一無二的辻村深月世界

推理評論家／張東君

或許是因為個性太隨性，因此早早就「看破紅塵」，對生死之事看得非常開，就算哪一天老天爺或是閻羅王早早把我收回去，下輩子當顆石頭或是沙子也無所謂。所以，當我看完《使者》的內容時，第一個反應就是「不要來找我！今世因緣今世了啊！」當然，我也不會想要找什麼人，己所不欲，勿施於人嘛！

也因為這樣，《使者》所描述的世界和設定，的確是我從未想像過的。「使者」是「讓死者與生者見面的窗口」；而「一個人一生中可以有一次的機會，再見一次想見的人。一個人在死去以後，也能夠有唯一的一次機會，可以跟召喚自己的人見面。只是死者無法指名想見誰，只能被動地等人家來點名」。

這種像是都市傳說、鄉野傳奇的事，假如發生在你身邊，你真的得到使者的電話，有機會找一位逝者見面的話，你現在就有想見的人嗎？還是你想要把機會留到未來？

在這本書中一共有五篇故事，分別述說了五個半信半疑的人，各自以不同的心情委託使者讓他們與逝者再見，以及在會面後他們的改變。或有許多惆悵、許多哀傷，結局雖然不全是快樂圓滿的，但都讓讀完的人，可以反思一下自己是否有做過、經歷過什麼遺憾，然後趕快彌補，不要等到需要使者出面時再來尋尋覓覓。

能把故事寫得這麼優美、餘韻繞樑的，是才剛過而立之年不久的辻村深月。出道才短短八年，卻已經獲獎無數，同時也是今年最新的直木賞得主！她於二〇〇四年發表了處女作《時間停止的校舍》，並以此篇小說獲得第三十一屆梅菲斯特賞，出道成為作家。辻村從小就很喜歡閱讀，也像大部分的推理迷一樣經過了《福爾摩斯》系列、《少年偵探團》系列、日本的青少年小說或恐怖小說等的洗禮，接著在小學六年級時讀了綾辻行人的《殺人十角館》之後就成為他的忠實粉絲，寄過很多次信給綾辻，編輯部甚至讓她跟綾辻本人當「筆友」呢！於是在她取筆名時，也從綾辻行人的姓裡借了一個字。

辻村深月的興趣很廣泛，在愛讀推理的小學時代之前，最愛的是藤子・F・不二雄的哆啦A夢及小超人帕門、手塚治虫的作品，連玩遊戲都偏好背景設定是奇幻類型的，而她對推理和奇幻的感情，全都投射在作品中，構築出獨一無二、屢屢打破藩籬的世界。

於是，她廣闊的守備範圍，讓她在短短的八年作家生涯內，除了前述的梅菲斯特賞以外，還多次入選及獲得數個獎項：吉川英治文學新人賞、日本推理作家協會賞、直木賞、山本周五郎賞、山田風太郎賞……等等，共十三次！十三次喔！一年有一點五次！作品類型也是「族繁不及備載」。而她的《使者》也恰如其份地扮演了串接「此岸與彼岸」的角色，只不過這回並不是生與死，而是台與日、讀者與辻村。

《使者》在二〇一一年獲得第三十二屆吉川英治文學新人賞，並立刻被改拍成電影，今年十月六日電影就已經上映。這種速度也不是凡人可及，也許「使者」也居中協調了一些？

使者的出現，是我們在感覺虧欠、後悔、遺憾、疑問時的最後一縷希望，看完《使者》，若能讓你趁還來得及時「亡羊補牢」，那就趕快行動吧！

《推薦序三》

生死議題的新面貌

新生代實力派作家／謝曉昀

在某個時期裡，我大量吞嚥與閱讀眾多日本文學，感覺彷若被置入曲調紛雜亂竄的場域中；當然，許多現代日本文學慣性於靜美幽微中再異軍突起，猶如一張起伏不安分的心電圖：在古典畫作中，悄悄鑲嵌進一個不堪入目的赤裸身軀，或一隻驚世駭俗的人頭馬身。這些變異激烈的文學表徵或意象，皆開始衝擊不論是作者，亦或讀者的思維。

而這本由年輕作家辻村深月所著作的《使者》，她一反市面上所充斥驚世駭俗、煽情俗套的文學表現方式，反璞歸真地踏實在小說中，探討與描述關於生與死——這個既龐大繁複，卻又有過太多作家已深入描寫的核心命題。

眾人皆在意生命，也重視死亡；竭力地持續倒帶延遲人生中最美好的一刻；當消逝降臨，便嚴肅地辦場深邃隆重的葬禮。這無非是「大家都公平地遭遇不公平」（擷取《使者》中的一段），此生最公正的生命意涵；於是，生與死的剎那幻化，種種確切但又截然不同的可能性與意外，這其中所噴發出的璀璨光芒使人眼瞎目盲，各種微妙的傾斜讓人著迷，讓眾多作家與藝術家們傾心。

而作家辻村深月描繪生死的手法，一開始設定就極為特殊：「使者」——一個可以召換死者與聆聽生者之特殊人物，由此人為中心和橋樑，細膩又真實地把確切的「生」與「死」這兩個極端點，置於天平兩端，要擁有不同身分、背景，以及不同生命故事的人自己決定，是否要用罄此生唯一可見死者的機會？

這不只單純的是個機會或選擇而已。裡面包含太多複雜的思緒與心情：未完成、緬懷、疑惑困頓、遺憾亦或發狂的思念……這些潛伏於死亡表層上方的潛在意念，它們是否能成為洞悉此生唯一奇蹟（是的，能見到已逝者，毋寧是個莫大奇蹟）根深蒂固的決定？除此，當這些要求會面的生者與死者們，與主要橋樑之使者，居然不是毫無關係之人的時候呢？

小說中的層次波瀾翻騰、疊盪起伏；共分成五種不同生者面對死者的心得：偶像、長男、摯友、等候者、使者本身這五種設定；所有設定環環相扣，委託使者之理由不只深刻得無以復加，而理由與結局皆出人意表。

其中，最讓我個人著迷的，莫過於第一章的「偶像」以及第三章的「摯友」。

覺得自己的存在可有可無，粉領族平瀨生命中唯一有光亮的地方，就是電視上的當紅偶像沙織，當她得知偶像猝死後，毫不猶豫的把唯一一次見面機會用在沙織身上。身為萬眾矚目的明星，沙織居然也將自己的機會給了平瀨，只因在生前感受到這個粉絲的信中透露出負面的意圖。

此篇所蘊含人與人（儘管完全不相識）本質與本能上的互相信任與關愛，最直接徹底的純粹，沒有沾染到任何其他企圖與想像。無暇潔淨的此篇由辻村深月描寫起來，彷若是一幅溫和簡潔，色調溫煦柔美的古典畫作；其中，尤其對於無望猶如無底洞的孤獨感之抽象敘述，非常細膩深刻，讓人相當動容。

如果說〈偶像〉此篇是絕對的純潔無垢，那麼第三章的〈摯友〉，就是它的相反面，就是那陽光底部總會產生的黝黑暗影。

高中女學生嵐與御園是無話不談的好友，很一般的設定：她們是彼此最珍愛的摯友，是那位賦予自己學生時代除了讀書，回憶起來擁有深刻意義的唯一姊妹淘……但是，當尖銳的利害關係降臨到兩人身上時，友情當然是不堪一擊。

《使者》沒有自作聰明地高估人性，故事往理所當然的方向走：學校社團舞台劇選女主角的競爭下，御園意外地打敗了一向總是擔任主角的嵐，兩人表面上互相恭喜與道歉，維持一段時間的和平，但波濤洶湧的情緒使得友情產生無可復原的裂痕。

在情節中，小說不急不徐地抽絲剝繭出一個個微小的，看似無關痛癢的細節，女孩子微妙陰暗的勾心鬥角，以及在背對彼此的時光中，她們是用什麼模樣，戴上什麼面具去看待與面對整個事件，與其他人的目光。

這個章節到最後的結局，是最為突出亮眼的。

當然，我在此就保留此祕密等各位讀者自己揭開……只能說，當時慢慢進入最後尾聲的同時，我發覺我的心臟發出乾乾的跳動，拼命地調整自己的呼吸，爾後，那瞬間鑲嵌刺入心臟的情緒，是如此痛心疾首！只能讚嘆作家辻村深月刻劃人性功力之高明，還有劇情安排的巧思，的確讓人懾服。

《使者》不論在小說的設定與架構上，都極為緊密精準，齒輪般緊扣吻合生死的核心，亦顛倒反轉許多探討生死命題之書籍，遣詞用字皆極為優美，一開始翻閱就欲罷不能，結局更是讓讀者無法想像；這是近期內讀過最精采也最讓我深思的一部好小說，我個人相當推崇。

目錄

偶像的心得

一陣風吹來，我伸手拉緊大衣衣襟。

我將原本望向天空的視線移向一旁，發現少年就站在剛才空無一人的行道樹前。

「您是平瀨愛美小姐嗎？」

他突然出聲叫喚，我理應準備好的回答一時卡在喉頭，說不出話來。原本應該回答「是的」，卻發成了「嘶」的短促氣音，這反應令少年倒退一步。

我今天第一次在都營新宿線的這個車站下車，按照對方指定來到三號出口。一旁有家速食店，不過商業區的星期天就算開店也沒什麼賺頭，所以店內沒任何燈光。四周比較醒目的，就只有這家店了。我原本一直望著眼前大馬路上飛馳而過的車輛。

他是什麼時候來的？

「是的，我是平瀨。呃……」

我不知所措。

約見面的時間和地點沒錯。打從三十分鐘前，我便一直在這裡等候。不過，我從路上過往行人中搜尋，想像中的對象，年紀遠比他要大得多。

我重新看著他，猜想他背後會不會有其他人同行，但他似乎是獨自前來。

他像是個高中生，手裡拿著一本似乎使用多年的大筆記本，散發出一種時下年輕人的味道。雖然他沒染成一頭褐髮，也沒佩戴耳環之類的配件，但他的五官和體型都遠比我高中時代的男孩有型多了，是一位身材清瘦，外型亮眼的小帥哥。

他身上穿的藍色牛角釦大衣，袖口和連帽是另外採不同質料的格子狀圖案製成，只有肩膀部分鋪有皮革，也許是某個名牌貨——如果我和他同年，絕對不敢向前和他攀談。

「請問……」

我緊張的聲音，在舌尖處凝固。他對我說了句「我們走吧」，但我內心仍舊無法平靜。他像是在前方帶路般，邁步前行，我朝他背後問：

「您是代理人嗎？我……」

「我是使者。」

我頻頻眨眼。他轉過頭來，不耐煩地瞇眼看著我。

「我就是本人，不是代理人。我會問您一些問題。」

我為之愕然。

「我……聽說你會讓我們見面。」

「您不必擔心。」

少年正準備將手中的大筆記本收進掛在肩上的包包裡。大衣和包包都很時髦，和他的氣質很搭配，給人一種都會感，只有他拿在手中的老舊筆記本顯得很突兀。

他以異常嚴肅的口吻，一字一句清楚地說：

「我是使者，是讓死者與生者見面的窗口。」

他的聲音彷彿會將周遭一切聲響，甚至連同前方大馬路上的車聲一併斷絕，而我愣愣地聽著。

1

他帶我走了大約十分鐘的路，來到一家綜合醫院。這或許是一棟新建築，走廊牆壁和地板的奶油色都還亮麗如新，沒有明顯的髒汙，院內的店家感覺也都很陽光。

為什麼是來醫院呢？

是因為有人住院，才帶我來這裡嗎？我感到掛懷，但心裡猶豫該不該說，始終保持沉默。

由於是星期天，前來探病的人不少。有帶著小孩前來的年輕夫婦，也有像是來探望朋友，走路蹦蹦跳跳的國高中生。我們兩人走在其中，不知道別人怎麼看，一想到這裡，我便感到羞愧難當。一位注重打扮、模樣像高中生，看在同年齡層的年輕人眼中也會覺得是位帥哥的男孩，和一位大他十歲、看起來毫不起眼的女人。我雖然年紀還不滿三十，但看在他眼裡，應該像是位阿姨吧。人們常用「看起來很穩重」這種裹著讚美糖衣的虛偽言語，來批評我看起來很老氣。

在我前方的少年，踩著毫不遲疑的步伐，走在瀰漫藥水與消毒水氣味的走廊上；就像這裡是他熟悉的地盤似的，大搖大擺地走進一樓的餐廳。覆滿整面落地窗的牆壁最外邊有一扇門，裡頭好像是中庭，可以看到窗外有一群身穿藍袍的患者在享受散步之樂：有人和前來探病的客人同行，有人則是獨自坐著輪椅。

「這裡可以嗎？」

冬天的空氣冷冽，但多虧有日照，感覺不至於太冷，我點頭應了聲「可以」。

他先要我坐在一張無人的長椅，然後回到餐廳裡。過了一會兒，他雙手各端著一個紙杯走來，說了聲「請」後，遞出其中一個給我，是淡綠色的綠茶。我看了看他走來的方向，裡頭設有免費的茶水供應機。

我簡短的向他道了聲謝，接過紙杯。這句話是我用盡全身力氣、好不容易才擠出來的。醫院中庭以及自助式綠茶，都與想像中的使者形象有極大的落差。

因為工作所需，會參加嚴肅的會議，我為此買了粗花呢質地的便宜套裝。想到黑色素面大衣裡穿的是正式服裝，頓時感到放心不少，但同時也覺得有點遺憾。為了因應被帶到高級餐廳時，不讓自己給人突兀的感覺，枉費我還特地從衣櫃裡取出這套衣服呢！

「您是從哪裡得知使者的事？」

「咦？」

他沒坐在我身旁，而是跨向立在草地前的低矮柵欄，就這樣站在上頭。我旋即被他居高臨下的視線所震懾，立刻把臉轉開。突然想起自己最近很少和人目光交會，雙肩熱了起來。

「是透過網路以及網友，一路追查才知道的……」

網友告訴我，要見使者並不需要特定的介紹人。事實上，這名少年也沒問我是誰介紹的。

我做了個深呼吸。

在來這裡之前，我繞了不少遠路，也花了不少錢。也曾因為不懂得分辨手中的資訊是否能盡信，而被詐騙，花了冤枉錢。是真是假姑且不論，只有這次很順利的進展到取得聯絡方式的部分。如果眼前這名少年是真的，我只能說自己走運，原本抱持著半是放棄，半是就算再次遭遇詐騙也無所謂、自暴自棄的心態。儘管這麼想，但在我內心某個狹小的角落，仍舊相信那位不確定是否真實存在的使者。

「我一直以為這就像都市傳說一樣。」

我喃喃低語，他吹著仍熱氣直冒的紙杯，雙眼看著我。這個動作表示，他也能感應出東西的溫熱，展現出一絲人味，雖然這樣說有點奇怪，但我覺得稍微安心了。

「沒想到真的能見面。」

「——關於規則，您知道多少？」

這男孩的聲音，展現出令人難以置信的冷靜，彷彿我年紀小他許多似的，這令我的情緒更加委靡不振。

不過，反正我人都已經到這裡來了。

「大致知道。那是真的嗎？你真的能和死者說話？」

「我能讓你們見面。」

他以肯定的口吻說，聽起來也像是一種漠不關心的斷言。

「如果您想成是像恐山的巫女[1]那樣，您就錯了。我採用的方式，並不是像靈能者那樣，讓死者附身，接收他們傳達的訊息，然後轉述給您聽。我是替您準備機會，讓您和想見的死者會面，我始終都只是單純的牽線者。」

「我所聽說的也是這樣，在部分人士當中流傳，說你們是很久以前就存在的知名組織。」

「組織……」

他自言自語似的低喃，可能是我說了令他感到意外的話，但他並未露出不悅之色。

1. 青森縣下北前島恐山的一種巫女，可以讓亡靈附身，與人溝通。

「難道不是組織嗎？」

「我簡單地說一下重點：首先，使者會接受活人的委託，就像您這樣。得知您想和哪位就物理層面來說已經不可能見面的死者相見後，接受委託，回去與那位死者交涉，告知您想見面的事，確認死者是否有意與您見面。如果死者同意，就會開始準備。」

「是。」

這就是被稱作使者的人們。

是早在多久以前便已存在呢？還記得第一次聽聞時，感覺就像剛才他所說的恐山巫女一樣。政界的大人物委託使者，接受已故的大人物提出建言，或是某位藝人與早逝的朋友見面後熱淚盈眶，像這類的故事，就像是專門講給成人聽的童話故事般，多得數不清，而且說得煞有介事。大部分人聽了，只會一笑置之，然後說一句「怎麼可能」。

不過，聽說對知道此事的人來說，這是很自然的一種存在。這件事似乎很有名，就像財界人士或名人們都會以高薪雇用自己專屬的占卜師一樣。據說能否找到使者，關鍵有三。一是知不知道他們的存在，二是相信與否，三是接下來的運氣。

「你說能讓我和死者見面，這話怎麼說？」

他一語不發地望著我，眼中浮現的光芒像是看到某個不可思議的東西一般，彷彿在對我說──妳連這都不知道就跑來這裡了啊？

「死者的身體，已經不存在於這個世上，這是當然的吧？因為連喪禮都已經辦完，有人是火葬，有人則是埋進墳墓裡。」

「死者會以生前的模樣出現。」

他喝完綠茶，將紙杯擱在長椅上，從包包裡取出剛才那本大筆記本，視線落在打開的頁面上，像在朗讀上頭的文字般說明著：

「在使者準備的會面場所裡，死者的靈魂允許擁有實體，在世者不但能親眼目睹死者現身，還能用手觸摸。」

「真教人不敢相信。」

他對我不由自主脫口而出的話，沒任何反應，就只是望了我一眼。

「為什麼你能辦到？」

「您就是希望這樣，才和我聯絡，不是嗎？」

他冷漠的口吻似乎變得有點不悅，我猛然一驚，噤聲不語。

「您知道當中的原理，又有什麼用？您只要能和死者見面就行了。可以和擁有身體的當事人面對面直接交談，除此之外，您還有什麼奢望嗎？」

「……對不起，我只是不敢相信，『陰間』和『人世』竟然能聯繫在一起。」

「關於所受的委託，我都會全力執行。死者的靈魂是否願意接受另當別論，但我一定會全力進行交涉。」

他以制式化的幹練口吻說明，那時髦的大衣和年輕的外表，或許只是一種偽裝。我想起電視劇或電影上常看到的那些不具真實感的死神，往往都不是什麼誇張的怪物，而是以容貌端正的人類外型現身。

我小聲地應了聲「是」，他望著手中的筆記本詢問我：

「要先請教您幾件事，請告訴我您想見的人是什麼名字，還有死亡的年月日。」

「她叫水城沙織。」

我說出姓名後，他抬起臉。從他冰冷的眼神中，看不出任何情感。不過，如果他不是什麼死神，而是和我一樣生活在這個國家裡的人，那他一定知道水城沙織的長相和聲音，甚至是她死亡的情形。

「她於三個月前的八月五日過世，據說死因是急性心臟衰竭。以前沒有任何嚴重的病史，在死前一天還神采奕奕，真的毫無任何前兆。發現屍體的，是到家裡接她的經紀人。不過，這全都是電視上的綜合新聞節目和週刊雜誌上提供的資訊。」

我一面說，一面暗忖，之前不知道有多少人為了想見沙織而來找他。

我想起標題寫著「眾人喜愛的全方位藝人猝逝」的追悼節目和特別報導，在她過世後的一個月內，紛紛出現在所有媒體上。

2

我是在網路首頁上看到水城沙織死亡的消息，當時正值午休時間，我坐在電腦前吃便當。整天被工作追著跑，忙著處理雜務，時間轉眼間一點都不剩。當身體和精神都困乏之時，就算上網，視線也很少會在上頭的每一個資訊多做停留。就像例行公事般，只會大致以滑鼠點擊自己感興趣的新聞標題。

不過當我看到那行文字時，手上的動作立刻停頓，感覺呼吸困難，無法馬上按下滑鼠。

「水城沙織猝死」

這種毫無顧忌的言詞，讓人無法將超人氣的沙織與「死」這個字的印象連結在一起。會不會是哪裡弄錯呢？幾乎每天都可以看到她出現在電視上。

她的賣點在於曾是很受歡迎的酒店公主，就算開開黃腔，觀眾也能接受，再加上洗練的說話口吻，不會給人低俗感；華麗的裝扮以及強勢的說話態度是她的特色，在人氣正旺時，街上暴增許多模仿她打扮的少女。

我是個不學無術的傻蛋，真對不起啊。不過，我有很多朋友和支持者喔。

有許多藝人私底下都對水城沙織讚不絕口，她為人謙恭有禮，討厭不公不義之事，不過，其實她是個本性害羞、對愛情感到怯弱的可愛女孩。

她也曾擔任綜合新聞節目的播報員，儘管有過去那段不尋常的資歷，還是成為家家戶戶都喜歡的大牌明星，不分男女老幼都叫她「小織」，感覺分外親近。一方面，她總是毫不猶豫的就說出獨到的見解，而另一方面，某些語帶歧視、萬萬不能說的話，她也絕對不提，參與猜謎節目時的直覺和感性，不同於她的經歷和背景，讓人充分感到她的聰敏。

如今她卻香消玉殞，享年三十八歲，比我大十一歲。對我來說，從十幾歲時開始，她就一直在電視圈的第一線屹立不搖，我也對此習以為常。

面對這突如其來的噩耗，當初有人耳語說她可能是自殺，或是藥物致死。若光只是急性心臟衰竭這樣的死因，查不出她具體致死的原因，媒體和觀眾都不能信服。始終以開朗之姿在電視上表演的沙織，背後到底隱藏了什麼樣的黑暗面呢？正因為死人無法開口替自己辯解，所以媒體才會不斷追根究柢加以報導。

然而，說得繪聲繪影的這些傳聞，全都不可盡信。雖然她往日的經歷特殊，但與演藝圈背後的黑道人脈卻沒任何瓜葛，工作結束後，她頂多也只會出席慶功宴，或是喝點小酒，不曾有放縱脫序的行為，休假的日子也大多是一個人過。

開啟別人的話匣，做面子給別人，以及掌控現場的話術，她都可說是天才，但卻鮮少聊到自己的事。雖然也曾聊過自己在酒店小姐時代所吃的苦，以及一些古怪客人的小插曲，但關於她出社會工作前的事，卻都隻字未提。

水城沙織的父母離異，她並非生長在良好的家庭環境下，十幾歲的她，堪稱勇敢過人，她所體會過的辛苦和悲傷，我們都是在她死後才知道。

她的左耳幾乎完全聽不見，這也是後來才知道的事，那是她從小被母親再婚的對象家暴所留下的後遺症；之所以從事特種行業，似乎也是為了讓母親與那名男子離婚，而一肩扛起家計。經紀公司和她的熟識知道這件事，但沙織極力隱瞞左耳聽不見的事實，在不給人添麻煩的原則下，努力投入工作中。綜合新聞節目也一再用昔日的影片，播放來賓說話時沙織身子微傾、右耳往前擺出聆聽的模樣。

沙織二十出頭時，第一次在深夜節目中參與演出，踏入演藝圈至今已有十七年之久。身邊總是圍繞著許多朋友，不少大人物也都很喜歡她，但她從未傳出有男朋友或結婚的相關八卦新聞。

「那方面的事，就算是玩樂，我也會處理得很好。」

長髮、小麥色的肌膚、強調纖長睫毛的化妝方式，風格雖然被評為落伍，但至今仍是許多女孩爭相模仿的對象。儘管年紀已經不小，但看起來還是一樣年輕漂亮。

「欸欸，手機上有一則新聞，說水城沙織死了，妳們知道嗎？」

有個聲音從愣在電腦前的我身旁穿過，是柚木她們。「咦，真的嗎？」那群比我晚進公司的女孩們大叫，聲音與之重疊。

我抬頭朝掛在辦公室牆上的時鐘望了一眼，十二點半。她們平常到外頭的咖啡廳或餐廳吃午餐時，都會過四十五分才回來，今天特別早。

我心頭一陣緊縮，不知道她們會不會往這裡走來，但我還是把網頁關掉。

「太震驚了，真不敢相信，人家很喜歡水城沙織耶。」

「我也是。」

我收拾好打開的便當，起身到洗手間刷牙。我雙脣緊抿，一面避免與她們目光交會，一面在心中低語「我也是」。我的辦公桌最底下有個上鎖的抽屜，裡面放著一瓶香水，我想起玫瑰的香味。

我也很喜歡她。

水城沙織。

3

「電視上說，她是在八月五日上午十點左右，被人發現身亡，推測死亡時間是黎明，不過水城沙織前一天晚上從九點回家後，就都一個人獨處，所以正確的死亡時間也可能是四日深夜。詳情我也不是很清楚，抱歉。」

「您還記得啊？」

「咦？」

「從發現死亡的時刻，到推測死亡的時間，您全都還記得。」

我隨口應了一句「嗯，是的」。

「我還記得，後來看了很多篇報導，也預錄下綜合新聞節目。聽說水城小姐是倒臥在沙發上。」

水城沙織獨居的大樓，保全措施好像相當完善，但那並不是什麼豪宅，從中看得出她生活過得相當儉樸，令人意外。好像也沒有男朋友。

關於自殺和他殺的說法，事情發生三個月後，醫生提出正式的看法，說她是病死，輿論的風波也隨之平靜不少。關於自殺，至今在崇拜者之間仍有懷疑的聲音，但許多和她生前有交情的人都異口同聲地說「她不是那麼脆弱的人，我不希望這麼想」，也沒驗出任何和興奮劑有關的藥物反應。

我感到意志消沉，她明明是那麼樂觀開朗的人。

與她有交情的名人們，紛紛發表追悼感言，不少人在震驚之餘，還泣不成聲地大喊「為什麼？」上個月，她的友人們為她舉辦了「水城沙織送別會」，名人齊聚一堂為她的死哀悼，一般前來弔唁的民眾也大排長龍。

一名排在隊伍中的女孩，語帶哽咽地說「她鼓舞了我」。是個打扮成熟的少女，模樣看起來就像小一號的水城沙織。

「我和小織一樣，父母離異。但我後來從電視上知道，小織雖然處在這樣的環境下，卻不向命運低頭，這帶給我很大的鼓舞。」

這名少年使者平靜地向我詢問她的姓名以及她臨死時的情形，態度和問其他事項時一樣。就算聽到藝人的名字，也無動於衷。

這是與死者見面的唯一窗口。

認識的人驟逝，沒機會和他們交談，對此深感遺憾的人們，應該會抱持著求助的心情前來拜訪他。不知道他接觸委託者的頻率有多高。

少年突然取出報告用紙，是便利商店也有販售的廠牌，我也曾經見過。這令我感到意外，不知道他這樣算不算帶有生活感。

「水城沙織與您的關係為何？」

「我……單純只是水城小姐的崇拜者。」

少年瞇起雙眼，他一定覺得很疑惑。心想，既不是家人，也不是朋友，幹嘛要見她？可是他卻什麼也沒說，沒問我是因為工作的緣故、還是原本就對此感興趣。

我看到他朝報告用紙上寫下委託人（我）和沙織的名字，字跡稱不上秀麗，但也不難看，與他高中生的外表很相稱。可能是發現我正在看，他就像刻意遮掩般，把紙拉向身邊。

「您想見她的原因是什麼？」

「因為我是她的崇拜者，所以想向她道謝，感謝她帶給我鼓舞。」

「那我就寫原因一般，可以嗎？請問有見過面嗎？」

「沒見過面。」

我每回答一句，便羞得很想找地洞鑽進去，這單純只是崇拜者的自我滿足。也許就是因為不確定是否真能實現，我才會那麼認真調查如何與使者取得聯絡。

「我明白了。」他說，收起報告用紙，再次打開那本大筆記本。

「在您正式確定委託前，有幾件事我必須先跟您說明。」

「是。」

我在長椅上重新坐正。

「今天接受委託後，我會轉告水城沙織小姐您的姓名和想見她的原因。不過，水城小姐有權決定是否要接受您的請託。很遺憾，如果水城小姐拒絕，這次的委託就只能到此結束。」

「是。」

「還有，死者與生者會面，彼此都只有一次的機會；一位死者，只能和一位生者見面。」

「咦？」

我不禁發出一聲驚呼。

「那要是水城小姐已經有親人和她見過面呢？」

「以水城沙織小姐來說，就只有一次機會。很遺憾，如果是您說的那種情況，您就無法與她見面。」

「啊、嗯……這樣啊……」

感覺渾身力氣逐漸從腳底洩去，有種期待落空的心情。

「如果是處在死者也很想見委託人的這種『彼此互愛』的狀態，交涉便能成立，可以成功見面，但如果不是這樣，對死者來說，與活人見面的唯一機會將就此被剝奪，所以他們會拒絕要求。」

他歇了口氣，接著說：

「此外，使者不接受反向指定。可以從您所說的『陽間』跟『陰間』聯絡，向對方傳達我方的委託，並展開交涉。但『陰間』的死者，卻不能對『陽間』的生者有任何影響力。死者是等候的一方，只能捺著性子，等候有人想和死者見面時，委託我們安排見面。」

「是。」

面對這令人洩氣的回答，我聽得心不在焉。既然這樣，那應該沒辦法實現了，我心裡已經放棄。想和水城沙織見面的人應該有如過江之鯽，我只是眾多委託人的其中之一。我並不想妨礙水城沙織與她真正想見的人會面。

突然冷靜下來後，我再次覺得很尷尬。就只仗著自己是她的崇拜者，便抱持著一份微薄的希望，感覺似乎把水城沙織看得太隨便了，我對此感到內疚。

那名少年使者翻著手中的大筆記本。

「對死者來說，如果他們想見的『思念者』順利出現，那自然很好，但有時也會因為最後一直都沒出現，而對錯失一開始的委託感到後悔。基於這個緣故，死者對於是否該和生者見面，也會很謹慎，這點希望您能諒解。」

「嗯。」

「還有，這項條件對您來說也一樣。」

他從筆記本上抬眼望向我。

「我也一樣？」

「每個人在『陽間』的時候，只有一次機會可以和『陰間』的死者見面。如果您此刻在這裡和水城沙織小姐見面，日後就再也不能和任何人見面了。」

「在『陽間』的時候，和在『陰間』的時候，各有一次機會對吧？」

「是的。不過，若是水城沙織小姐拒絕，您的委託便不算數。僅限於委託實現，真的見到面才算，日後還是能再針對不同對象進行委託。」

我死後，有人會像這樣委託他安排和我見面嗎？我自嘲，不禁暗自苦笑。答案是什麼，再清楚不過了。再說除了水城沙織外，我想不出自己還想見誰，可能以後也是一樣。

雖然規矩很嚴苛，但這或許是個不錯的條件。

陽間與陰間的出入口，如果能讓陰陽兩地相連，一定會有許多人蜂擁而至。這麼一來，死亡就不具任何意義，感覺就連活著的意義也會因此變得淡薄、模糊。

「水城沙織小姐還沒和任何人見過面嗎？她已經過世三個月了，除了我之外，應該有不少人來委託你，想和她見面吧？」

「關於其他的委託案件，一概無可奉告。」

我猜想，今天的會面可能會徒勞無功，所以想趁這難得的機會再多問一些。

「可是，如果你已經知道結果，請不要再故弄玄虛，就實話告訴我吧。要是水城小姐已經和她想見的人見過面，升天成佛去了，那我也會死了這條心。」

「升天成佛？」

之前一直面無表情的少年，此時微微皺眉。他喃喃低語著，微微點頭，一副心領神會的模樣。

他臉上浮現看似微笑的表情，但旋即又消失，恢復原本嚴肅的神情。

「我應該沒用過升天成佛這種說法才對。」

「但不就是這樣嗎？見過面之後，就能心滿意足的升天成佛去了。因為對死者來說，已經再也了無牽掛，不是嗎？」

「我不懂您的意思，如同剛才我說的，我無法向您解釋它的原理。」

「真小氣。」

因為他露出和他年紀相當的笑臉，我才得以用稍微輕鬆的口吻和他說話，感覺宛如從夢中醒來一般。他說了句「真的沒辦法向您解釋」後，再次望向我。

「您只有一個晚上的時間能和死者見面，接下來我會展開交涉，如果對方同意，便會指定時間和地點，通常是從傍晚七點一直到天明，如果是以現在這個時節來看，大約就是到早上六點。」

「要是我抱持著姑且一試的心態，委託你辦理，這樣也沒關係嗎？」

「是的。」

雖然幾乎沒抱持任何期望，但我看他仍繼續說明，難道水城沙織仍未和任何人見過面嗎？使者的存在確實很與眾不同，教人不敢相信。我明白自己能在偶然的機緣下找到這裡，已經算極為走運，但這應該是就我這種普通人來說吧。像沙織身處的演藝界，以及政經界，一定很多人都知道使者的存在。

「如何，您要正式委託嗎？」

「那就麻煩你了。」

如果只是以一名崇拜者的身分，列名在眾多委託人當中，那就這樣吧，我已經很滿足了。雖然很想去「水城沙織送別會」上香，但那裡一定是現場實況轉播，想到有可能會上鏡頭，我便裹足不前。而且那天我要加班，無法脫身。

「我明白了。」

也許剛好正值這個時間，中庭的患者和探病的訪客減少許多。當我正準備從長椅上站起，離開這裡時，突然想到一件事，

「為什麼是選在醫院中庭呢？我還以為你會帶我去見某個人呢。」

他點頭應了聲「喔」，似乎覺得這沒什麼好大驚小怪，沉默片刻後接著回答：

「因為去咖啡廳得花錢，不過，去麥當勞那種地方又嫌吵。」

我大吃一驚，一時無言以對。他與我四目交接，臉帶不悅地問了一句「怎樣嗎？」

「是為了節省經費嗎？」

這很像是高中生會講的理由，他瞇起眼睛。

「不行嗎？」

「不……啊、對了，關於費用……」

我太疏忽了，由於一直當它不可能實現，所以一直到最後才確認此事。

「我該付多少錢呢？如果委託實現怎麼算，沒實現又該怎麼算？」

既然正式委託，就算最後沙織拒絕，應該還是得支付一筆手續費。「喔。」他用剛才回答節省經費時的口吻，意興闌珊地點了點頭。我等候他的回答，心裡很緊張。聽說要數十萬，有時甚至高達數百萬，要是我的積蓄足以支付就好了。

「不需要。」他回答。「什麼？」我瞪大眼睛，他再次以很不耐煩的表情說：「我這是當義

工。」

「怎麼可能……」

真不敢相信，我在很多情況下聽過，什麼免費啦，當義工啦，全是誘人上當的詐騙手法。

「聽說這得花好幾百萬，我已經有心理準備，請告訴我吧。」

「沒這個必要。」

面對我的糾纏，他的眉頭皺得更緊了。

「可是……」

我喃喃低語著。他一把從我手中拿走紙杯，從中庭走向餐廳，將紙杯丟進垃圾桶時，他再次轉頭望向我，眼中泛著不可思議的光芒，

「聽您的意思是，明明不知道會收多少錢，搞不好是一筆高額的天價，但您為了和水城沙織小姐見面，仍執意要正式委託是嗎？」

「是的。」

我和電視上那名流著淚說「她鼓舞了我」、像是小號水城沙織的少女不同，我連妝都化不好。不重打扮的外貌，看起來應該很不像是她的崇拜者。

雖然我早有自覺，會被當作一個奇怪的女人，但我還是點頭回應。

4

「心理感冒」，這是一種委婉的說法。

四年前的我就是這樣，某天正準備去上班時，卻怎樣也沒辦法坐進電車內。在離我公寓最近的車站裡，通往月台的階梯長得教人無法置信，感覺永遠也到不了頂端。我覺得自己無法走完每一階，就這樣臉抵著扶手，緩緩喘息，前額和腋下冷汗直冒。

儘管心裡想，再待下去鐵定會完蛋，但我還是強忍噁心作嘔的感覺，坐進電車，雖然最後遲到，但還是到公司上班。

或許有人問我，為何要這樣勉強自己？不過，一想到人們看到我請假會怎麼想，背地裡又會怎樣說我，便覺得苦撐著坐在自己的座位反而還比較輕鬆。說來也真不可思議，只要我到了公司，身體就會任憑源源而來的資料和雜務擺佈，等到回過神來，往往已經是下班時間或加班時間。在同事們幾乎都已回家的情況下，為了節省能源，整個樓層的燈火全熄，只會留頭上的一盞燈，處在這樣的氣氛下，我才不會感到呼吸困難。

如果可以自己一個人默默的做事，就算是工作我也喜歡。只要沒有同事們親暱的談笑聲——只要我不覺得他們是在瞧不起我、嘲笑我，即使自己一個人獨處，我也感到很自在。

「真搞不懂平瀨在想些什麼。」

和我同期進公司的柚木，外型很亮眼。儘管她把公司發配的制服裙改短，因指甲油和髮型而被上司警告，但她是個很善於用柔軟身段化解危機的女孩，不會讓人感到不愉快。同期進公司的女性員工，就只有我和她。在什麼都不懂的菜鳥時代，我都和她一起吃午餐，感情融洽。

我從以前就沒什麼朋友，也很習慣這樣的自己。從小就喜歡一個人看書，過悠哉的生活。我不喜歡一群人聚在一起喧鬧，沒什麼特別想要或想做的事，也許是因為我很明白自己有幾兩重。

家父很擔心我會一輩子嫁不出去，也常說「搞不懂她在想些什麼」，他是地方上的國立大學教授，我家從祖父那一代，便都是學者出身，此事左鄰右舍無人不曉。大我三歲的哥哥遺傳了家中的血脈，打小就成績優秀，而且還擔任過學生會裡的幹部，個性活潑，所以備受父母疼愛。他們向來都只對哥哥的事感興趣，不太理會我。家父曾以半放棄的口吻對我說：「妳是不是心裡想，女人只要日後找個人嫁就行了？」那是我高中時的事。

「妳就快點嫁人，當個家庭主婦吧！」

雖然不是為了結婚，但我還是離家隻身來到東京。父母期望的大學，我一所也沒考上，最後唸了一所他們眼中「沒名氣」的大學。雖然他們替我出學費，但在就學期間很少和我聯絡。我大學畢業後，便拒絕再收家裡寄來的生活費，當時家父還語帶嘲諷地說「妳有這個能耐嗎？」但也沒極力反對，從此不再寄錢給我。所以我沒辦法跟公司請假，也不能繼續跟父母撒嬌，說我沒辦法坐上電車。

上班一陣子之後，有一次回老家時，發現鄰居都以為我結婚嫁到國外去了，這是家母放的風聲。家母是一位家庭主婦，很重面子，深以家庭和家人自豪。她跟周遭人說，雖然女兒一點都不出色，但後來還是跟一位理想的社會菁英結婚，隨先生調派海外去了。

「要趁別人沒看到妳的時候快點回來。」

母親歉疚地說，但我不太懂她那歉疚的表情有何含義。

不過我早就習慣了。高中時，我曾在街上遇見哥哥和他女友，當時哥哥把臉撇向一旁，就這樣從我身旁走過，視若無睹，一樣的情形。「咦，她是誰啊？」哥哥的女友問，他只是不屑地應了句「我妹。」「這樣啊。」感覺得到他的女友轉頭望著我。

「長得不太像呢，她看起來很文靜。」

文靜、穩重。

周遭人對我的評語，其實都錯了。雖然我既不文靜，也不穩重，但我猜大家真正想說的話其實是——她看起來很無趣。

在公司裡，柚木向我邀約的時候也是如此。

「平瀨，妳好厲害喔，總是看這種磚頭書，像我就沒辦法，一看到字多就投降。不過偶爾也該出去玩玩吧？業務部的前輩們問我們要不要一起去喝酒，有不少帥哥喔。就當作答謝之前妳替我加班，我們去大喝一場吧。」

她愈來愈常將自己的工作丟給我做，完全不當一回事，看她一臉無邪的跟我說「拜託啦」，我總是無法拒絕。擁有許多「樂子」的柚木，總有很多事要忙，她以為我一定都是閒著無事。和人聚會，以及自己獨處，就算兩者樂趣一樣，我還是覺得應該以前者優先才對，我的樂趣就是不給人添麻煩。不過最重要的是，我害怕開口拒絕後，會被柚木討厭。

午餐的餐費和一起坐計程車的車資，她總是說「拜託幫我墊一下」，就算日後提起，她也常是用一句「我現在沒錢」含糊帶過，柚木和其他前輩都是這樣。

「如果她多的是時間和錢沒地方花，給我不是很好嗎？」

有一次我曾聽她在茶水間這麼說。

「只會存錢，卻沒地方花，根本就是暴殄天物啊，真可憐。」

先前她曾告訴我，和業務部的人一起喝酒，男方會付帳，不必擔心。

當時喝的幾乎都是我沒喝過的酒，而我自己也沒半點自覺，沒先評估能喝多少。喝第一杯的時候，明明還覺得很舒服，但乾完第二杯時，已經雙腿發軟，頭痛欲裂；周遭傳來的聲音，分不清哪些是真正的聲音，哪些是我自己的幻想，我大概有很強的被害妄想症，明明不想給人添麻煩，最後卻還是造成別人的困擾，我的加害妄想一定也很嚴重。

——呵呵，學生時代總該有過喝酒或酒醉的體驗吧？難道她沒有朋友？

——她總是看一些陰沉、恐怖的書。雖然我也常警告她，要是老看那種書，小心會被詛咒。

——真是浪費人生啊。

——她有朋友嗎？

「妳要不要緊？」

待我回過神來，發現柚木正看著我。

我發現自己的呼吸有異，就像在發笑似的，頻頻吸氣。我不想讓她擔心，勉強擠出笑容，

「我不要緊。」

頭痛欲裂，噁心作嘔，全身沉重無力。我心想，要是閉上眼睛，就這樣失去意識，也許會輕鬆許多。好想早點自己一個人獨處，好想一個人靜靜。

在白茫的視線前方，業務部的男同事們揮手叫柚木過去，她轉頭應了聲「來了」，然後看著坐在地上的我。

「接下來我要去趕第二攤，妳自己一個人沒關係嗎？只要走到車站前就攔得到計程車，妳應該沒問題才對。不好意思，要是不去，對邀我來的前輩可就過意不去了。」

「我沒關係。」

我希望她早點走，我看的書，在她眼中就像詛咒是嗎？

如果我能像柚木一樣，成為一個不需要書的人，那我老早就那樣做了。

柚木朝那群男人走去，聽得到他們的聲音，「她說沒關係嗎？」「嗯，她可以自己回去。」

過了一會兒我才發現，自己只有吸氣，而沒吐氣。柚木他們的身影逐漸從我眼前消失，好不容易只剩我一個人，我頓時感到安心不少，鬆了口氣，眼淚幾欲奪眶而出，但接下來卻是呼吸更加困難，不知如何是好。

我會變成怎樣？

小週末走在路上的行人，幾乎全都醉態可掬，個個一臉快活。雖然也有人的目光在我身上稍作停留，但也僅只是瞄一眼，便從旁邊走過。這樣正合我意，不希望有人理睬。

好痛苦、好難受。

眼角滲出淚水，我深感懊悔，明明向來都很小心，不讓自己出醜。我明白自己長得很不起眼，不討人喜歡，所以一直提醒自己，至少別給人添麻煩，別讓自己做出醜事，可是現在卻……

一名頭戴帽子、身材高挑的女子從我面前走過。豹紋的毛皮大衣，搭配黑色皮褲，腳下踩著釘有鞋釘的馬靴。居酒屋的霓虹在鞋釘的反射下熠熠生輝，令我視線更加模糊。好棒的身材，隔著長褲，還是看得出底下有雙細長的美腿。

我頓時覺得，很難相信自己和她同樣是人。

每次看到俊男美女，我都會這麼想，感覺這些快樂的人看到我總會說些壞話。不過，他們也的確有資格嘲笑我，所以這也是沒辦法的事，這名女子一定也是這樣的人。

穿著長靴的女子停下腳步，接著快步往回走。我因為不想和她面對面，而刻意閉上眼，耳邊傳來一聲叫喚。

「要不要緊？妳這是呼吸過度對吧？」

我答不出來，雖然希望她別理我，但我真的很難受。

「妳一個人嗎？朋友或同行的人呢？妳喝了酒對吧？」

她把鼻子湊向我面前，確認有無酒味，接著蹲下身。我聽到某個東西散落在柏油路上的聲音，感覺有某個東西抵向我嘴邊。

「吐氣！」

摟住我肩膀的手，順勢輕拍我的背。我微微睜眼，這才明白她用塑膠袋罩住我的嘴巴。我專注地呼吸，塑膠袋配合我的呼吸膨脹、萎縮，一再反覆，袋子裡有化妝品的氣味。我一時嗆著，差點咳了起來。我把臉轉離袋子，這時傳來一個生氣的聲音。

「妳吸就對了，就只有這個袋子，這也是沒辦法的事，將就點用吧。」

除了化妝品的氣味外，我還從她身上聞到玫瑰的氣味，香甜宜人。這次我就沒再嗆著了，可以很平靜地向她點頭回應。

也許是意識模糊的緣故，我的記憶斷斷續續，足足花了三十分鐘才平復，她一直在旁邊陪我。

說喝醉了，只是替自己辯解的藉口，獲救的我方寸大亂，不知如何是好，眼淚就像一直在等候呼吸平靜似的就這樣落下。以前我哭泣的次數寥寥可數，但這次竟然放聲大哭。我低聲說自己已經受夠了，感嘆人世的不公。

「咦，怎麼哭了呢？喂……」

對我出手相助的女子，一臉困惑地說道。但她並未起身離去，而是再次輕拍我的背和頭。腳下散落許多睫毛膏、粉底，還有連我也知道名稱的國外品牌化妝品。她撿起因我的唾液和呼氣而變得扁塌的塑膠袋說著「啊，這下不能用了」，接著撿起掉落的化妝品，像在清除髒汙般，一一用手指擦拭，放進包包裡。

「妳啊，要是坐在這種地方昏倒了，會被壞人帶走喔。因為這世上就是有人專門撿像妳這種被丟在路上的女人。」

「我才不……不會呢。」

像我這種女人，才沒有男人會撿去呢，我本想這樣解釋，但發不出聲音。

「很多女人就是覺得自己很安全，才會嘗到苦頭，妳真的要很小心喔。」

她戴帽子的臉轉向我，接著說：「不過話說回來，還真是過分呢，」

「妳明明就已經喝得爛醉，妳的同伴卻還把妳丟在這裡，真過分。勸妳最好和他們斷絕關係。」

她說這句話時，露出帽子底下的雙眼，我看了之後大吃一驚。我見過她，一位和我身處不同世界的美麗女子。

那只是一眨眼間的事，也許是我認錯人。

「再見囉，」她說，「接下來妳可以自己回去吧？還是要我帶妳到搭計程車的地方？我看應該用不著叫救護車，而且，要是真那麼做的話，會引發不少風波，到時候引人側目，那可就傷腦筋了。」

「我不要緊。」

我目瞪口呆地回答，女子點點頭說了句「這樣啊」，離去時嫣然一笑。

「這世界不公平，是理所當然的，大家都很公平地遭遇不公平。不管對任何人來說，Fair都不存在。」

她以強勢的口吻斷言。「還有，」她接著又加上一句，「『酒可以喝，但別被酒灌醉』，這是我的座右銘。」

大馬路上依舊熙來攘往，在招牌的五彩霓虹，以及拉客招呼聲和醉客們的喧嘩中，她的背影逐漸隱沒。她剛才坐的位置，留有她用過的塑膠袋，是知名折扣商店的黃色塑膠袋。

所幸之後再也沒有這種喝酒的機會，有過那麼一次後，柚木也沒再開口邀我，她馬上便和其他前輩以及後來進公司的新人混熟，漸漸也沒跟我一起吃午餐了。

後來我曾獨自前往那家折扣商店的化妝品專櫃。

我不想讓自己出醜，明明是醜女，還努力想打扮自己，再也沒有比這更難看、更丟臉的事了。正當我對自己來這裡的事感到後悔時，我在香水專櫃前停下腳步。這些標榜比正規價格還要便宜的水貨前面，各自擺出附照片的廣告，明示有哪些藝人也是它的愛用者。

「水城沙織使用」

我拿起一個寫有這行字的紫色瓶子，將試用品抹在手掌上嗅聞，傳來濃郁的玫瑰芳香。那聽起來帶點慵懶，但語氣堅定的聲音，我很熟悉；買了一瓶香水後，我就離開了。

後來我逐漸習慣坐電車，現在已經能正常上班，不會感到噁心作嘔，不知道這樣算不算好事。一切都沒改變，只是我已經習慣了。抽屜裡放著一瓶和我很不搭調的紫色香水瓶，我不想讓人看見，所以都會上鎖。這是我有生以來第一次藏著祕密，覺得有點緊張刺激。

我寫了封信，信中提到我是她的崇拜者。

也曾自己烤餅乾，以低溫宅配寄送。

藝人應該會收到不少禮物或書信，我不認為她會看，但這樣也沒關係。我曾在寄出親手做的餅乾和奶油蛋糕後，發現某位偶像的部落格上寫著「請勿寄送食物當禮物！」看得我冷汗直流。

「各位替我加油的這份心意，我很高興，但世上形形色色的人都有。就算直接由店裡寄送，還是覺得有點奇怪。還有沐浴精油、化妝品、塗抹在肌膚上的用品等等，也都不適合。」

雖然這個部落格惹來很多批評的聲浪，但我對此深切反省。自己親手做的食物，以及只寫我個人日常生活點滴的信件，雖然不確定有沒有確實送達，但這肯定對她帶來不少困擾。對於我送的禮物和書信，她當然一次也沒回信。

其實我原本不喜歡電視和藝人，他們看起來很歡樂，和我截然不同。

但我很想看水城沙織，所以我不斷看電視。

就連哥哥結婚典禮當天，我也都待在家裡看水城沙織的電視節目。哥哥和家父一樣踏上學者之路，如今人在國外，連結婚典禮也是在國外舉行。家母打電話來對我說，我們大家要一起去，妳不去也沒關係對吧？我回答她「好啊，沒關係」，只透過電話道賀。

我常想，這個妹妹有跟沒有一樣，和死了差不多，要是打從一開始就不存在於那個家庭就好了。

5

「她說願意見您。」

聽他在電話那頭這麼說時，我一時間不明白發生什麼事，無法理解他那句話的含義，腦中一片空白。

當時正是午休時間，我一如往常，獨自坐在電腦前上網吃便當，這時來了一通電話。

「咦？」

「水城沙織小姐說願意見您，我想告訴您日期，可以嗎？」

「啊，好的……不好意思，請稍等我一下。」

我驚訝莫名，按著手機快步走向更衣室。我每天幾乎都沒安排任何行程，但還是想確認一下記事本。心跳得好急，就像發高燒似的，雙腳使不上力。

正當我準備走進更衣室時，裡頭傳來一陣笑聲。

我縮回緊按手機的手，停下腳步，打消走進更衣室的念頭。我想到午休時間即將結束，裡頭有眾多女員工在補妝的現場氣氛，到時她們肯定會注意到我的素顏。

原本雀躍的心頓時變得沉重，我再次將手機貼向耳邊，小聲地說了句「沒問題」。

「請你說吧，我隨時都可以。」

沒地方可以讓我跟他好好說話，安全梯有一個吸菸處，那裡擠滿抽菸的男人，就連屋頂也有許多午休時間固定會待在那裡的人。眼下唯一的容身之地，就只有我那狹小的座位。

我躲避別人的目光，漫無目標地邊走邊講手機，使者告知的日期是兩週後。

「如果這天您不方便，那我改天會再跟您聯絡，到時候或許會間隔一個月後。」

「沒關係，這天是有什麼含義嗎？」

「是滿月。」

他直截了當地回答，我很驚訝，接著莫名感到心領神會，月亮確實很有神祕氣氛。

「滿月時的會面時間最長。那麼，等地點敲定後，我再跟您聯絡。」

「請問……」

在他掛斷電話前，我急忙插話，他的聲音還是一樣冷靜。

「有什麼事嗎？」

「為什麼她肯和我這樣的人見面？我真的可以嗎？」

她沒有任何理由和我見面，雖然我已經正式提出委託，但現在我重新意識到自己這麼做有多大膽、事態有多嚴重，這令我感到雙腿發軟。

「這是水城沙織小姐個人的決定，再見。」

掛斷電話後，我仍緊握手機良久。如同從地板傳來震動般，我從腳尖依序開始全身顫抖。正當我呆立原地時，耳邊傳來年輕女孩的聲音，「您說是吧，前輩……」

我急忙將手機放進制服口袋裡，現在她們應該已經離開更衣室，這次我一定要利用這短暫的時間去拿記事本。

6

上次是約在醫院中庭，但這次指定的見面地點，卻是一家位在品川、剛蓋好的高級飯店。我開戶的銀行都是以住宿券或餐券當活動贈品，所以我很清楚。這家飯店的名稱是片假名，不管聽幾遍還是很容易忘，是一家豪華氣派的飯店。

如同那名少年使者所說，今天是滿月，一個月光皎潔的夜晚。我背對著月光，走進飯店內。一開始在電話中得知他指定這個地方時，我吃了一驚，但實際走進飯店後，我更加吃驚。朝挑高的天井延伸而去的階梯，如同電影中的城堡般，令我怯縮。晶亮如鏡的深綠色大理石地板和圓柱，正前方擺放著要好幾人才足以合抱的大花瓶，裡頭插滿了幾乎要滿溢出來的鮮花。

我穿著上次那件粗花呢質地的套裝。本想為了今天特地去買件衣服，但來到很少去的百貨公司門口，我裹足不前，最後終究還是沒走進店裡，我連擺出要買衣服的模樣都辦不到。

他人已經到了，穿著和上次一樣的大衣，坐在大廳的椅子上。一見我到來，他馬上站起身朝我走近。本想朝他叫喚，但這才想到我連他叫什麼名字都不知道，只知道他是「使者」。

「我們走吧。」

他以同樣的聲音在我前方帶路。「好氣派的飯店啊。」儘管心裡緊張，我還是向他搭話。

「嚇了我一跳，真的不用付錢嗎？」

他朝電梯方向走去，點了點頭。

「因為這是當義工。」

「見面的日子都固定選在滿月嗎？」

「是的，選其他日子也可以，不過，可以完整取得一整晚時間的，就只有像今天這樣的滿月之夜了。這麼晚才向您說明，請見諒。我想在取得水城小姐同意後，才告訴您這件事。」

「和月亮有關係是吧？」

「您帶的行李重不重？」

「啊……」

我今天帶了一大包行李，經他這麼一說，我想起自己難看的模樣，將掛在肩上的包包緊摟向胸前。

「沒關係的，請您不用在意。」

他接下來再也沒提到行李的事，我受不了沉默的氣氛，開口問道：

「你那件大衣很漂亮呢。」

那就像是我沒資格走進的高級店家一樣，上次他才提到節省經費的事，但面對這家飯店的氣氛，看不出他有任何怯縮的模樣。

「我就這麼一百零一件。」

就這麼一百零一件，這句話很自然的出自他這個年紀的男孩口中，難道是很普通的事？他答完話後隔了一會兒，主動說：

「就在這裡的十一樓，一一〇七號房。我會陪您到樓上，但我不陪您一起進房間。」

「你不在旁邊陪同嗎？」

「這是規定，而且，兩個人獨處比較好吧？」

經他這麼一說，我無言以對。照一般慣例來說，或許是如此。與陰陽兩隔的至親、摯友、愛人見面時，第三者的存在只會礙事，但我的情況不同。

「這是鑰匙。」

他交給我一張名片般大小的紙，上頭印有飯店名稱，鑰匙卡就夾在裡頭。

「我在下面等您，所以結束後請到樓下叫我一聲，就算待到早上也沒關係。」

「你會一直在那裡等嗎？」

「因為這就是我的工作。」

他說得若無其事。

我該不會被騙吧？

一度放下的猜疑，此時因為被飯店的豪華所震懾，而再次浮現。沒人可以保證我走進指定的房間後，不會遭遇可怕的事，也許我會被賣給人肉販子。或許我缺乏女性的魅力，但我身體健康，聽說世上有暗中買賣器官的組織……

這名表情冷酷、但臉上仍留有些許天真稚氣的少年，看起來不像是會做這種事的人，但隨著緊張的情緒高漲，我心裡也益發擔心，他以不帶情感起伏的口吻對我說「不會有事的」。

看了他的表情後，我拿定主意了：原本就認為這是不可能實現的事，就算受騙上當，那也到時候再說吧。

電梯抵達十一樓，少年對我說：

「水城沙織已經在等您了。」

「……就算我問你為什麼可以辦到，你也不會向我說明原因對吧？」

「是的。」

他回答。

「我在下面等候。」

「我知道。」

我心中忐忑不安，怕他會再次朝電梯的方向走去。

鋪在走廊上的地毯，每走一步，便覺得我的低跟鞋彷彿會陷入其中，令人產生錯覺。都這種時候了，我的雙膝還在打顫。

我吞了口唾沫，邁步朝房間走去，眼前出現像迷宮般的轉角，繞過轉角後，已經看不到那名少年使者的背影。指定的房間就位在東側的最邊間。

我站在門前，做了個深呼吸。

她真的在裡面嗎？儘管關鍵時刻即將到來，我仍半信半疑。

我一面想像最糟的情況，一面敲了兩下門，為了讓自己看到結果時不會太過失望，我總會假想自己想得到的最糟情況，先設好防火牆，這是我的習慣。

接著，門內傳來一個慵懶的聲音應了聲「請進」，像是要把我的膽小給吹跑。

7

我開門走進，全身僵硬。

房內擺著兩張床，水城沙織坐在靠窗的那張。窗簾敞開著，巨大的圓月清楚浮現在窗外的幽暗夜空中。

乍看之下，她還是跟以前一樣。

由於對方是藝人，我一定會對她纖細的手腳和小巧的臉蛋大為感動，被她可愛的臉龐和完美的化妝所震懾，原本我心裡是這麼想。但此刻我根本無暇想這些事，就只是想著「一模一樣，是水城沙織本人」，被這項事實所震撼著。我在電視和雜誌上已經不知看過多少回，是她沒錯。

當對方以「原貌」出現面前，讓人不太有真實感時，甚至不會有怕生或怯縮的情緒出現，宛如正看著一位相識多年的朋友。

「妳是小平對吧，別光站著發呆嘛，來這邊坐吧。」

「小平……」

「妳叫平瀨愛美，所以叫妳小平。我有個朋友叫真美，要是叫妳小美，會讓我想起她，所以才叫妳小平。還是妳不喜歡這樣叫？感覺像平社員[2]。」

「平社員……」

「怎麼啦？小平，妳從剛才就一直重複我說的話，難道妳不太愛講話？我今天可是很想和人聊天呢，妳個性很文靜是嗎？」

畫著金色眼影，雙眼皮的大眼，是水城沙織的迷人特色之一。在她的注視下，我真切感覺到自己可以回望她，這時，雙肩緊繃的力氣頓時消去，想起那名少年使者的臉，我很想發出一聲讚嘆。水城沙織的存在和身影，逐漸化去我心中的猜疑。

2. 公司裡的普通員工。

她是如假包換的水城沙織。

「叫我小平就行了，因為我在公司裡，真的也是個平社員。」

「以妳這樣的年紀，要當上幹部才很少見吧？要喝些什麼？我今天可以喝酒。冰箱裡的飲料好像可以隨便喝，妳要什麼？」

她走向門口附近的小冰箱，輕鬆的打開，那模樣怎麼看都不像鬼魂，少年說她有實體，這話一點也不假。「喏。」她朝我拋來一罐啤酒。

「先來乾杯吧，謝謝妳指名我，我是沙織。」

「我知道。」

她那開玩笑的口吻，令我渾身顫抖，這並非是因為緊張而顫抖，應該是感動。

我依言拉開拉環，以罐裝啤酒和她「乾杯」，可以清楚碰觸她手中的啤酒罐，與活人沒什麼兩樣。

原來她在這兒啊——她給我這樣的感覺。她的追悼節目，以及「送別會」的喪禮實況轉播，或許才是騙人的。現在看來，像她那麼活躍的人突然消失無蹤，這樣的現實反而讓人覺得古怪。

「請問……」

「什麼事？」

「水城小姐，您真的死了嗎？」

經我這麼一問，水城沙織誇張地做了一個噴出啤酒的動作。她秀眉微蹙，以親暱的口吻笑著說「幹嘛突然這樣問嘛」，接著又盤腿坐在床上，「好像是吧。」

「我自己也不是很清楚，不過好像是這樣沒錯。嗯……只記得我曾經覺得胸口很難受，還有當時心裡想，我得躺著休息一下才行，然後照往常的習慣躺在沙發上。雖然現在我明白自己似乎是死了，但或許應該說，當我回過神來，一切就已經是這樣了。」

「您死後有怎樣嗎？」

「沒怎樣，從我死後到今天的『這段時間』，好像沒任何感覺。就像我在自己的房間裡睡著，覺得痛苦，之後就直接跳到今天了。我不知道該怎麼形容才好，就像一直在某個冰冷的場所裡長眠一樣。」

她重新盤腿坐好，面帶微笑。

「我聽那位小弟說完後，嚇了一大跳，聽說我已經過世四個月啦？」

「是的。」

「應該有引發軒然大波吧？如果沒有的話，那我可會大受打擊呢！不過這也是沒辦法的事，因為大家都那麼忙。」

「模特兒道香小姐在發表感想時，曾哭著說『怎麼會這樣？』人們替您舉辦送別會，悼詞……」

我說到一半，發出一聲驚呼，猛然想起自己塞在包包裡的東西，急忙從肩上卸下包包。

「我帶來了。」

我擺出週刊雜誌和報紙的剪貼簿、隨身型ＤＶＤ播放機、從電視新聞和特別節目所燒錄成的光碟，盡可能擷取出沙織認識的那些人的聲音。

沙織驚訝地看著這些東西，拿起剪貼簿翻閱。

「嘩，太厲害了，小平，妳可真認真，要整理這些東西很辛苦吧？啊，真的呢，道香哭得好慘，這件黑色禮服她穿起來真好看。」

「這些原本就是我看過或買過的東西，所以整理起來一點都不辛苦，倒是我很對不起您。」

「妳說的是？」

望著剪報的沙織，雖然嘴巴上那麼說，但實際上倒不是看得那麼認真，我緊緊握拳，「水城小姐，您唯一的機會就這樣給了我。這些發表感想的人，全都無法見您一面，但我卻能和您見面。」

我一邊說，一邊暗自擔心，怕自己已經犯下無法彌補的大錯。

「不知那位使者是否有清楚向您說明？您就只能和一位活人見面。」

「我知道，他向我說明過，就是那套使者的規則對吧？我生前就知道這件事了。」

我大為吃驚，但旋即改變想法，心想這也難怪，成人所說的都市傳說，最適合演藝圈這種環境了。如果是她，就算知道這件事也不足為奇。

「我在這個業界很多年了，雖然不認為它真的存在，但常聽到這項傳聞，還有人告訴過我使者的聯絡方式。順便告訴妳一件事，妳帶來的那些報導，裡頭我認識的朋友，幾乎都知道使者的事；我萬萬沒想到，自己死後竟然會接受使者的關照。」

「您在世的時候，是否曾向使者提出委託呢？」

「沒有，怎麼會有呢？我爸媽都是無藥可救的人。雖然我媽已經死了，但我並不想召喚她。」

「這樣啊。」

我無言以對，她就是因為遭受母親的再婚對暴力相對，才造成左耳聽力受損。我因為想起這件事，差點將視線投向她的左耳，但她就像在電視上一樣，看起來非常自然，不會讓人發覺她的缺陷。不過從我走進房間後，沙織便一直以右耳向著我。

「嗯。」沙織點頭，嚥下一大口啤酒。我更加不明所以，於是問她：

「既然您知道，為什麼還選我呢？您選我不覺得可惜嗎？」

「小平，妳誤會了吧？」

「咦？」

「妳以為除了妳之外，有很多人提出委託，想要見我，對吧？」

看來，在我眨眼時，她已經從眼神中看出我的心思，接著她說了句「很遺憾」，臉上浮現不太像她會有的苦笑。

「前來委託，指名要見我的怪人，就只有妳一個。再也沒其他人了。」

「這怎麼可能！」

我脫口而出，但沙織告訴我真的就是這樣。

「讓妳這麼充滿期待，真不好意思，不過我確實是沒競爭力，又沒人氣的商品。」

「也許只是大家還沒來罷了，對不起，都是因為我搶先委託。如果真是這樣的話，只要再等一陣子，大家就……」

「不會有人來的，因為我已經等四個月了，不是嗎？」

她沒表現出受傷的樣子，口吻相當冷靜。

「如果想來早就來了，我不知道妳是什麼情形，不過就像我剛才說的，在我們周遭，使者的傳聞非常有名，大家甚至知道如何和他們聯絡。愈是知道，愈不會去用。」

「怎麼會這樣……」

希望能再見她一面，想再和她說說話，這實在太突然了。

是誰曾經這樣說過？這是認識她的那些人掛在嘴邊的話，我已經聽過好幾遍了。他們就像是她最好的朋友般，談論著水城沙織的種種，想起這些人的嘴臉，我頓時感到心寒。

「別那麼難過嘛，這也是沒辦法的事啊，一切都很理所當然。」

沙織喝著啤酒，嘆了口氣，「不過……」

「這是人在世時僅只一次的使用機會喔，像這種機會，一定會想要好好留著才對吧？留著用在自己的父母、孩子，或是愛人身上，有誰能保證他們不會突然過世？像這種以備不時之需的祕招，不該用在我身上吧？」

「可是……」

「真要我說的話，我反而覺得小平妳才很不可思議呢。」

她靜靜注視著我，「告訴妳一件有趣的事吧。」她嘴角上揚，嫣然一笑，那是極為性感的動作，彷彿可以直接拿來充當彩色海報。

「人們只會對自己周遭人的死有感覺，會對此感到悲傷。『深受眾人喜愛』這句話說來好聽，但也就只有這樣。當作娛樂用的悲傷，說穿了只是一種表演。不過，最後還能提供大家這樣的表演，我對此深感光榮，這並不是在諷刺，是真的很開心。只不過，我心裡也明白，大家很快就會忘了我。這不是謙虛，是事實，是真理。只要是待過演藝圈的人，都明白這個真理。」

我帶來的週刊雜誌剪報，就擺在她面前。裡頭正好寫著剛才她說的那句話，「深受眾人喜愛」。

「沙織小姐，您身邊沒這樣的人嗎？會為您的死哀悼，真正為您傷心難過的人。」

「要是有就好了，但好像沒有。有些人，我很希望他們會替我難過，但可惜我錯看他們了。可悲的是，他們也知道使者的存在。唉，說來還真讓人傷心，他們要是都不知情的話，我也就不用等得那麼焦急了。」

真不敢相信，像沙織這樣的人竟然也會這樣。

「……他們看起來真的都很悲傷，就算沒來委託，心裡一定也很想見您。」

這是凡事只看得到表面的我，心裡由衷的感想。沙織點頭應了聲「嗯」，望著我擺出的報導和DVD，面帶微笑地說：「待會兒我再慢慢看。」

「數量還真多呢，看來，我還沒被大家捨棄。一定是有特別需要，才特地開設綜合新聞節目吧？在還能表演的時候突然猝死，說來還真浪漫。」

那個誰和誰看起來很開心呢……

那名綜合新聞節目的主持人好像曾和沙織交往過，沙織毫不避諱的直呼他的名字。他們看起來表情都很沉痛，一臉哀傷，在介紹時還說「她是個很有禮貌的女孩」。雖然我不知道沙織會怎麼想，但我告訴她這些事之後，她笑著發出一聲「喔」。那是樂觀開朗，感覺不出半點陰沉的微笑，不愧是沙織。

「我最擅長討人歡心了，因為我想要工作，而且很投入自己的事業中，所以我都會把某人喜歡什麼，說過什麼話，全記在腦中，然後送禮或是寫信表達感想，努力多做一些令人窩心的行動。就這樣，不知不覺間，人們都說我是『好女孩』。這幾乎都已成了我的習慣，所以我自己已經完全不記得了。不過現在深深覺得，好在當初有這麼做，謝天謝地，作戰成功。」

她喃喃低語，細聲輕笑。

8

「回到關於小平妳的話題吧，妳為什麼要見我？雖然我不是很清楚經過，不過，妳在找尋使者的這段過程中，應該很辛苦吧？可能也花了不少錢喔？」

「聽說完全免費，我原本也很在意費用的事，而向使者詢問，但他是這樣說的。」

「喔……」

「況且我也不在乎錢的事，對我來說，儲蓄就像嗜好一樣，而且我有錢也沒地方花，如果存款夠用的話，就算花再多錢也捨得。」

「就只為了和我見面？」

「是的。」

人們都說我不懂得玩樂，就算有錢也只是暴殄天物，這句話令我很受傷，但我還是想不出錢該怎麼花。華麗的衣服、名牌物品、找牛郎玩樂、旅行，我全都避之唯恐不及，不可能沉溺其中。或許只要想作儲蓄是為未來做準備就行了，但我連這樣的願景都無法想像。我實在無法想像自己日後會有家庭，或者能從工作中找到成就，無法想像自己日後會變成怎樣，這令我非常害怕。

我想花錢，不想留下。

猶豫了一會兒後，我決定說出自己的內心話。

「水城小姐，大約四年前，我曾受過您的幫助。當時我在新宿街頭，喝得爛醉，還引發呼吸過度。」

當時只有一瞬間的目光交會，而且是我單方面受她幫助，就如同是兩個陌生人擦肩而過，連「認識」都稱不上，所以之前我也沒跟使者提到這件事。

果不其然，沙織側頭尋思。

「四年前？」

「我認為確實是您沒錯，不過當時您戴著帽子，我只瞄到一點點，所以也有可能是我認錯人，那時候您穿著一件豹紋夾克。」

「抱歉，我不記得了。」

沙織搖頭。

「剛才我也說過，我對別人做過的事，很快就會忘記，不論是好還是壞。」

「啊，沒關係，我沒那個意思。」

我急忙搖頭。我想表達的是另一件事。

「不過，我很高興，自己平凡無奇的人生，竟然也有那樣的瞬間能讓水城小姐為我操心。對您來說，這或許沒什麼，但我還是很想向您道謝，所以才想來見您。」

「嗯，不過，那一定不是我，會不會是認錯人？」

沙織以鼻音回答，接著她轉頭面向我，「我問妳喔……」

「小平，妳是不是有幾次送餅乾給我？」

我嚇了一跳，端正坐好，瞪大眼。沙織似乎對我的反應很滿意，笑著說了句「果然沒錯」。

「……有送過。」

我兩頰羞紅，當時不知道送親手做的食物是很沒常識的做法，犯了這樣的錯。沙織接著說：

「還送過奶油蛋糕、刺繡手帕、小置物盒、圍巾、信。」

「是的。」

「妳寄來的餅乾和蛋糕很好吃喔！」

「您吃過？」

這次我真的大吃一驚，站起身，不知該如何應對，手中幾乎沒喝的啤酒罐差點打翻，沙織點頭應了聲「嗯」。

「我還記得，裡頭加了李子和巧克力片，酸酸甜甜非常可口，很佩服妳的手藝。那個小置物盒的花紋是豹紋刺繡，好可愛喔，真不簡單，那該不會是妳親手做的吧？」

「是的，做得不好，我覺得很難為情，是用縫紉機做的。不過……」

我言不由衷，其實對自己的手工很有自信，總是利用空閒的時間做這些事。

「我聽說演藝圈的人對崇拜者寄來的東西，都會覺得可疑而不敢吃。除了親手做的食物外，連店裡直接寄送的也不敢吃，就連沐浴精油也因為不知道裡頭摻了什麼，而不敢使用。」

「嗯，因為世上形形色色的人都有，而且神經質的人的確比較疑神疑鬼。不過，只要我收到禮物，就算是對方親手做的飯糰，我也全都會吃進肚子裡。因為丟掉可惜，而且事實上什麼事也沒有，因為我原本就不是在那種矯揉造作的環境下長大。我確實很健忘，也不記得自己對別人做過什麼，但別人對我做過的事，我可是都記得很清楚呢。」

很制式化的心得，不過讓人深有所感，她確實是位大明星。

「當我得知委託的事，聽到妳的名字時，我馬上就想起來了，妳就是送我禮物的那個女孩。」

「送禮物的人應該不光只有我吧？」

「那當然，妳這是幹嘛，不可以小看我喔。我是水城沙織耶，收到的禮物可是堆得跟山一樣高呢。」

「那我的信您也看過了……」

「嗯。」

沙織靜靜地點頭，緩緩眨眼。她把啤酒罐放在邊桌上，突然轉為一本正經的表情。

「小平，妳想尋短對吧？」

我沉默不語。

今天的會面結束後，我不管會變成怎樣，都已經不再重要。

我在沙織生前寫給她的信件中，曾提到自己很想死。

每天的生活，是那麼枯燥無趣，我這個人可有可無。就算死了，家人和其他人也都不會替我難過。我甚至寫著，能看到水城小姐，有種得到救贖的感覺，這是人生中唯一的樂趣。

「我可沒往自己臉上貼金喔，我並不認為妳是因為我過世，而想跟著尋短。不過，我今天是來向妳履行一份義務。」

「義務？」

「我不是還沒回妳信，就這麼死了嗎？所以我今天是來傳話的，如果誤解的話請妳見諒，不過我有一種不好的預感。原本以為利用使者得花不少錢，而且聽說只有一次的機會。我並不是妳的親人，但妳還是指名要見我，既然這樣，妳一定什麼都不在乎了。」

「我……」

「妳不能到這裡來，這裡很黑暗哦。」

沙織露齒而笑。

「這就是我想轉告妳的話。」

「水城小姐，」我朝她叫喚。

「什麼事？」

「我希望您能繼續活下去。」

我聲音沙啞，若不緊咬嘴唇，眼淚恐怕會就這樣奪眶而出。她曾主動開口叫我，也曾幫助過我，就是她把我和歡樂的電視世界連結在一起，讓我不會討厭這個世界。

她說這是義務，她對我這位任性胡為的崇拜者竟然有一份義務？其實她根本沒必要背負這些，但水城沙織卻還是來履行了。

沙織微微斜側的臉蛋，像在開玩笑似的問道「有人說我是自殺對吧？」我不發一語的點頭，她看了我一眼後低語了一句「果然」。

「我怎麼可能會自殺呢，因為我過得這麼快樂，而且做的全都是自己能接受的事，當然希望能再活久一點。說起來，這些週刊雜誌也太沒品味了，還把人家一直隱藏的過往全拿出來大肆報導。」

「有些人說，您的過往事蹟相當震撼人心，足以出一本自傳了。還說，有同樣處境的人看了一定會受到鼓舞。」

「或許吧，不過，家家有本難唸的經，這也是理所當然的事。最重要的是，一旦公佈我的過去，我和大家不就都笑不出來了。小平，妳會想看那種東西嗎？」

我一時為之語塞，沙織接著說：

「聽妳說喜歡看著我，我很高興。」

她一面笑，一面揉眼。泛紅的雙眼，凝望面向東邊天空的窗戶。

「啊，等天亮後，就得跟這裡道別了。」

「對不起！」

「咦？」

「見您最後一面的人是我……」

「小平，妳很習慣向人道歉喔？」

沙織露出聽膩了的表情，秀眉微蹙。

「妳這麼做，或許會覺得比較輕鬆，但這樣不太好喔。這世上多的是說對不起也無法解決的事，妳就別再這樣依賴道歉這件事了，這樣會讓周遭人感到灰暗喔。」

我猛然一驚，挺直上身，這時沙織收起嚴肅的面容，向我低聲說了句「謝囉」。

「謝謝妳引渡我，這麼一來，使者的儀式也結束了，我也能了無牽掛地前往下個地方。最後見面的人竟然是自己的崇拜者，妳不覺得這可以作為偶像的模範嗎？」

不過話說回來，我並不是偶像，只是個風情不再的搞笑藝人。

她喃喃低語著補上一句，接著再度嫣然一笑。

那時候在路上幫助我的人，到底是不是水城沙織本人呢？在離別時刻，我問她的座右銘是什麼，她沉吟片刻後，回答我：「有很多呢！」

「例如……今天的心情是『人生就得向前看』。Let's positive thinking！」

「有沒有『酒可以喝，但別被酒灌醉』？」

「啊，這個也不錯。」

「您之前曾斥責我說，這世界不公平，是理所當然的，大家都很公平地遭遇不公平。」

我望著沙織，她也很公平地遭遇這世界的不公平對待嗎？我心想，只要沒有哪裡看起來是公平的，那就是不公平，對此深感不滿。

沙織只應了一聲「這樣啊」，笑盈盈地望著窗外。

東側的玻璃窗逐漸轉為黃色，好在是冬天，天亮得比較晚。

原本應該和她一起並肩遙望東升的旭日，但我不經意地轉頭望向一旁，卻發現下一刻她已經失去蹤影。

許多攤開的報導剪報，以及喝了一半的啤酒罐。拿起來一看，裡頭的啤酒確實有減少，幾乎快要見底。那輕盈的感覺，令我有種想哭的衝動，久久無法放下手中的啤酒罐。

我面向空蕩的房間，離開時，恭敬地向內低頭行了一禮。

搭電梯來到一樓，看到使者正坐在沙發上，他發現我到來後便站起身。他應該不可能一整晚沒睡，但表情還是和昨天一樣，感覺不出一絲疲態。

「請歸還鑰匙。」

他以制式化的聲音說，我將鑰匙歸還時，又再向他問了一次，雖然我並不希望能得到答案，也沒對此抱持任何期待。

「這到底是怎樣的一種安排？」

「您認為對方只是長得很像嗎？」

「不，她真的是水城沙織小姐。」

「那就好。」

聽他的聲音，無法判斷到底是否為真心話。當我低頭行禮，準備離去時，「對了，」他就像想到什麼似的，把我叫住。

「一句話就好，想聽您發表感想，可以分享一下嗎？」

「感想……」

「是的。」

「這樣好嗎？」

「這您不用擔心。」

我開始思索，不經意的移開目光，發現已經有幾位一早退房的人正要走出飯店。我瞇起眼睛，注視著窗外回答：

「我的感想是，偶像真的很了不起。」

像光芒般消失的沙織，一定是前往一處光明之地。如果我心中對此有一絲懷疑，那就不公平了，所以我深信不疑。

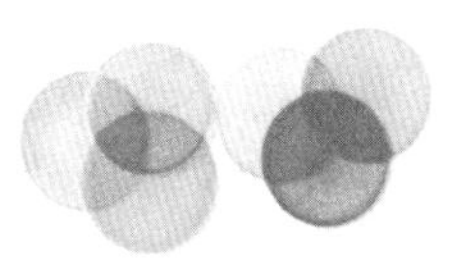

長男的心得

「要錢的話，我有。」

一說完這句話，那個小鬼轉頭看我。他應該差不多是高中生的年紀，穿著一件孩子氣的牛角釦大衣，從剛才就一直擺出一副冷淡的神情，教人看了就有氣。打從我們約在車站前見面的時候起，就一直是這樣。

「我一概不收取報酬。」

他再次重複同樣的話，可能是因為烏雲密佈的緣故，到醫院中庭散步的患者減少許多，而我們兩人坐在中庭的長椅上，看起來實在很蠢。手上拿的，也是裝有自助式綠茶的紙杯。這個小鬼或許無所謂，但像我這種五十多歲的人，穿得西裝筆挺，坐在這種地方喝這種玩意兒，旁人看了一定覺得很奇怪。我花了好幾個小時，搭乘平時很少坐的新幹線來到這裡，最後竟然被帶來這種地方？這是我人生中第二次來到東京。陌生的地鐵，以及四處林立、看起來全都一個樣的高樓，我實在很不習慣。

再說了，我最討厭的地方就屬醫院，如果不是有事，絕不想來這種鳥地方。

1

在約定見面的車站前，有人叫了我一聲。「畠田先生。」我回頭一看到對方的模樣，大吃一驚。

「就是你嗎？」

這件事光聽就很可疑，教人難以相信。儘管此刻我來到這裡，還是半信半疑，而偏偏來的又是這樣一個小鬼頭。我把他從頭到腳打量一遍，這小鬼以制式化的口吻對我說了句「您好」。

「初次見面，我是使者。」

我差點不屑地笑了起來，竟然開這種玩笑！心中更加憤怒，不過這個小鬼仍舊不改他一本正經的神情。他說了句「我帶您去方便談話的地方」，準備邁步離開。

「真的就是你嗎？聽我老媽說，應該是位女性才對。先前打電話時，對方的聲音聽起來像是位老太太。」

沒人告訴我，對象竟然是這樣的小鬼。

「我是使者。」

「我不相信。」

「抱歉。」

小鬼再次轉頭面向前方，邁步前行。我雖然一肚子火，但還是決定姑且先跟他走。

這小鬼看起來一點都不像小孩，感覺不像是虛張聲勢，故意裝大人樣，而且面對大人時，也不顯一絲怯意，至少這樣比畏畏縮縮要強多了。我不由自主地想到太一，今年大三，即將滿二十一歲的太一，空有大個子，但從以前就個性文靜。雖是本家的繼承人，卻欠缺男子氣概，我也曾罵過他。雖說長大成人後，情況改善了些，但當初他和這小鬼同年紀時，連面對自己的叔叔嬸嬸也不敢直視他們的眼睛說話。

經這麼一想，這個小鬼還算不錯，外表看起來不像是不良少年，也不像新聞節目中常看到的那些騙別人匯款的年輕詐欺犯，姑且讓人放心許多。

「沒有其他人會來嗎？」

他帶我來到醫院中庭，儘管招待我喝的飲料，是餐廳的自助式綠茶，但我還是沒抱怨。不過，這也是因為我當這名小鬼只是負責跑腿的小弟。

「您說的其他人，指的是什麼？」

「例如你的上司之類的，就是要和我面談的人。」

「只有我。」

只說必要的事，其他一概不多談，這證明他不懂如何和大人應對。雖然有點光火，但我還是接著說：

「要錢的話，我有。」

「我一概不收取報酬。」

「嗯，我聽說了。」

小鬼抬起臉來，我搖了搖頭，對他說「不可能有這種事」。

「那是你們對外的一套說詞吧？很不巧，我可不是別人說什麼話都信的傻好人。就算你們要騙我，雇人也總是得花錢吧，所以我才想問個清楚。」

小鬼詫異地回望著我，表情看起來很自然。

我只是想先清楚的讓他知道，我早已看穿他的伎倆。

「天底下不可能有這種好事。」

我毫不顧慮地直說。

「怎麼可能和死者見面？我不知道你叫『使者』還是『侍者』，反正你們就像大規模的詐騙集團吧？不過，我媽好像對你們深信不疑。」

——靖彥，我見過你父親呢。

我第一次聽聞使者的存在，是從兩年前過世的老媽津留那裡。大約在她過世前半年的某天，住院的她把我叫到病床前，突然提到這件事。她對我說，難得有這個機會，就告訴你一件事吧！

「令堂確實曾向使者提出委託，就在二十年前。」

「我是在她過世前聽說的，說她見過我老爸。」

小鬼沒點頭，也許是在裝模作樣，擺出一副對委託人有保密義務的姿態，只見他不置可否地把臉轉開。

老爸是在我高三那年的秋天過世，他原本就有心臟病的痼疾，也很清楚自己的身體狀況。他交代我們兄弟：「畠田家和公司就拜託你們了。」從生前就鉅細靡遺的向我和老媽指示財產分配和祖父那一代留下的建設公司該如何經營，我覺得他確實是個可靠又了不起的父親。

——我透過一位叫使者的人，與你爸見面。不知道是從多久以前就有使者這號人物的存在，我也是在偶然的機會下得知，不過，當我和你爸見面時，他吃驚地說「妳是什麼時候接觸這種東西的」。還是老樣子，每當看到家人在他不知道的地方擅自採取某種行動，就無法忍受，但我又不是做什麼違背良心的事。

她從床上坐起身，一面慢慢細說，一面撥起她的白髮，她的手枯瘦得嚇人。凹陷的眼窩，削瘦的雙頰，和先前住家裡的時候相比，完全變了個樣，但她臉部表情給人的印象仍然沒變，這反而讓我感到很不可思議。

當時她笑著說，你和你老爸在這方面真的是一個樣呢！

「妳跟久仁彥提過這件事嗎？」

「沒提過，靖彥，我只跟你一個人說。」

「為什麼只跟我說？」

一提到弟弟的名字，老媽就微微側頭，面帶柔和的微笑回答：

「因為你是長男啊。畠田的本家，今後要你來守護，包括那家店。如果一直沒機會和使者見面，那自然最好。不過，總是留著以備不時之需。」

接著，她瞇起眼睛注視著我，那是她住院後少見的神情，接著她像在告誡我似的說：

「要注意，千萬不能只是因為想念媽媽就使用它，這樣太浪費了，能不用自然最好。活人和死者見面，這畢竟有違自然的道理，所以這麼做並不好。」

「妳在說什麼啊。」

我內心一震，老媽得到胃癌的事，只有我、妻子，還有弟弟和弟妹知情。我們四人討論後，決定不讓老媽知道。就連對親戚們，以及我們各自的孩子，也都隻字未提。打從一開始，醫生就明確告訴我們「她只剩兩年的壽命」。

老爸過世後，老媽一直和我合力經營那家建設公司。她已經上了年紀，身體多少有些病痛，但仍舊不肯退休。當她說身體疼痛，想去醫院看病時，我當下的感覺是，老媽會這麼說，一定很嚴重。她就是這樣的人，絕不在人面前展現脆弱的一面。

我不知道老媽對自己的病情掌握了多少，不過應該多少感覺得出來吧。她並未直接向我們追問，但有時我也會感到詫異，心想她該不會已經全都知情，才對我說這番話吧？像這時候也是一樣。

我聽她提到使者的事情時，腦中首先閃過的念頭不是驚訝，而是擔心。她該不會是因為生病而變得怯懦，突然開始失智了吧？所以才會開始說起這種教人難以置信，像是玩笑般的一段過往。換作是平時，我若不是嗤之以鼻，就是罵她一句「別開玩笑了」，但當時我只是靜靜地聽她說。她的表情極為冷靜，看起來不像胡思亂想，也沒半點心思紛亂的樣子。

「總之，我已經告訴你了，自己看著辦吧。」

「那妳自己又為什麼和老爸見面？明明說別因為思念某人而隨意使用，自己卻和老爸見面，不是嗎？而且還是在那種說長不長，說短不短的時候。」

我爸留給我們的遺言內容相當仔細，應該沒必要為了店面或家裡的事去詢問他才對。剛才聽老媽說，她與使者聯絡，是老爸死後十幾年的事。如果是死後沒多久這麼做，倒還能理解，但現在這樣我實在百思不解。

「為什麼挑那個時間，你不懂嗎？太教我驚訝了，你這孩子真不懂別人的心思呢。」

我有生以來第一次看老媽出現那種難為情的神色，她露出毫不造作的自然微笑，接著說：

「告訴我使者存在的人，是一位老朋友，她和我一樣，先生很早便過世了。她在你爸喪禮那天趕來，悄悄告訴我使者的聯絡電話。一開始我也不相信，但心裡還是想，如果真的不行就算了，多年後我想起這件事，便試著打電話聯絡。結果真有這件事，嚇了我一大跳。」

「我也要把這件事一代一代傳下去嗎？像家訓那樣，也跟太一說……」

我不知道要多認真看待此事才好，所以用半開玩笑的口吻回話，結果沒想到老媽臉上立即蒙上一層陰影，她一臉為難地喃喃低語，「太一他……不知道行不行……」我對她的反應大為驚奇，同時有種胃部受擠壓的感覺。

太一是奶奶帶大的孫子，雖然個性和善，但資質駑鈍。他是本家的長孫，早晚都會繼承家業，但總是不知道他腦袋在想些什麼，一臉憨樣。

我反射性地想到弟弟久仁彥的孩子們，兩個孩子很像他，都很會唸書，哥哥裕紀和妹妹美奈在校成績優異。

在親戚的聚會中，他們雖是堂兄妹，但最年長的太一總是只有在一旁聽人說話的份。但他看起來完全沒有心有不甘，或是想還以顏色的念頭。後來裕紀和美奈都就讀縣內的知名高中，裕紀甚至還考上人稱名校的東京大學，而太一所就讀的是普通高中，唯一的優點就是離家近，報考當地的國立大學落榜，最後只能考上當地的另一所私立大學。我同意替他出學費，條件是得在店裡幫忙。

我知道太一很不可靠，但這還是老媽第一次當著我的面說出替太一擔心的話來。平時她看起來似乎很疼愛這個孫子，但現在和我獨處，才說出真正的心裡話是嗎？

太一會變成那樣，不就是因為妳把他寵壞嗎？我大為光火，但考量到她是病人，還是硬生生地把來到嘴邊的話給嚥了下去。而她也絲毫不以為意，很快又補上「不過，我認為他應該沒問題」。

「之前他還不懂事，所以應該沒問題。」

若是再繼續聊太一的話題，氣氛會變得很尷尬，於是我改變話題。

「妳去過東京嗎？」

除了每年在十一月勤勞感謝日（十一月二十三日）左右，會隨里民聚會或長青俱樂部舉辦的遊覽車出遊外，實在想不出她還遠行去過哪些地方。她連會不會買票都是個問題。老媽聞言後，

似乎覺得很有趣，朗聲大笑，

「你說的話跟你爸一個樣，我自己一個人當然有辦法遠行啊。真有需要的話，要去多遠都不成問題；祥子、太一也一樣，大家都比你想像中來得能幹，其實都被你看扁了，只是一直在忍耐罷了。」

「哼。」

剛才她明明還擔心地說「太一他……不知道行不行」，現在卻又刻意地說他很「能幹」。不論是這個家，還是建設公司，要是沒我在，便無法運作，這是不爭的事實。

「你爸和你都一個樣，你們長男就是這麼頑固。」

「是嗎？」

弟弟久仁彥從小就個性認真，又會唸書。老爸過世後，我高中一畢業，馬上便繼承公司，我和老媽商量，決定讓久仁彥上東京的大學。那個年代和現在不同，周遭能上大學的人少之又少。老媽當時很開心地說，久仁彥這孩子會唸書，總覺得他日後能做一番大事。本以為他會就這樣在東京的大企業任職，但最後他還是回到地方上，在市公所當差。老媽當初說他可能會做一番大事，不知這樣是否符合她的期待。

也許因為我們家歷史悠久，又擁有自己的家業，所以畠田家歷代長男的地位總是與其他兄弟有明顯的區隔。我們家祖訓規定，長男是家中的繼承人，是我族的守護者，我也在這樣的觀念下接受養育，照顧弟弟也包含在這樣的觀念中。

打從一開始，老媽心中就對長男和次男所要求扮演的角色以及養育方式有明確的區隔。從小，里民間的聚會或活動，她總是只帶我去參加，並告訴我地方人脈的重要性。我幫忙店裡工作時，她也常對我說「這總有一天要由你來做」，徹底讓我學會店裡的工作。相對的，她常說久仁彥是次男，早晚都要離家獨立，一概沒讓他和鄰居們有往來，也不讓他到店裡幫忙。老媽總是說，他可以盡情做他想做的事，將他養育成一個不負責任，恣意隨性的人。

老媽原本是個大而化之的人，但她會對我展現嚴格的一面。如果是久仁彥惡作劇，她會說句「真拿你沒辦法」，一笑置之，但換作是我，她卻毫不寬貸，並時常訓斥我「身為長男，怎麼可以做這種事呢」，「你是哥哥耶」這句話，我從小已經不知聽了多少回，或許別人家也是這種情況，但我家尤其嚴重。

從小被培育成守護畠田家的長男，我對此沒任何怨言，心裡對此也不感到排斥。在我懂事前，就已經被灌輸這樣的觀念，所以並不覺得不合理，或是感到質疑。關於這點，從小備受疼愛的久仁彥應該也一樣吧。

我是留在家中的長男，久仁彥是離家獨立的次男。在老爸過世時，我們早已明白各自扮演的角色和生存方式。

3

「請告訴我您想見令堂的原因。」

小鬼接著說：

「與令堂交涉時，我必須轉告她您想和她見面，以及想見她的原因，所以要請您先告訴我。」

「因為真的被我媽的遺言說中，家裡出了問題。你們可真會安排，就像騙人的占卜師一樣。

先向我套話，然後再順著我說的話來回答，對吧？」

小鬼注視著我，不發一語，應該是沒想到我會反問他這麼一句，我對自己將了他一軍頗為得意。

「會準備一位和我媽長得一模一樣的人是嗎？你到底會安排出什麼樣的人來呢，我愈來愈期待了。」

「要準備一位連兒子也無法識破的冒牌貨，應該沒辦法吧？」

小鬼第一次皺起眉頭。緊接著下個瞬間，他像是對自己的反應感到後悔，再度恢復原本的表情。他沒再回話，改為輕嘆一聲，「我只要轉告她，家裡發生問題，這樣就行了嗎？」

看他用這種散漫口吻回答的態度，令我火冒三丈，所以不由自主地回答：

「我要賣山，家裡有一座託人管理的山，反正是一塊閒置的土地，所以決定要賣了它。我四處找地契，卻都找不到。應該是老媽藏起來了，你就告訴她，說我想知道放在哪裡。」

「我明白了。」

他就像要遮掩自己的動作般，把筆記本靠向身邊，記下我說的話。傳來一陣自動鉛筆在筆記本上書寫的聲音後，他再次抬頭望向我。

「可以問您一件事嗎？」

「什麼事？」

「您明明就不相信，為什麼還專程來找我？」

我感覺他當我是鄉下來的土包子般的瞧不起，我狠狠回瞪他一眼。

「我不是說了嗎，這是老媽交代的遺言。反正你們一定是詐騙集團，不過試一次也無妨。我真的是傷透了腦筋，能找的地方全找遍了，就只能當面向老媽問個清楚。因為沒其他方法，只好死馬當活馬醫，來這裡拜託你。」

「我明白了，我會轉告令堂，近日會給您答覆。如果令堂答應與您會面，地點可以選在這附近嗎？到時候會再請您來一趟。」

「沒關係。」

雖然很麻煩，但如果地點選在家鄉，得躲著不讓家人和鄰居發現，偷偷摸摸行動，想到這裡，便覺得這樣反而輕鬆許多。外出時，只要和今天一樣，說是去參加同學會，或是說有朋友過世，以此蒙混過去就行了。

「您還有其他問題嗎？」

小鬼從長椅上站起身，伸手想替我拿還有茶的紙杯。我發現沒喝完，將杯裡轉涼的剩茶一飲而盡，接著問道：

「久仁彥有來嗎？」

小鬼似乎沒聽懂我的話，露出納悶的神情。我不知道他是不是在裝蒜，但如果他是在演戲，那演技著實高明，我補上一句「是我弟」。

「他有沒有和我一樣來找你，說想見我媽？」

「沒有。」

他未經思索地回答後，很刻意地挺直腰桿，「關於其他委託，恕我無可奉告。」又是在裝模作樣的保密。我又問了一次，「如果他已經和我老媽見過面，那我今天就白跑一趟了，告訴我總沒關係吧？久仁彥到底來過沒？」

「恕我無可奉告，在向令堂確認後，我會再與您聯絡，給您答覆。還有其他疑問嗎？」

「可以再問個問題嗎？」

「請說。」

「你父母知道你這樣裝神弄鬼嗎？還有，你有在上學嗎？」

小鬼沉默不語，他先是表情一僵，接著在得知我沒避開他的目光後，他慢慢露出一個生硬的微笑。

「恕我無可奉告……我會再與您聯絡。」

他低下頭不看我，接過我手中的紙杯，迅速邁步朝醫院內走去。

我望著他的背影，暗哼一聲。真是個狂妄的小鬼，怎麼看都不順眼。

4

與使者見過面的隔週，是老媽滿兩年的忌日。

同樣是負責喪禮的那位住持前來替她誦經，先前老舊的榻榻米已經換新，我拆下客廳和佛堂間的拉門，迎接親戚們入內。

雖然不想辦得像老爸過世時那麼鋪張，但正因為我們是本家，所以從早便忙得不可開交。法會開始前，我希望眾人能在住持來之前先就坐，但前來的親戚，特別是女人們，已開始擅自聚在一起東家長西家短，說自己的孫子怎樣怎樣，哪家人的兒子又如何如何……

「那些無聊的事，等結束後再說。」

長我一輩的阿姨、姨丈也在，但我們是自己人，用不著裝模作樣。正當我說話語氣很衝時，久仁彥來到一旁規勸，「哥，放輕鬆一點嘛。」

我遺傳到老爸，身材矮短，雙肩寬闊。相對於此，久仁彥則是像到老媽，身材修長清瘦。他在任職的市公所裡，也不是待在穿工作服到工地巡視的部門，而是一直在出納或議會事務局這類的工作間輪調。雖然小我四歲，但在我上高中時，他就已經長得比我高了。

久仁彥似乎覺得很困擾，眼鏡底下的雙眼瞇成一道細縫，「剛才住持打電話來，說會晚點才到，所以沒關係的，等他到了之後再準備也不遲。」

「可是……」

「他想叫大家先坐好，因為他性子比較急。」

裡頭傳來祥子的聲音，可能是泡來招待客人喝的茶用完了，只見她手裡端著平時沒在使用的舊式熱水壺，在人群中四處穿梭。「真不好意思呢，久仁彥。」祥子道歉後望向我，「孩子的爸，你別那麼大聲嘛，大家都被你嚇著了，有話為什麼不能好好說呢。」

「囉嗦。」

「看吧，又是這種口氣。」

祥子為之蹙眉，一副拿我沒轍的表情。久仁彥莞爾一笑，離開我身邊，朝客廳走去。我聽見他以溫和的聲音，對那群聒噪不休的女客們說話，「如果要聊天的話，我們到那邊去吧。」

「在住持來之前，還有時間可以聊天。要先就座也行……若是太晚進去，會只剩前面的位子，這麼一來在誦經時要是打瞌睡，可就穿幫了。」

「哎呀，說得也是。」

傳來呵呵笑聲，也有人說「會不小心睡著」、「會兩腳發麻」，聲音相互交疊。眾人你一言我一語地談笑，拿起手提包開始移動，一旁的祥子說「就像是北風和太陽的故事呢」。

「老公，如果光只會大聲吼，沒人會聽的，你也該向久仁彥學習學習吧？」

「要妳囉嗦。」

明明沒有血緣關係，但祥子愈來愈像我媽了，包括說話口吻，以及指正人的方式。

「太一在哪裡？」

我一面問，一面環顧四周，發現久仁彥家的孩子已經坐在神龕附近，卻始終還不見太一的身影。早上他連西裝領帶都打不好，還請祥子幫忙他打，我當時訓了他一句「真丟人」。

「不知道耶，應該待會就來了，他知道法會開始的時間。」

我差點就要在心裡咒罵了，對那孩子特別縱容這點，祥子也和我老媽一個樣，光想就心煩。

我改望向老媽擺在神龕上的遺照，那是她過世前十年的照片。當時不顯一絲病容，兩頰也沒凹陷。雖然也備有後來拍的照片，但最後還是決定用這張。

久仁彥用高明的手段讓親戚們就座，我望著他的背影，想起兩年前，他那淚流滿面的模樣。當時他面容憔悴，意志消沉，很難相信此刻的他竟然說得出「要是打瞌睡，可就穿幫了」這種沒分寸的話來。老媽從以前就很了解久仁彥，這也難怪。

悲傷是次男負責的角色。

或許看在別人眼裡，會覺得我很冷酷無情，不過，看完老媽臨終前最後一眼，走出病房後，我腦中想的不是悲傷，而是接下來該怎麼做。該跟誰聯絡、喪禮該怎麼辦、向印刷廠訂製印有店名的訃聞、今年拜年時送的毛巾該怎麼做，我在瞬間已經全都想過一遍。

我並非感覺不到悲傷，只不過我是長男，既然肩上扛著責任，就不能輕易落淚。猛然抬頭，發現太一不知何時已經悄悄坐在客廳的某個角落。看到他那縮著身子，無事可做的模樣，我深深感到無力。

「太一。」

經叫喚後，他默默把臉轉向我。空有一身魁梧的身軀，幫忙店裡的工作時，動作卻總是慢吞吞。和我一樣是單眼皮，那眼皮厚腫的模樣，給人的感覺就是很不起眼。儘管如此，要是他能抬頭挺胸，至少看起來也比較稱頭，但不管再怎麼提醒他，他駝背的老毛病始終不改。

「你在幹什麼？這麼晚才來！算了，快去坐在你媽旁邊，你是本家的人，別坐在角落。」

「啊……對不起，我以為自己的身分在親人當中算是最低的，所以才有所顧忌，坐在角落邊。」

這孩子真教人頭痛。

「快去！」

我拉著他的手，要他換位子。

「擺在神龕上的那本書是什麼？」

法會結束，我們正在收拾擺滿一地的坐墊時，阿姨登喜拿起一本薄薄的冊子問，她是老媽的大妹。

「啊，那是我的。」

姪女美奈在我背後回應，她捧著坐墊放在客廳角落，朝登喜奔來。

「這是大學聯考的模擬測驗，上面記錄了全國排名，所以我特地帶來。以前我哥上榜時，奶奶還用螢光筆在他的名字上劃線，非常開心，所以我也想帶來讓奶奶看。」

「嘩，真厲害。全國是嗎？妳說的全國，是指從北海道到沖繩嗎？美奈，妳的名字在這裡頭啊？這個冊子是去哪兒拿的？姨婆也想要呢。」

「只有參加考試的高中才會發送，所以也沒那麼了不起啦。而且參加模擬考的，只有一部分高中，並不是所有高中生都會參加。」

美奈臉上浮現難為情的笑容，但還是指出自己名字出現的那一頁，登喜阿姨再次以誇張的聲音喊著，「好厲害！」

「畠田家的人從以前就一直很優秀，我姊還真是嫁到了好人家呢。久仁彥當初也到東京上大學，美奈以後的成就令人期待，我看不是當博士，就是當大官。」

「別再說了，我們家的血脈，哪會出現那麼優秀的人才啊！」

我忍不住大聲嚷著。

正在交談的兩人，不約而同的面向我，美奈的表情彷彿瞬間凍結。

「像美奈這樣的人，要是去東京的大學找，一定隨便哪裡都有。女孩子如果太好勝，日後要找對象可就辛苦了。」

「會嗎？可是我覺得她很不簡單，而且還是日本全國呢，妳說是吧，美奈？」

「……伯父。」

美奈一改先前的態度，以平靜的口吻叫了我一聲，毫不掩飾地瞪著我。

「什麼事？」

「您為什麼總是說這種話呢？」

也許因為是眾堂兄妹中唯一的女孩，美奈從小就心高氣傲，最近更是變得能言善道，動不動就出言頂撞，登喜阿姨急忙安撫美奈。

「美奈，妳伯父是因為謙虛，不好意思。」

「才不是呢，我不能接受！或許伯父總是把我當小孩子看，但這種謙虛未免也太過頭了吧？伯父，日後我要是真的成為什麼大人物，丟臉的人是你。我就算成了名人，也請你別跟周遭的人說你是我的親戚，拜託你了！」

「如果妳真的當上大官或是博士，我會全力做妳的後盾。如果妳拜託我，我還可以替妳組一個後援會。我的客人當中，有市民代表和縣議員。不過，難保妳日後不會哭著來求我幫忙。」

美奈脹紅了臉，扯開嗓門大吼：

「就是這一點最教我受不了，我實在是跟鄉下人處不來！」

「美奈！」

人在附近的久仁彥聞言後快步跑來，居中調解。美奈快快不樂地皺著眉頭，丟下一句「我受夠了」之後，就這樣離開。

「哥，對不起。」久仁彥代為道歉。

「她就快考試了，比較敏感，你就別太刺激她。」

「明明是個孩子，講話卻像大人似的。」

也許是美奈聽到我說的話，屋內深處的走廊傳來有人用力踢牆的聲音。她的確還是個孩子，個性也很火爆。久仁彥個性溫順，美奈也許是像到她媽。

「不過她真的很優秀，美奈就像久仁彥。」

登喜阿姨在一旁打圓場，久仁彥不置可否地回以一笑。我在一旁插話，喊了阿姨一聲：

「久仁彥確實很會唸書，也很優秀，可是他到東京唸大學，最後還是回到這裡，那還不是沒有兩樣。我身為長男，辛苦的送弟弟出外求學，可是他卻回故鄉當個高不成低不就的公務員。我媽本來對他充滿期待，結果卻是這樣。不過話說回來，市公所的工作並不辛苦，我媽可以不必替他操心，這樣也算是盡孝。」

「是啊，住得近，隨時都看得到，這是最大的孝行。」

面對登喜這番話，久仁彥露出尷尬的微笑，點著頭說：「我大哥才是真正辛苦的人。」

「和自己開店的辛勞相比，我的日子確實是過得輕鬆許多，很過意不去。當初也是託大哥的福，我才能上大學，真的很感激。」

「哎呀，不過靖彥雖然辛苦，得到的回報也不小啊。出門都開名車，令人羨慕呢。」

這個小鄉鎮裡只有我們一家建設公司，儘管經濟不景氣，經營不易，但還是都能保有一定的收益。既沒裁員，也沒變賣車輛。不過話說回來，我在景氣正好時買的那輛豐田CENTURY，確實是高級房車，但也差不多該換車了。它已經累積了相當的里程數，而且現在也賣不了什麼好價錢。

登喜阿姨凝望著老媽的遺照。

「姊姊一定很高興，兩個兒子和孫子們都對她這麼好……她過世至今，也已經兩年了。」

她突然沉浸在感傷中，緊按著眉頭。也許是上了年紀，動不動就流淚。

「她住院後，我只有一開始去探望過她，沒想到竟然是癌症。臨終時，有兒子們在一旁看顧，她一定很幸福。」

「她要是真這麼想就好了。」

我回答後，與久仁彥互望一眼，嘴角泛起既懷念、又尷尬的微笑。

為什麼不告訴我！平時個性溫和的太一，那天難得放聲大吼。

我在老媽過世前兩天、也就是醫生宣告她病危，只剩幾天的壽命後，才告訴孩子們她得的病。因為考慮到得開始準備喪禮，要家人幫忙，這才向他們坦言此事。

早知道奶奶得的是癌症，我就會常去看她，讓她做她想做的事。孩子們這樣哭著抗議。我向他們喝斥道「問題不在這裡」，他們旋即沉默，但在喪禮上，其他親戚也都說著同樣的話。現在他們看起來就像已經忘了那件事，不過當時登喜阿姨也向我責問過此事。

我不想繼續談這個話題，把現場交給久仁彥後，就此步出客廳。

來到走廊上，我取出放在胸前口袋裡的手機，發現有一通未接來電，是03開頭的號碼。來自東京的電話，我只想得到唯一的一個可能。

眾人正忙著準備法會完畢後的餐食，我走在嘈雜的聲音中，穿過走廊，來到無人的後院。用手機回撥，對方馬上接起電話，回了一聲「喂」。聽聲音，是上次那個小鬼。

「我是畠田。」

「我是使者，令堂說願意見您。」

聽到他的回答後，我重重吁了口氣。我並不覺得特別緊繃，但為何會有這種反應，自己也不知道。儘管沒人在看我，我仍然抬頭挺胸。

「這樣啊。」

關於使者的事，老媽只對身為長男的我說，不過，就算久仁彥知道這件事也不足為奇。他很關心媽，是個溫柔的次男，媽很信任他，應該也很以他為傲。久仁彥真的沒聽說過這件事嗎？還是說，他明明知道，卻沒委託使者？

「可以照之前我告訴您的那樣，將日期安排在接下來的滿月那天嗎？滿月當天的時間最長。」

小鬼告訴我具體的日期，我表示同意。他所選的地點，是我從沒聽過的一家飯店。當我跟著重複飯店名稱時，他問了句「沒問題嗎？」

「如果您不知道地點，我可以再說仔細……」

「只要知道名稱，就能進一步調查，沒關係的。網路上也找得到吧？」

「是的，應該可以。」

「那就沒問題了。」

我自己沒使用網路，但祥子和太一常玩電腦，只要找個藉口讓他們替我上網查詢就行了。

「那就當天六點半，在大廳碰面，我會在那裡。」

「我媽有說什麼嗎？」

我詢問後，電話裡沉默了一會兒。我急忙改口，

「我現在還是不相信，不過，如果真的……」

「等見面時，您可以直接向她本人詢問，到時候見了。」

他單方面留下這句話後，便掛斷電話，本想叫他等一下，但還是慢了一步，我暗啐一聲，按下結束通話鈕，這時背後傳來一聲「爸」。

我心頭一震，回頭看到太一就站在我身後，在黑暗中，宛如鬼魂一般。

「你幹嘛？」

我不耐煩地說，他嚇了我一大跳。太一以他平時的溫和口吻回答「嚇到你了嗎？抱歉」，然後慢慢朝我走近。

「關於美奈……」

「美奈？」

「剛才她不是和爸爸起衝突嗎？」

「喔。」

像那種親人之間的溝通，算不上衝突，不過我還是點頭回應。接著，太一語出驚人：

「爸，我勸你最好改一下態度。」

「什麼？」

「不用馬上道歉，只要慢慢改就好了。美奈真的很努力，很不簡單，你應該認同她才對。」

「在別人面前誇自己的親人幹什麼，也不害臊。」

「那是你的藉口……」

太一堅持不退讓。

「你如果老是當自己是大人，當別人是小孩，一味的打壓，美奈也會跟你賭氣。也許會因而討厭我們，再也不想到家裡來，奶奶地下有知，一定會很難過。」

自從老媽過世後，久仁彥家的孩子確實就很少到家裡來。今天的法會另當別論，像過年、中元節，他們兄妹倆總是以忙碌為由，幾乎都不到家裡來。

我不予理會，正準備從旁邊走過時，太一又叫了聲「爸」，但我還是沒回應。太一像個婆娘似的，還打算繼續說教，不知道老爸看到他這副模樣作何感想，本家的長男竟是這副德行，我真是愧對祖宗。我老爸無緣見到自己孫子就往生極樂，就某個層面來說，或許也算是一種幸運。

回到佛堂後一看，已經大致整理完畢。板著臉孔的美奈，和她哥哥一起坐在角落，把玩著手機，她哥哥裕紀明天就要返回東京。

登喜阿姨這次改為和裕紀聊天，我聽到她詢問裕紀大學的情形以及目前求職的情況。裕紀晚太一半年出生，但兩人同年，聽說某外資企業已經內定要錄用他，但他似乎想進研究所繼續深造。不管是走哪條路，聽起來都是前途一片光明。

「裕紀，你也很了不起呢。」

「才沒有呢，姨婆。」

他一臉尷尬地搖著頭，那模樣像極了久仁彥。

太一回到房間後，湊向他的堂弟堂妹，不知道在說些什麼，似乎是電視節目這一類言不及義的話題。原本面有慍色的美奈，馬上表情為之一亮，從手機上移開目光。他們平時感情並不見得有多好，不過彼此年紀相當，相處起來應該比較不會有顧慮。太一很快便和裕紀聊得熱絡，孩子就是這麼單純。

我裝沒看見，以眼角餘光注意孩子們的舉動，這時，祥子朝我喚了聲「老公」。

「剛才坐墊不夠，好像是太一去幫我拿的。」

「喔？」

「法會開始前，你不是還罵說太一跑哪兒去了嗎？他跑到別房去拿坐墊了，待會兒你誇獎他一下吧。」

我望向擺在客廳角落的那一疊坐墊，有幾片顏色不一樣，確實是平時放在別房裡的。

你誇獎他一下吧？

什麼跟什麼嘛！我皺起眉頭。

「又不是小孩子，沒必要為了這麼點小事而刻意誇他吧？跟傻瓜似的。發現就去做，是很理所當然的。」

「可是……」

「別為這種小事叫住我。」

當初提到我替太一出學費，條件是他得幫忙店裡的工作，久仁彥聽了，極力誇讚太一。他說現今這個時代，大部分孩子都認為父母出學費是天經地義的事，太一真的很了不起，像我家的裕紀、美奈就辦不到。

——他已經長成一個正直的好孩子。

當時聽他這麼說，總覺得有哪裡不對，就像現在一樣。根本沒什麼好誇獎，甚至覺得他說的是理所當然的事。

太一誇張地擺動手臂，逗美奈和裕紀發笑。兩人開懷大笑，但我看得一肚子火，很想問他一句，人家這樣笑你，你覺得無所謂嗎？

太一剛上小學時，老媽將爸爸的鋼筆送給太一。那是多年來，她一直當作丈夫遺物看待的物品，也不曾給過我。那是替當時的鎮長家承包工程時，鎮長送我們當紀念的昂貴鋼筆。我第一次看到太一拿著那支鋼筆時，罵他「是你自己拿出來的嗎？」那不是孩子該帶在身上的東西。

「奶奶說要給我的。」

我向搞不清楚狀況的太一質問時，老媽急忙跑來說「是我」。

「是我送他的。」

太一躲在老媽背後，畏怯地望著我，但手裡仍緊握著那支鋼筆，他從襁褓的時候起，便比家裡任何人都和老媽來得親近。祥子產後恢復狀況不佳，在鄰市的大學醫院住了一段時間，當時剛出生的太一就是由老媽一手照料。不知不覺間，太一就這麼成了一個整天跟在奶奶身後打轉的小孩。我媽應該也覺得這樣沒什麼不好，就連里民會辦的旅行團，她也常帶著太一一起去。

不過，要是老媽看到現在孫子們的模樣，不知道會將老爸的鋼筆託付給誰，老爸又會希望將本家託付給誰呢？

5

在品川車站下車後，我很快便知道使者指定的飯店在哪裡。用不著叫太一調查，還很嶄新的飯店招牌，就掛在車站前，指示道路方向。

傍晚的車站前，有許多穿西裝的上班族和粉領族，還可以看見父母帶著孩子，像是來這附近遊玩。地圖上標示，這附近有家水族館。明明是平日，難道這些孩子不用上學嗎？都市人好像都閒閒沒事。

來到飯店前，我收好地圖，正準備走進去時，一位像女明星般打扮光鮮的女子，從停在一旁的計程車內走出。穿著制服的年輕飯店員工替她開門，女子一臉習以為常的表情走進飯店。這時剛好走出一對身穿傳統和服的老夫婦，與女子擦身而過。

我望著這些神色從容的人們來來往往，穿著西裝的雙肩突然感到一陣寒意。腳下的大理石晶亮如鏡，映照出我站在上方的模樣。

——那小鬼會出現在這種場所嗎？該不會是騙我，想讓我出糗吧？

我拿定主意，走進飯店內，另一名飯店員工注意到我後，行了一禮。我感覺到他朝我上下打量的視線，心裡很想對他說「別管我」。我是客人，有事要辦才會來這裡。我身上穿著西裝，還打著領帶。

走進大廳後，馬上就看到那個小鬼，他坐在鋪有布椅套的椅子上。一看到他，我肩膀緊繃的力氣頓時全部化去。他就坐在那裡，完全沒有被飯店氣氛震懾的模樣，正打開一本文庫本，專注地閱讀。

「喂。」

我出聲叫喚，他抬起頭，微微發出一聲驚呼，看了看手錶後對我說了句「您來得真早」。

「是啊。」

現在離約定的時間還有三十分鐘，我認為時間已經不早了，忍不住皺眉。

「要喝點什麼嗎？」小鬼詢問。我望向飯店內的咖啡廳，回了句「不用」，看到那巨大花瓶裡插滿了花，還有後面泛著黑光的平台鋼琴，我便不想在那裡頭喝茶。先前明明是在那可疑的醫院中庭見面，怎麼會落差這麼大？

他展現出神色自若的模樣，很像是這小鬼的風格。他似乎很熟悉這飯店的一切，看了就教人反感。

「這地方價格不便宜吧？」

「是啊。」

「……我媽來了嗎？」

「那名和我媽長得很像的演員」，我以帶有這種含義的口吻詢問，小鬼闔上書本，收進包包裡，書皮包覆著印有書店名稱的封套，所以看不出這是哪本書。

「我在這家飯店的九樓訂了一間房，待會兒我會給您鑰匙，令堂已經在房間裡等候。」

她已經來了。

我再次真切地感受到自己接下來要做的事，暗自吞了口唾沫。

「她已經來了？」

「是的。」

「那我可以上去了嗎？」

「這個嘛……」

他語帶躊躇地停頓片刻，再度望了手錶一眼，似乎不知如何是好，沉默了好幾秒，接著搖頭回答：

「我是覺得沒關係，不過，可否請您遵守時間呢？因為原本說好是從六點半開始。」

「硬性規定是吧？和公家機關一樣。」

小鬼面無表情，默不作聲。感覺此刻的他，與先前舉辦法會時，美奈瞪我的眼神很相似。現在的孩子都被寵壞了，每個都一個樣嗎？

「你這種身分真好，打工的薪水有多少？還是說，這是你自家經營的事業？」

「可以這麼說。」

小鬼點了點頭，接著起身，「我去確認一下。」

「請您先坐一下，我馬上就回來。」

確認？跟誰確認？我心裡充滿問號，但小鬼已經快步離去。

我目送他走向櫃台的背影，坐在他剛才坐的椅子，取出手機，確認現在的時間。

不久，小鬼再度返回。

「這是鑰匙。」

他遞出一張厚紙，上面印有飯店的名稱和 Logo，裡頭應該是夾著一張鑰匙卡。以前出差兼旅遊，在外頭住飯店時，曾用過這種鑰匙卡。當時不知道是不是插反了，一再亮起錯誤的紅燈，怎樣都打不開。如果可以，我希望能改用普通鑰匙，但是像這種地方，現在可能全部都統一用鑰匙卡了。

「嗯。」我點頭收下。

「這筆錢你要怎麼處理？」

有必要選在這麼高級的飯店嗎？小鬼搖了搖頭。

「您大可不必擔心，一概不收任何費用。雖然時間有點早，但您還是可以先過去，我已經確認過了，令堂說您現在可以上去了。」

我站起身，和他一起走向電梯。這時，小鬼突然說了句「還有……」

「什麼事？」

「我要回答您上次的提問，關於我的工作，您曾經問過『你父母知道你都這樣裝神弄鬼嗎』。」

「嗯。」

我都忘了自己曾經問過這句話，現在才猛然想起。我應該還問過他，是不是有到學校上學，但還來不及開口，小鬼已經先接著說：

「我沒有父母，只有小時候曾見過面。」

他的聲音無比沉穩，聽起來不像是要引人同情，也不像是沉浸在感傷中。

我一時不知如何回答，就只是回望著他。電梯來到一樓，很突兀地發出叮的一聲清響。

「你父母都不在了嗎？」

我馬上提出這個很愚蠢的問題，小鬼點點頭，看起來不像在說謊。

「是的。」

「那……」

我無言以對，正當沉默時，電梯門開啟，小鬼快步走進電梯內。沒其他人共乘，我們彼此沉默相對，電梯就這樣來到九樓的目的地，中途都沒停頓。

叮的一聲，抵達的信號聲響起，電梯門開啟。鋪滿紅地毯的走廊前方盡頭，擺著一只花瓶，雖然尺寸比大廳的花瓶小上許多，但同樣插滿了花。

「是九〇七號房，我會在一樓的大廳等候。就算您聊到早上也沒關係，等您結束下來後，請再告訴我一聲。」

「喔。」

我注視著碎花圖案的壁紙，鄉下人家的婦女，有時也會委託我們更換這樣的壁紙，當時我實在不覺得她們的品味有多高，不過，在東京的飯店實際看過後，卻覺得很時尚，就像舶來品一樣，說來還真不可思議。

我凝望那名自稱使者的小鬼。

他打算整晚不睡，在那裡等我嗎？走出電梯外，準備陪我一程的這個小鬼，雖然個頭比我高，但隔著大衣也看得出來，他的肩膀相當削瘦。當我感覺到他這種體格根本完全稱不上大人時，突然有種牙根發酸的錯覺。我低著頭，邁步走出。

走了幾步後，我回頭叫了聲「喂」。「有事嗎？」小鬼看著我。

「不好意思，老問你一些怪問題。」

小鬼面無表情地回望我，看不出有驚訝的表情。我又重複說了一次，說話速度加快不少，「不好意思。」

「哪裡。」

我背對小鬼，朝那個房間走去。感覺得到那小鬼的視線緊跟在我背後，繞過轉角後，我這才喘了口氣，九〇七號房。

手中包覆鑰匙卡的厚紙，被汗水沾濕，表面起了縐摺。我深吸一口氣，仔細確認插卡方向後，讓鑰匙卡穿過插卡縫隙，綠色的燈亮起。打開門一看，裡頭早已點亮著燈。

我走進房內，裡頭傳來腳步聲，一個緩慢、熟悉的聲音。在店裡和家裡、走廊和廚房，都曾經聽過這個聲音走近。

我想起來了。

闔上眼，嗅聞到懷念的氣味。不論是聲音還是氣味，先前近在身邊時，從沒注意過，但間隔一段時日後重溫，從前的記憶竟然一口氣全部重現。

「靖彥。」

我聽到這個聲音，睜開眼。

老媽穿著一襲柿子色的和服，就站在我面前。

「……媽。」

那是她住院前的面容，原本瘦得像枯木般，教人不忍卒睹的手臂，現在已恢復原本的豐腴和紅潤，也還沒掉髮。而且髮量沒變稀疏，仍留有些許黑髮。一部分頭髮編成三編的麻花辮，她說這是西洋的編法，是向登喜阿姨學來的。

這件柿子色的和服，不是穿來參加婚喪喜慶之用，而是老爸當初唯一買給她的一件好看的外出服。後來分遺物時，由祥子留下，應該一直都收在衣櫃裡，從沒穿過。那柔和的微笑、酒窩浮現的位置，不管再厲害的演員也模仿不來。

是老媽沒錯。

「靖彥，你真是的……」

我就像愣住一般，蒙著一層淚的雙眼緩緩眨動。

「不是吩咐過你，不可以因為想念而來找我嗎？真拿你沒辦法。」

「又不是我自己愛找妳。」

是那座山的地契……我正準備繼續往下說時，老媽伸手摸向我的臉。在入殮前，我曾摸過她的身軀，因為死後身體開始變得僵硬，摸起來像石頭一樣冰冷堅硬。

「靖彥。」她喚了一聲，碰觸我的臉頰。在感受到她體溫的瞬間，我全身顫抖，咬緊牙關，極力克制差點從喉中流洩出的嗚咽，眼眶泛著淚。

6

「為什麼穿和服啊？」我問。

「不行嗎？」老媽敞開衣袖，回了我一句。我拉出擺在床後的椅子坐下，老媽開始用飯店裡的電熱水壺準備泡茶。她苦笑著說，這裡不同於旅館，只提供茶包。

「我問過使者，怎樣的打扮都行嗎，他說怎樣都行。因為我已經是最後一次到這裡來，就讓我漂亮一回吧。」

「之前妳都在哪裡？」

兩年前她過世時的遺容，還有出殯的情形，我都清楚記得。還有老媽不在之後，店內和家裡的生活有了什麼樣的改變。家人們應該都已逐漸習慣少了她之後的新環境，但這次和她見面後，我不禁覺得她之前是暗中在某個地方生活。

然而，老媽卻爽朗地笑著回答：

「還會在哪裡，當然是在那個世界囉。」

做好燒開水的準備後，她返回房間中央。老媽的身影映照在桌前的一面大鏡子上，這一幕從我眼角晃過。明明是鬼魂，卻會在鏡子上映照出身影？老媽發出「咦」的一聲，順著我的視線望向鏡子，恍然大悟地點頭「喔」了一聲。

「像這種地方，大多會在桌子上擺一面鏡子。」

「妳曾經來過飯店嗎？」

我帶她參加過幾次家族旅行以及里民會辦的旅行，住的應該都是旅館才對。「來過。」老媽回答。

「我也曾委託使者來過這裡，當時和現在不同，是另一個名稱的飯店，不過我問過那孩子，他說只是幾年前重新做過大規模的裝潢整修，一樣是同一家飯店。」

「妳說的那孩子，是那個小鬼嗎？」

「沒錯，你也見過他嗎？」

媽滿意的笑著。唯一一件外出穿的和服，還有高級飯店。雖然嘴巴說著我怎麼會來找她，但感覺得出她很開心，她生前幾乎沒機會穿這件和服。我之所以記得這件和服，是因為當初老爸竟然也會買這種不實用的東西送她，令我大感意外，他比我更厭惡浪費和玩樂。

「我還以為久仁彥來過了呢。」

我凝望著她的臉說。這時老媽表情一愣，笑容瞬間消失，接著反問我一句「為什麼」。她的表情說明了一切，也許是因為長期做生意的緣故，她的直覺和洞察力向來都高人一等。

「我不是說過嗎，這件事我只告訴你一個人，你還懷疑我啊？傻瓜。」

「如果最後還有一次機會能和人說話，應該是選久仁彥比較好吧？」

「你還是老樣子，說話一樣難聽，開口沒好話，都是跟你爸學的。」

她半是苦笑、半是驚訝地說，朝我「哼」了一聲。

過去很少有和老媽兩人單獨談話的機會。小時候老爸和久仁彥常在身邊，結婚後則是有祥子和太一在。和老媽兩人閒話家常的記憶，好像就只有她臨死前，為了和我談工作和使者的事，而把我叫去病房的那一次。相對的，久仁彥從以前就跟老媽很親近，兩人常聚在一起聊天。像這種場面，久仁彥比我習慣多了。

感覺開水似乎已經煮沸，傳來沸騰的聲音，冒起蒸氣。她站起身，緩緩開口：

「那座山的地契，就收在公司的金庫裡，最下面那層。」

使者已經將我找她的目的告訴她了嗎？

我抬起頭來，老媽就像是趁這個機會告訴我這件事似的，一面將茶包放進杯裡，一面說著，倒熱水的聲音與她的說話聲重疊。

「重要的東西我全都放在一起，擺在右邊角落，收在我們店內專用的信封內。」

「這樣啊。」

「嗯。」

老媽手中傳來泡茶的聲音，現場突然寂靜無聲。接著她走回來，將杯子遞給我。

「你應該知道文件放哪裡才對吧？」

她直盯著我的臉，我默不作聲，但全身僵硬。老實說，我沒想到她會當面這樣問我，一時間無言以對，正當我打算避開她的目光時，她的臉微微露出悲傷的神色，

「是要試探看我有沒有告訴久仁彥是嗎？」

「不是。」

我確實懷疑老媽是否告訴過久仁彥這件事。懷疑有使者存在的這件荒唐無稽的事，她是否只告訴身為長男的我。我想起老媽死後，久仁彥那意志消沉的模樣。就算他真的瞞著我，偷偷和老媽見面，我也沒有要責怪他的意思，而我這次拜訪使者，也不是想搶先從久仁彥那裡奪走這個機會。

「不過，你說要賣那座山，應該是騙人的吧？就算要賣，也賣不了什麼好價錢，而且現在都是交由管理人代管，又不會造成店裡經營的負擔。」

「……是啊。」

老媽說得沒錯，我並不打算賣那座山，資料放哪裡，我也很清楚，就算讓老媽知道我這只是藉口，那也無所謂。我心想，只要提出想見面的要求，她應該會願意見我才對。

「那麼，你這是為什麼？」

我一時也答不出個所以然來。

老媽已經過世兩年，我在準備滿兩年的忌日時，老想起她臨死前的事。她視節儉為美德，為了爸爸、孩子、孫子、店面，總是把自己的事擺最後，一直到大限將至。

其實她在世時，我一直都想問她一句——我這樣做到底對不對。

「老媽，妳知道自己得什麼病嗎？」

老媽臉上清楚浮現驚訝的表情，她雙目圓睜，嘴脣微張，這次換她說不出話來了。

當時我很猶豫，很想向她問清楚。我決定不告訴她罹癌的事，真的是她想要的結果嗎？當時到底該不該說？她死後，我一直沒機會確認。我在腦中回想她的一言一行，心裡猜想，她可能全都知道，想以此說服自己，讓自己接受。但真的是這樣嗎？就算知道醫生告知的壽命期限，面對自己的大限會感到不安，這也是理所當然。可是，如果知道自己已經時日不多，老媽或許可以選擇過她自己想要的生活方式。

太一和美奈責備我，怪我為什麼不告訴他們。早知道是這樣，他們就會多去看奶奶，多和她聊聊天……

關於告訴孫子們和親戚這件事，久仁彥認為應該這麼做。至少也該告訴阿姨、姨丈一聲。但我根據自己的判斷，阻止他這麼做。就只是因為我是大哥，是家中的長男，所以我堅持己見。

但這決定正確嗎？當初我應該告知他們嗎？

原本我應該沒辦法確認此事，但現在有機會了。

「我說靖彥啊……」

老媽似乎沒想到我會這麼問，略顯慌亂的將茶杯擱在桌上。她朝我走近，做了個深呼吸。我無法答話，握緊拳頭，一直注視著她的臉。

我問她是不是知情，她並未回答。我望著她的臉，咬緊牙關。她那平靜的神情，答案全寫在臉上。儘管我認為自己擅自作判斷，對自己的思慮不周感到焦躁不已，但我承認是因為想看她此刻的表情，才來到這裡。

我想為自己沒告訴老媽有關她病情的事，向她道歉。希望能得到她的原諒，讓她好好罵我一頓。就算她清楚告訴我，之前做錯了，那也無妨。

當初舉辦喪禮時，還有現在，我都覺得自己沒有當長男的才幹。從老媽那裡得知使者的事情後，我可以告訴久仁彥這件事，把見面的機會讓給他，但我沒那麼做。

「你心地善良，雖然你這個人嘴巴壞，又頑固。」

老媽說，淚水在我眼眶打轉，差點就要奪眶而出，但神奇的是，它居然沒落下。老媽開心地笑著，伸手搭在我緊握的拳頭上。

「……你也一直很關心久仁彥的事對吧？也差不多該學會放下了。」

我一言不發地回望她，老媽搖了搖頭。

「因為長男的身分，繼承這家店，對此感到歉疚，內心一直很在意。雖說讓久仁彥去唸大學，但你又擔心是自己把他趕走。這點我和祥子都發現了，也許久仁彥自己也知道。」

「我才沒擔心呢。」

市公所的工作，確實不像自己開店那麼辛苦，但擁有土地和山地的人是我，開名車的人也是我。

「那樣最適合久仁彥，你自己看也知道吧？他的個性就適合擔任市公所的職務，而且店裡的事也都是你在處理。」

「就算由久仁彥來繼承，那家店一定也能經營得有聲有色。不過，我就沒辦法在市公所任職。」

「不要說這些歪理，你別再因為在意這些事而偷哭了。」

「我才沒有呢。」

老媽瞇起眼睛，以開朗的笑聲，對我的反應一笑置之。

「既然這樣，就別讓眼睛那麼紅腫啊，開朗一點嘛！」

我雙臂盤胸，維持同樣的姿勢，一動也不動，臉和背都熱得發燙。

「我很幸福。」老媽一邊喝著杯裡的茶，一邊說。我第一次看她用茶碗以外的容器喝茶。

「兒子和孫子都對我很好。」

「孫子是嗎……」

「是啊，太一也已經長大成人。雖然小時候體弱多病，令人操心。」

「他空有個大個子，什麼也不會。」

我說完後，老媽瞪了我一眼。

「他是個好孩子，雖然不像你那麼有魄力，不過他口才不錯，而且很懂得如何讓周遭的人凝聚在一起，好在他像到我和祥子。」

「……真是這樣就好了。」

他當繼承人，妳不是覺得不太放心嗎？雖然心裡這麼想，但我沒說出口。原本打算，要是太一真的不適合經營這家店，他可以照自己想要的路去走。我常在想，如果他想做其他工作，我可以成全他，並暗中觀察，但他都不表示自己的意思，教人看得焦急萬分。

老媽或許是想鼓勵我和太一，才這樣誇獎他。因為這真的是我們最後一次交談的機會了，她不可能講難聽話。

老媽笑得滿臉皺紋，「沒錯，他是我最自豪的孫子。」

「老爸也在那個世界嗎？」

天將亮時我問，老媽平靜地莞爾一笑。

「在你死之前，就對死後的世界抱持一份期待吧。」

接著，「差點忘了，」她像是突然想到什麼似的，然後往下說：

「你還不懂我為什麼請求使者讓我和你爸見面嗎？」

我回望她，沉默無語。「真的不知道？哎呀……」她一臉詫異。老實說，我當這件事並無多深的含義，差點把它忘了。

「有特別的原因嗎？」

「你這孩子可真無趣，真拿你沒辦法。」

她苦笑著說「就等你自己去發覺吧」。

「既然你也為人父母，總有一天自然會明白。」

看來，她並不打算告訴我。她是我媽，我很清楚，一旦決定的事絕不會更改，這種頑固的脾氣，是老爸老媽的共通點。可是我心想，至少今天可以通融一下吧？但還是遲遲不敢開口，我知道時限將至。

「代我向大家問候一聲。」這是老媽消失前最後說的話。

在宛如從夢中醒來的唐突感之下，不知何時，房內只剩我獨自一人。

變瘦前的母親，伸手輕撫我臉頰的觸感久久未散。她以生病前的健朗姿態現身，現在消失後，我突然感觸良深，才發現她氣色絕佳，兩頰紅潤、手臂豐腴，這都令我高興得幾乎要放聲大哭，我緊按自己的前額。

明明心裡想，在走到一樓前，得控制住自己的情緒，但還是忍不住淚如泉湧，泣不成聲。

7

搭電梯來到一樓後，那個使者小鬼正好穿過入口處的自動門，走回飯店中央，看起來像是剛送走某人。我的視線很自然地投向玻璃門外，看見一位身穿厚重套裝的年輕女子身影。

朝陽射進飯店內，白光刺眼炫目。小鬼發現我，朝我走近，「結束了嗎？」

「嗯。」

他昨天人在哪裡？整晚沒睡嗎？看起來有點睡眼惺忪，一樣穿著昨天那件大衣。我一直沒說話，他朝我伸手說了句「請歸還鑰匙」。

有幾名上班族拖著大大的行李箱，在櫃台前排隊，似乎是一早趕著要出發。

我把鑰匙卡歸還小鬼，這孩子還真是處世超然，不該說的話，一句也不多說。他抬起頭，只問了我一句話：

「雖然不收取費用，但希望能聽您發表感想，可以分享一下嗎？」

「感想？」

我愣了愣，心裡偷偷想著，這樣好嗎？但小鬼一臉認真的表情，於是我重新站正，臉上泛著苦笑回答：

「……我差點就被騙了，以為那是真的，你們安排得真好。」

我這刀子口的壞毛病，已經改不掉了，大概一輩子都是這樣。我有預感，今後兒子和姪兒們只會更加討厭我。

這小鬼還是一樣面無表情，我重重吁了口氣，接著向他說：「非常謝謝你。」

我從長褲後方口袋取出錢包。「我們不收錢。」小鬼皺著眉頭。我搖頭說「你誤會了」，接著從錢包裡取出邊角都已磨圓的名片，是我家建設公司的。

「要是你有機會到這附近來，請跟我聯絡。這次受你關照了，要是有我幫得上忙的地方，請儘管開口。」

小鬼接過名片，緩緩眨了眨眼，抬頭看著我。

「就算是一點點小事也沒關係，也許你會覺得我很雞婆，不過，要是你有什麼困難的話，隨時都歡迎你跟我說。」

我不太會表達，連珠砲似的說了一長串。

就在這時，原本面無表情的小鬼，神情突然轉為柔和，我第一次看他展露笑容，接著意外傳來一個很孩子氣的聲音。

「謝啦。」他似乎說完後才猛然驚覺，想重說一遍，但我搶先一步對他說：

「別再用裝模作樣的敬語說話了，這樣看起來很傲慢。」

「不，這怎麼行，非常謝謝您。」

他恭敬地低頭鞠躬，將我的名片收進口袋，我們就這樣在朝陽下告別。

幾年後的冬天，我才明白老媽當初去見老爸的原因。

繼承家業的太一結婚，我用原本老媽住的房間當他們的新房時，這才開始整理她死後一直維持原樣的行李。老媽留下的厚厚一疊日記，就放在行李中。

我想起某件事，翻起了日記。先前為了和她見面，而前往委託時，那個小鬼曾說過，老媽在二十年前也曾委託過使者。我從和她見面的那一年往回推，打開那光看就覺得眼睛發癢的褐色老舊日記。

我很快就找到類似的描述，看到上頭的日期寫的是十一月二十三日，我大吃一驚。老媽每年一定參加，從不缺席的里民旅行團，時間就是訂在勤勞感謝日那一陣子。難道她騙我們說要去參加旅行，其實是暗中去見老爸？

「雖然使者說當天不是滿月，見面的時間比較短，但還是很慶幸我去了。讓他見到太一，他高興得流淚，很慶幸我去了。」

我去見老媽的那一年，太一剛滿二十一歲沒多久。老媽透過使者和老爸見面，大約是二十年前的事，正確說來，是太一兩歲那時候，所以好像是十九年前。

你這樣還不懂嗎？老媽的聲音，就像昨天才聽過似的，清楚的在耳畔響起。

當時老媽突然向使者提出委託的原因，是因為太一誕生。她一直等到太一可以牽著走之後，才讓老爸看長孫一面。讓他看看我家的長男，畠田家的繼承人，老媽連老爸的鋼筆都給了太一。

當我問老媽，是否應該將使者的事告訴長男，一代一代傳下去時，她側著頭，一臉猶豫地說「太一他……不知道行不行」，我現在終於明白這句話的含義了。

人在世時，只有一次機會能和死者見面，太一在尚未懂事時，曾見過老爸一面。

在老媽簡短的日記描述中，接連兩次重複寫道「很慶幸我去了」。很難想像老爸流淚的模樣，不過他那黝黑粗糙的手掌撫摸太一小腦袋的畫面，卻清楚浮現腦中，我日後應該也會這麼做吧。

祥子和媳婦在廚房叫我，我應了聲「來了」，闔上日記。回到家人齊聚一堂的客廳時，從敞開的拉門內傳來火爐的熱氣，感覺雙肩就這樣變得溫熱起來。

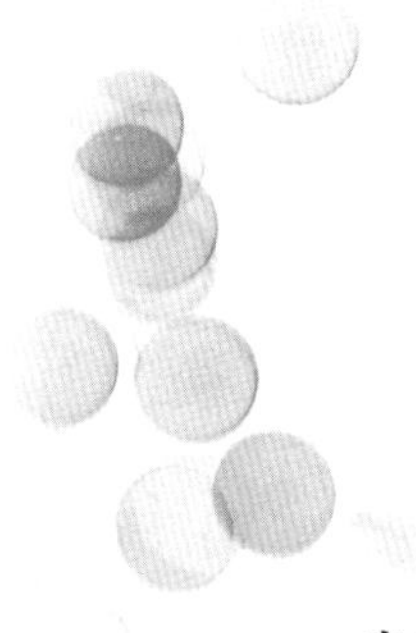

摯友的心得

雖然這是很老套的一種說法，不過，自從御園死後，我真的覺得自己的身心全被掏空，成了一具空殼。

十二月的那個清晨，是那年冬天氣溫最低的一天。

當我聽說御園在那個坡道下發生撞車意外時，心想，應該還有辦法醫治才對。她好像整個人被彈飛，撞到頭部，大量失血。儘管聽說是很嚴重的車禍，但就算御園的身體機能停止運作，失去意識，但只要努力營救，像靈魂或生命這類的東西，一定會再次重回她體內。我真的這麼認為，對此深信不疑。如果她到今天早上都還活著，身體仍保有溫熱，那一定有可能辦到。

所以動作要快，醫生、御園的父母、此刻在她身旁的人們，動作要快，得趁還來得及之前攔住她正在附近飄蕩的靈魂，讓靈魂重回她體內。快點，動作要快，一刻不能耽誤啊！

當我一開始聽到御園的死訊時，沒有絲毫真切的感受，感覺就像尋找失物的時候一樣。得向學校提交的資料，或是電車都到站了，卻從口袋裡不翼而飛的車票，雖然遍尋不著，令人傷透腦筋，但一定仍然存在於某個地方，應該還有我沒找過的地方，我向來都抱持這種樂觀的態度。

等到能找的地方都找遍了，而且找過的地方重複地一找再找後，我才知道自己已經無技可施。

御園的死，感覺就像這樣。

這明明是我深切期盼的結果啊。

我明知會有冷水流向那條道路，早在御園發現之前，我就知道了。知道在自行車飛馳的情況，那條坡道旁的水龍頭要是有水流出的話，會有什麼後果。

我老早就發現這件事了。

到了冬天，水會結冰，我們每天早上都會騎自行車經過那裡。

殺害御園奈津的人是我，這件事沒人知道，除了已經死去的御園之外，沒有人知道。

1

——嵐，我可能喜歡上那個人了。

漫步在走廊上時，御園說。我發出一聲驚呼，注視著她。

「就是剛才那個人，四班的。」

我正準備轉頭時，「不行！不能回頭啦！」她出聲制止，但我已經搶先轉頭望向身後，因而目睹了對方的背影。兩名並肩而行的男孩，我一看就知道御園說的是哪一位。御園喜歡的類型，應該是右邊的。他們像是在聊電視之類的輕鬆話題，動作誇張，不時像孩子似的，朗聲說著「真的假的？」、「好酷喔」。

我僅僅知道他的長相和名字，但從沒注意過他，甚至沒發現御園一直在注意他。

「是右邊那個吧？」

「他很帥吧，打扮也很有型，妳不覺得和之前我借妳的漫畫裡頭的主角步美有點像嗎？而且他的名字竟然也同樣叫步美，不覺得很像是命運的安排嗎？」

「才不像呢，我也不覺得這是命運的安排。」

我馬上回答。

我們最沉迷的少年漫畫主角步美，他那端正的五官，不可能存在於現實世界中。如果是由電視上的藝人在電影中扮演，那倒還無所謂，但我可不希望拿身邊的高中男生來和步美相提並論。

「嵐，妳還是一樣嚴厲呢。」

御園苦笑，我挺起胸回答：「這也是沒辦法的事，因為我只對帥哥有反應。」

「就算是藝人，也只有在高畫質下接受精細的攝影，仍然一樣俊美的人，妳才會承認對方是美男，對吧？」

「可以這麼說。」

我點頭時，感到洋洋得意。

我和御園常說自己是「混種宅女」，精通漫畫、卡通、小說、ＢＬ等等，自然不在話下，對於時尚流行、化妝品，也同樣知之甚詳，各種事物我們都很想精通，充滿求知欲。儘管一般人都說宅男宅女欠缺與人溝通的能力，但我們還是很想和班上同學融洽相處，只要有人開口拜託，我們也常會出借漫畫。

每次有同學說「嵐和御園看起來一點都不像宅女呢」，我總會偏著頭說「會嗎」，但其實心裡很開心。

「我覺得剛才那個人很棒。」御園望著步美離去的方向說。「喔。」我不置可否地回應，御園再度露出苦笑。

「嵐，是妳自己理想太高了。」

「我不喜歡談戀愛。」

「不過，妳如果有喜歡的人，要告訴我喔。因為嵐長得很可愛，不知道會喜歡什麼樣的人，我很期待呢。」

御園泛著柔和的笑臉說，我蹙起眉頭回應「不會有那麼一天」。御園聳了聳肩，但依舊笑臉盈盈。「走吧，社團快遲到了。」我向她催促。

御園相當尊重我。

在我升高中認識她之前，我一直以為自己永遠都交不到好朋友。和同學保持若即若離的距離感，不與別人深交，這種態度很酷，而且也不會感到有何不便。

但後來我在話劇社遇見御園，和她莫名的契合。我和她聊到從小時候至今都沒人知道、只有我最清楚的宅女話題，沒想到她也很清楚，我們兩人馬上一拍即合。她家裡管得很嚴，好像嚴禁她用零用錢買漫畫，但她暗中偷買的漫畫，卻比我的藏書還多，她對許多事都熟悉到令人驚奇的地步。

大家常說我們倆情同姊妹，我們之間剛好處於一種絕佳的平衡關係。御園個性溫柔，善於聆聽，過去在許多情形下，她都能允許我「任性」的言行。

也許是因為我在堂兄弟姊妹中年紀最小的緣故，一直都是在親人的呵護下長大。在某個環境中，如果我不是最受重視的人，心裡就會很不是滋味，我對自己這種糟糕的個性也頗有自覺。當然了，這也一直都在我可以克制的範圍內，不過，當有位年長我許多的堂哥，家中有新生兒出世時，我看大家都搶著逗那孩子，我也跟著裝出很疼愛小嬰兒的模樣，但其實內心相當落寞，覺得很無趣，我把這些心事全部一股腦兒向御園傾吐。

她點著頭，「嗯，這種心情我懂。」就像在笑說「真拿妳沒辦法」。

「會說這種話，確實很像嵐的作風。」

「是嗎？」

「是啊，一般人是不會說出口的。嵐，妳真的很坦白，坦白得教人羨慕呢。」

御園說我異於常人、古怪、是個怪咖，聽起來都很順耳，表示這樣的我在她眼中，很與眾不同。

她也常說我可愛、令人羨慕。

我沉迷於可愛系的藝人時，她會說：「妳要是和他結婚的話，生下來的寶寶眼睛一定很大，可能會占臉的一半！」、「嵐的眼神太吸引人了，就跟偶像一樣。」當時我正被那位有一雙大眼的藝人迷得神魂顛倒，聽御園這麼說，不禁喜不自勝。

「真好，我好想長得跟妳一樣喔，妳看我，眼睛長得一副窮酸樣，而且還是單眼皮。」

每次我們一起上洗手間，她總會透過鏡子望著我那深邃的雙眼皮，直誇「真好，我好喜歡妳的眼睛喔」。

我們參加的話劇社，與附近這幾所高中相比，社團成員們的參與度最高。

參加的社團成員眾多，雖然算是文化類社團，但我們訂的規矩就像體育類社團一樣。我們會以鍛鍊體力的名義，繞著學校外圍跑步，或是在附近的河灘上扯著嗓門做發聲練習，感覺就像漫畫《千面女郎》一樣，班上同學甚至以半開玩笑的口吻對我們說：「你們跑得比田徑社的人還猛呢！」

與學長姊之間的上下關係神聖不可侵犯，校慶、定期公演、話劇比賽時，演出角色幾乎都是由二、三年級生包辦。新生若不是有特殊原因，例如容貌和氣質與演出角色很契合，或是演技一流等原因，絕不可能上台演出，要多方顧慮學長姊的存在；就連話劇選角會，也會基於共識，絕不會主動參加。

高一時，就是御園勸我「要不要去徵選看看？試試看嘛」。當時她說：「嵐是個美女，而且聲音又響亮。最重要的是，我知道妳很喜歡話劇。」

御園是上了高中才參加話劇社，我則是從國中時代就開始。

打從我幼稚園在耶誕晚會中扮演「灰姑娘」開始，就覺得話劇很有趣，當時並不是自己主動參加選角，而是由老師指定擔綱。雖然有其他孩子嚷著要演灰姑娘，可是她個子高大，最後被分配演後母的角色。當時我斜眼偷瞄那個女孩放聲大哭的模樣，扮演起主角，心想，或許我注定就是這樣的命運。雖然這種想法有點壞心，不過我還是暗自竊笑，自己天生就享有其他孩子所沒有的幸運。

這樣是不是真的算是幸運，姑且不談，不過我很珍惜這樣的想法。在演出時，我連上國語課朗讀課本，都會注入情感大聲朗誦，不會因此感到難為情，很投入自己所扮演的角色中。

我很喜歡話劇，只要能站上舞台，就算和大家一起從事幕後工作，我也能樂在其中。

當初要不是御園那樣建議，我應該也不可能高一就參加話劇選角會。在她的鼓勵下，儘管學姊們個個板著臉孔，我還是毅然站上選角會場。當擔任顧問的老師指名由我演出時，我雖然高興，但內心還是隱約覺得，這也是理所當然的結果，因為從以前就一直是這樣。

「偷偷告訴妳，妳演得比其他學姊棒多了，我們班上同學也都這麼說。」

御園悄聲說。我發現，人們對我的評價與對我這位摯友的評價息息相關，這種受人倚賴的感覺很不錯，我也很希望御園能這樣看待我。

「嵐同學，妳會這麼厲害，可能是天性使然吧。」

老師也一臉佩服地說，我回答「全都因為有朋友在背後支持」，這並非違心之言。

「凡事絕不能還沒嘗試就先逃避，這是我母親的口頭禪。與其什麼也沒做，事後後悔，不如做過之後再後悔，我也喜歡抱持這種看法。」

這是御園教我說的。

我和御園結為好友後，便常一起相約騎車上學。因為舞台練習的緣故，我得比平時更早到學校去，放學後有時也得留到很晚，所以無法每次都和御園一起上下學，但我都盡可能陪她一起騎車。

有時也會騎車遇見御園喜歡的步美。

對御園和我而言，步美就如同是虛擬故事中的登場人物。

雖然御園總是會高興地尖叫，非常開心，但她從來不曾主動跟步美搭話或是告白，展開具體行動。

喜歡上自己好友暗戀的對象，這種關係不論是在國中時代、現在的班上，還是社團裡，都是常有的事，我完全不懂那樣的心理。不過，御園喜歡的步美，看久了也覺得沒當初想像的那麼差勁。這種感覺與「喜歡」相去甚遠，而且他這個稱呼由來的漫畫主角「步美」，根本就不是他所能相比。不過，若拿他當作現實世界裡的交往對象，倒是勉強還能接受。

與他擦身而過時，我看見他側臉的鼻梁高挺，兩頰緊實，皮膚白淨，頭髮柔順。雖然不像藝人那般亮眼，但以現實生活中的男孩來說，或許已經算不錯了。

「他身上有一股像牛奶的氣味耶。」

步美和其他男孩不同，聞不到汗臭味。經我這麼一說，御園大叫：「咦！什麼啊，我怎麼都不知道。」

「也許是因為我總是緊張得閉住呼吸，從沒想過這種事。只有嵐知道，太奸詐了啦！」

「那下次妳注意看看，枉費我騎車時總是讓妳騎外側。」

為了讓步美可以騎車從御園身旁超越，我常讓御園騎外側，但卻還是發現了御園一直都沒察覺的小地方。

不知為何，當時有種「我贏了」的感覺。不過，什麼事都想贏，這樣也不算什麼壞事。

2

到了高一即將結束時，我們上學途中改抄捷徑。其他學生都是走大馬路，我們卻改走住宅街，這是話劇社跑步的路線。

大家常走的大馬路，因為自行車道狹窄，不適合兩台車並行。我們想邊騎車邊聊天，因此很自然的便選擇住宅街這條路。只要記住路怎麼走，走這條捷徑可以比走大馬路提早三至五分鐘到學校。在忙碌的早晨，能縮減這短短幾分鐘的時間，讓人感到謝天謝地。

雖然幾乎不會和學校的其他學生碰面，但只要算準時間，當我們來到與大馬路會合的寬廣路面時，有時就剛好能看見步美。

路途中有一戶獨棟的房子，我們稱之為「飲水處」。那戶人家在面向道路的大門外，設有一個不知是供園藝用還是洗車用的水龍頭。它並非原本就有，看起來像是屋子蓋好後加設的簡陋水龍頭，底下的排水孔也很小，也許是容納不了過多的水量，偶爾會溢濕前方的道路。

我們社團練跑，大家喉嚨乾渴時，經過這裡都會禁不住誘惑，不由自主地轉開水龍頭，這就是「飲水處」這個名稱的由來。

夏天。

或許是出自傲慢的心態，我跑在御園身後，看她明明不是登場的演員，卻也如此賣力地跑步鍛鍊身體，覺得她很認真，但又有點可憐。不知為何，看她背後微微滲汗，比她白色體育服底下浮現出的內衣肩帶更令我感到心頭一震。

「應該可以喝水吧？」

「是啊，只喝一點點而已。」我們就像是要減輕彼此的罪惡感似的，互望著對方，轉開水龍頭。流出的自來水白光躍動，就像童話故事裡的養老瀑布[4]一般，極為誘人，我伸手接水洗了把臉。在這種大熱天下只要待上一會兒，臉和不小心潑濕的頭髮很快就乾了，根本不需要毛巾。剛洗過臉的御園，前額晶瑩透亮，閃耀著光輝，她大喊一聲「恢復精力了！」聲音就像太陽般燦爛。我們稱呼彼此為「偷水賊」，相視而笑。

4.日本孝子故事中，提到養老瀑布的水味道如同酒一般，孝子讓盲眼的老父喝了之後，老父就此重見光明。

同一年夏天的某日，我們帶著寶特瓶參加自主練習時，因為水量已減至一半以下，便在「飲水處」補水。這時，那棟屋子的大門開啟，一名圍著圍裙、看起來很和善的阿姨從屋內探頭。我們擔心對方會罵我們是偷水賊，身子為之一僵，但偏偏嘩啦啦的水聲又不能說停就停，我們兩人愣在當場。這時，先採取行動的不是我，而是御園。

「對不起！」

她立正站好，態度恭敬地道歉，聲音之大，反而令那位阿姨嚇了一跳。

「啊，沒關係，沒關係的，妳不用在意。」

阿姨搖頭微微一笑。

「是創永高中的學生嗎？社團活動是吧？這麼熱的天，真辛苦呢。」

「是的，我們是話劇社，因為常練跑，所以有時會被誤會成是田徑社。」

我在一旁尷尬地聽著御園口齒清晰、態度從容地說明。

平時我便常對御園說，自己最擅長和長輩應對，從以前就備受叔叔阿姨的疼愛，說得一口流暢的敬語，長輩也常誇我能幹。所以和老師們交涉的事，就包在我身上吧。

可是，和「飲水處」的這位阿姨溝通時的御園，表現得相當幹練，根本沒有我出面表現的機會。我愣在當場無法動彈，她搶先向對方道歉，結果我完全插不上話。

「那個水龍頭，應該是用來替狗洗澡的。」

離開那棟房子後，我們握著裝滿水的寶特瓶，正準備再度起跑時，御園這麼說。

「咦？」

「因為剛才我看到那位阿姨身後有隻大狗，應該是散完步，要在那裡替狗洗澡吧。」

「也許是吧。」

我點著頭，但心裡暗暗吃驚。狗？我完全沒發現，就算看到了，我是否能將水龍頭和狗聯想在一起呢？一想到這裡，我的情緒便無法平復。

那棟房子旁邊是一條坡道，坡度很陡，每次跑步時總會身體前傾，就像有人在背後推似的，有股強大的衝勢。腳步聲宛如滲進體內一般，每一步都有劇烈的震動。

在跑下坡時，寶特瓶裡的水在手中不住搖晃，感覺無比沉重，我已經完全提不起興致喝水，抵達學校後，便把裡頭的水全倒光了。

——他的大衣是渡邊淳彌的呢。

十一月下旬，開始颳起冷風時，步美開始穿起一件牛角釦大衣，袖口和連帽是格子圖案，非常時髦。早上和放學時，在學校裡與他擦身而過，我們都會無意識地放慢走路速度。當我們連對話都停止時，御園就會生氣地說：「這樣太誇張了啦！他會知道我們在看他。」在整體給人孩子氣印象的牛角釦大衣中，就只有肩膀處鋪有皮革的地方比較成熟。

御園接著說：

「如果是少男服飾的話，我比較喜歡川久保玲的設計，不過，淳彌的設計也很帥氣。不過兩個牌子都很貴，所以我只在雜誌上看過。他穿得起那種衣服，應該家裡很有錢吧。」

「喔，原來是渡邊淳彌啊。」我跟著複誦以前從沒聽過的品牌名稱，回家後趕緊上網搜尋，查看它到底是什麼品牌。為什麼御園會知道那麼多我不知道的事，是從話劇社的其他人或學姊那邊聽來的嗎？想到這裡，心裡不免急躁了起來。感覺就像她把我拋在一旁，還笑我連這種事都不知道，一股不舒服的感覺油然而生。雖然不應該這樣，但這是我當時真正的心情寫照。

我沒辦法直接向自己的摯友反問一句「那是什麼品牌啊」，這到底是個性使然，還是我們之間的關係造成，我也不知道。

如今回想，其實我應該老早就知道了。

我和御園一樣愛說話，由於我們都看了不少書和漫畫，所以比其他社團成員或同學知道更多新名詞。

詭異的都市傳說、網路傳聞、其他人不知道的西洋音樂或電影，針對這些話題展現我們的雜學知識，令眾人驚嘆，是很有趣的一件事。

高一那年冬天，社團裡的演出者正在做伸展操時，剛做完小道具的御園突然跑來。她以「你們知道嗎」當作開場白，然後開始對學姊們以及其他社團成員說了起來。

「這很像是某個都市傳說，聽說人們一生有一次機會可以和死者見面。這世上有人可以辦到，只要向他委託，他一概都會接受。過去的委託人當中，甚至還有藝人呢……」

她一一說起當中的奇聞軼事。

例如某政界的大人物透過此人，和已故的某位大人物見面，得到對方的建言，就此拯救日本脫離困境；還有某位女星與同為女星的已故好友見面，感動落淚。

「你們不覺得很有趣嗎？就算是騙人的也無所謂，如果真能辦到，那實在太酷了。」

「任何人都可以委託嗎？」

社長淺倉學姊提問。「好像是。」御園回答。

「我聽說還不用花錢呢，不過只能見一個人，一旦見過某人，就再也不能委託見其他人。」

不知不覺間，眾人都停下伸展動作，專注地聽御園說這種靈異傳聞。

「還有一件事，我覺得很有意思，那就是死者也只有一次和活人見面的機會。如果曾經接受過委託，日後要是有別人委託要見面，便無法相見。死者一直在等人前來指名，一旦錯過對方，就再也沒機會了。為了不想事後才後悔，得審慎考慮才行。」

「好像有這種猜謎節目，」

一名學姊開心的笑著搭話：

「有四個選項，答案會依序從畫面上通過，當妳心想『就是這個！』時，如果沒讓它停下，答案會就這樣過去。要是因為猶豫而錯過答案，接下來只會出現錯誤的答案，讓人後悔大叫。」

「啊，也許跟這個很類似呢。」

類似？根本完全不一樣！

我雖然心裡這麼想，但御園卻對學姊們點頭。她在這方面，確實很懂得討人歡心，其實根本沒必要拍這些學姊們馬屁。

「御園，妳是在哪兒聽到這個傳聞？」

「妳知道的事情可真多。」

大家紛紛點頭表示同意後，剛才聊得正起勁的淺倉學姊像是突然想到似的，拍著手喊：「喂，接著做伸展操！」

「還有，御園，以後在進行社團活動時少講話。妳一說話，大家就聽了起來，這樣沒辦法認真練習。」

「學姊，我也常講話耶。」

我舉起手，以開玩笑的口吻笑著說。我以為舞台演員裡面，最聒噪、最愛講話的人就屬我了。

淺倉學姊看了我一眼後，下巴微收，應了聲「喔」。

「嵐沒關係，妳確實很常講話，隨妳高興怎麼說都好。」

我的臉部肌肉頓時僵住，錯過適時收起臉上僵硬笑容的時機，就這樣一直留在臉上。

淺倉學姊以不帶笑容的表情說完後，旋即將視線從我臉上移開，向全員吆喝「快點繼續」，我因而明白她剛才那句話並無惡意，是無意間吐露的真心話。

她剛才那句話，深深冒犯了我，這念頭一直到坐下來張開雙腿，伸手往前伸展時，才慢慢湧上心頭，我不敢轉頭望向在身後做伸展操的御園。

有哪裡不一樣？

我緊咬著嘴唇，除了自己之外，似乎沒人將剛才淺倉學姊的那番話放在心上，這對我來說算不算值得慶幸，我不知道，然而也沒人否定學姊說的話。

我和御園到底哪裡不一樣？

的確，就算我說同樣的話，大家還是會繼續練習，或是做伸展操。雖然有人會隨口附和幾句，但沒人會提問。

御園今天只是剛好選對話題罷了。

我這麼告訴自己，決定不再多想。

高二那年初秋，我們在放學回家的路上，御園在即將騎上坡頂時，突然緊急煞車，發出刺耳的煞車聲，同時對我大喊一聲「危險」。緊跟在她身後的我，同樣也停下單車。

冬季即至，空氣開始變得乾燥。我們稱之為「飲水處」的那戶人家的庭院裡，有一株不知名的矮樹，從路邊可以清楚看見它的樹葉已經開始轉紅。

門外的水龍頭似乎沒轉緊，自來水源源不絕流出，正前方的柏油路一片濕黑。

「啊！」

御園微微發出一聲驚呼，跳下單車。「是散步後忘了關嗎？」她側著頭感到納悶，把水龍頭轉緊，發出嘰的一聲。

「下次遇到阿姨再跟她說，這裡是坡道，要是路面打滑很危險呢。」

「我來告訴她。」

由於舞台演員一早得先練習，所以最近我都比御園早到學校。可能是時間碰巧，有幾次都遇見這位阿姨走出門外拿報紙和牛奶。雖然我只會跟她打聲招呼，不像御園那樣和她親暱的閒聊，不過御園稱呼對方「阿姨」，好像老早就認識她似的，我聽了很不是滋味。

「真的？那就拜託妳了。」

「嗯。」

還是小學生時，曾因為在住家附近的坡道上騎單車跌倒，肘骨出現裂痕。我想起當時的事，那時候甚至還脫臼了。記得我從地上撐起身時，肩膀脫臼，發出啪的一聲清響，嚇了我一大跳。

現在還沒關係，不過，要是真的冬天來臨，流了一地的自來水一定會結冰，到時候確實會有危險。御園也許現在才發現，不過我老早就這麼想了。這條坡道底下，直接連向一條車多的馬路。

之後每次行經此處，我總會特別留意，望向水龍頭的方向，不過只有那天有漏水的現象。沒必要刻意提醒那位阿姨注意，過了幾天後，我也忘了水龍頭的事，經過這裡時，也不再刻意朝水龍頭多看幾眼。

3

那年秋天，要挑選出過年公演的演出角色。

從這場公演開始，高三生退出表演，要角改由我們高二生擔任。老師對我們說，這齣戲有點難度，要不要試試看。她提議演出的舞台劇，是三島由紀夫的《鹿鳴館》。拿到劇本時，我的心跳得好急。是我高一時，御園一開始對我說「試試看嘛」的那齣戲，那時候我當然沒能飾演主角朝子這個角色。不過，當時看大家都讚嘆地說淺倉學姊竟然能將又長又難的台詞背得這麼熟，我心裡也打算日後挑戰這個角色，因而暗自在家背誦朝子的台詞，夢想有朝一日能取代學姊，在舞台上演出。

女主角朝子。

等到我們這一屆挑大樑時，這角色當然是非我莫屬，我這樣深信不疑。

「那麼，先來挑角逐主角的候選人。」

聽完老師這麼說，我馬上舉手，這時我發現除了自己之外，還有另一個人也舉手，而且是我的摯友御園。我實在不知該如何形容當時內心所受的衝擊，那是近乎背叛的一種感覺。接著浮現猛烈的怒火，心裡暗罵她的狂妄，之後才進一步去想為什麼。

「抱歉，嵐。」當我們兩人的名字寫在黑板上後，御園這才雙手合十向我道歉。

我的表情僵硬，連要眨眼都辦不到，轉頭回望著她。這時候就得表現得態度從容，看起來才像大人，但當時我無暇顧及這點。

「高三的學姊們引退後，我也想上台演出。」

「御園，妳給人的感覺，應該比較適合顯子，而不是朝子吧？感覺像是一位讓人想加以保護的大小姐。」

我幾乎不假思索便脫口而出，其實我還有很多話想說：妳根本就沒有舞台經驗吧？明明一直都從事幕後工作，現在卻突然想當主角，這太奇怪了。妳明明說自己的單眼皮長得一副窮酸樣，很不喜歡，現在卻要演朝子，不覺得會相形失色嗎？

我腦中浮現許多難聽話，但我最想說，卻又吞回肚裡、以及都已經來到嘴邊，卻又極力忍住的話，始終只有一句。

御園，妳認為妳贏得過我嗎？

「我想盡可能參加選角會，抱歉，嵐，如果我不行的話就會乖乖放棄的。」

她就像已經猜出我的反應，用避免和我正面衝突的話語給自己下台階。

「如果我不行的話」，她為什麼沒發現自己這句話有多傲慢呢？

妳當然不行啊。

與其什麼也沒做，事後後悔，不如做過之後再後悔。御園以前告訴過我，這是她母親的話。她就是受到這句樂天的話語激勵，抱持著一顆開朗的心，什麼也沒想就展開行動，一想到這裡，我不禁一股怒火湧上心頭。

我緊咬著嘴脣，回了一句「是嗎」。這時候如果微笑，是否就能化解這段尷尬的時刻呢？雖然我心裡如此暗忖，但現在要彌補已經太遲了，因為我已經向御園投以嚴峻的目光。

「為什麼妳之前從沒對我說妳想當演員，想角逐主角？」

「因為成為妳的競爭對手，會覺得很尷尬。」

御園似乎對自己的發言考慮再三，回答得很慢。

我應了聲「喔」，心想，要盡可能讓她聽出我的不悅。反正現在已經很尷尬了，而且對象如果不是實力相當，根本就稱不上競爭對手，這令我感到很不滿。

明明只是幾個月前的事，但感覺已經是好久以前。

明明已經成為「競爭對手」，但我記得還是和她一起上學。並肩騎著單車，行經熟悉的住宅地。當時聊些什麼，又是怎樣面對彼此，我已經記憶模糊。我無法原諒御園，而她應該也知道我不會原諒她，

選角會的前幾天，我們各自在不同的教室進行放學後的練習，平時大多在安全梯、樓頂，或是分散各地練習，所以當時我並沒有特地避開她。

我從美術教室前經過時，恰巧……真的是恰巧，聽到一個聲音。

……一定贏不了我的。

我不禁停下腳步。

我心中暗忖，好在現場只有我一個人。以無邪、率直、一如往常的輕柔聲音說出這句話的人，

正是御園，我一時懷疑是自己聽錯了。

「說得也是。」

其他社團成員的聲音與之重疊，我更加裹足不前。她為什麼要說這種話？我有舞台經驗，而且外型也比較出色……一股像是打冷顫的不舒服感覺，從腳下一路往上竄升。

我注視著那扇緊閉的門，差點叫出聲，真教人不敢置信。我極力壓抑想闖進裡面的衝動，連自己都覺得當時竟然嚥得下這口氣，真是不簡單。

這話什麼意思!?

我感覺到自己的嘴唇在顫抖。

因為過去一直把我捧得高高的人，不就是御園嗎？就是因為御園常誇我，聽我說話時，總是一副樂在其中的模樣，我才會變成這樣，這全都是御園所造成的。

門內持續傳來聲音，我很想多聽一些御園的真心話，但擔心有人會過來，怕我們岌岌可危的關係就此瓦解，我已經不清楚自己是否仍想繼續當她是摯友。

整個腦袋就像陡然麻痺般，熱得發燙。

她欺騙了我，我悔恨得幾乎流下淚來。

我知道有些人語帶揶揄地散播我是「傲嬌」的謠言。

平時佯裝成一副帶刺的冷酷模樣，但是在喜歡的男孩面前，卻又害羞了起來。這算是宅界用語，我再清楚不過了，以前我也常對動漫的虛擬人物用這樣的稱呼。

明明就沒有喜歡的男生，為什麼會被說成這樣，這令我相當憤慨。後來才知道，她們認為我的對象是御園。

儘管我愛逞強，極力保持冷酷的形象，但我知道自己很喜歡御園。為了不讓她討厭、要她繼續支持，我一直都很努力保住這份友誼，旁人看了會忍不住發出會心的微笑，所以才得到「傲嬌」的稱號。正因為這句話的語感不帶惡意，所以告訴我這件事的人，似乎也覺得沒什麼大不了，笑著談及此事。

似乎有人以開玩笑的口吻這樣對御園說，如果是交往中的男女，讓人說「傲嬌」或許無傷大雅，但朋友之間怎麼可能會「嬌羞」嘛！對女生「嬌羞」又沒半點好處，而且嵐又那麼高傲，當她的對象不是自找麻煩嗎？

聽說御園當時露出尷尬的微笑，回答「才沒這回事呢」。

「因為嵐真的很可愛嘛。」

說得好像我在追求什麼動漫角色似的，被人這樣看待一點都不好玩。最重要的是，周遭人當我是「傲嬌」，那根本是侮辱、屈辱。

乍聽傳言時，我之所以沒馬上動怒，是因為我相信御園真的喜歡我，沒半點瞧不起我的意思。

然而……

「一定贏不了我的」，她曾經這樣說過。

我一直當御園是朋友，一位絕不會說這種話的摯友。

可是，現在一切全毀了。一開始感覺到的背叛，果然不是錯覺。

我現在最討厭的人就屬御園了，她才不是我的朋友呢！

4

我前往選角會，打算使出渾身解數，打敗對手，但最後卻是選中御園擔任朝子的角色，而不是我。

原因是她的演出很自然，我則是表演得太過。

其他社團成員安慰我，說這可能是因為我之前都和學姊們一起上台表演，而御園是第一次，所以老師這次才優先選上她，這句話並不足以安慰我。御園雖然吃驚，卻也喜不自勝。

「就像作夢似的，真不敢相信。」

這次她就沒跟我說「對不起，嵐」，向我道歉，這是當然的，說那種話只會覺得是在挖苦人。但對方是御園，之前一直誇獎我、對我很體貼的御園。

快道歉。

雖然我沒出聲，但嘴裡一直不斷反覆說著這句話。

快道歉、快道歉、快道歉。

我曾聽過「為對方設想」這句話。

御園說的話，有一套本能依序演出的流程，以及準備周到的結論，完全考量到聽者的立場。她不是為了自己才說話，而是想說給對方聽，讓對方快樂，這也反映在她的演技上。所以才會如此自然，而不是自我感覺良好。

雖然人們不是直接向我誇她的好，不過每次她受人誇獎，那相反的部分總會化為銳利的暗影，深深刺向我。

「其實嵐也演得不錯，只不過……」遭受這樣的批評，被御園比下去的我，到底算什麼？真的好久沒做幕後的工作了，明明只是做小道具，為什麼要和其他演員一樣練跑？想到去年御園和我一起跑，我望著她的背後，感覺她很認真，但也有點可憐，當時我可真蠢。那時候我完全不知道她心裡是怎麼想，現在的我才真的是既認真又可憐。

過了一陣子，開始正式練習時，御園一臉歉疚地對我說：

「因為有練習，所以從明天起，我早上不能和妳一起上學了……」

這是之前我每次都會對她說的話。

「我明白。」我說，明明很憎恨她，卻還是能微笑以對，真是不可思議。

妳心裡明明就瞧不起我！

要是當著她的面這樣說，這次我肯定會顯得悽慘又滑稽。就算是現在，也難保大家不是在背地裡嘲笑我。心裡有話不能說，於是我逐漸開始躲著御園。她已經察覺了，卻又故意假裝遲鈍，一直找機會和我聊天，看了更是令我火冒三丈。

不可饒恕。

要是沒有御園，女主角應該就是由我來當。

不論是手還是腳都好，御園會不會受傷呢？

我一面進行瑣碎的準備工作，一面偷偷注意沒有我參與的練習情況，結果內心自然產生這樣的期望。只要一點小傷就行了，看是骨折還是肩膀脫臼都好。只要她從舞台上消失，那角色就會再度重回我身上。

御園在上下樓梯時，我要是使勁朝她肩膀一推，不知道會怎樣，我甚至做出這樣的想像。如果從背後靠近，抓住她的腳踝，又會有什麼後果呢？

小六時，我騎車在坡道上摔倒，肘骨摔出裂痕。當時拍X光，醫生說明我的傷勢，「放心，年輕人的骨頭接合得很快。」當時大部分人都還是叫我「小朋友」，那位醫生卻稱我為「年輕人」，我覺得有點不知所措，也有點難為情。他口中的「年輕人」，指的不就是現在的我們嗎？

年輕人的骨頭接合得很快。

等邁入十二月，便算是真正的寒冬。

連水都為之結凍的寒冬就此展開。

練習時，御園在休息時間叫住我，提著衣服的下襬朝我走來。這是去年身材嬌小的淺倉學姊穿的朝子戲服，身材高大的御園穿起來，下襬顯得有點短。我不禁表情一僵，心想，召開鹿鳴館晚宴的女主人所穿的禮服，竟然碰不到地，這樣像話嗎？

「什麼事？」

「我想再次跟妳道歉。」

她刻意避開其他社團成員的目光，帶我來到走廊角落。看到御園細長的雙眼淚光瑩然，我心裡只想著要她別鬧了。

「道歉？道什麼歉？」

儘管心裡想著不能這麼說，但我還是管不住自己。

「妳明明就沒有要道歉的意思。」

御園一臉詫異地呆立原地，我不予理會，轉身離去。

那天從學校回家的路上，我從「飲水處」那棟房子前面經過時，突然停了下來，臨時起意。我當時真的沒想太多。

雖然演員們還留在學校裡練習，但幕後人員已經可以先回家。由於我們忙著製作鹿鳴館最大型的主要舞台道具，沒發現四周已是一片蒼茫暮色。只要再等一會，練習就會結束，御園也會返家，但我卻逃命似的先離開校園。

夜裡的住宅街沒人通行，幾乎每一戶人家都亮起燈光。「飲水處」那位阿姨的住家，同樣也有黃光穿透窗簾，從面向庭院的客廳窗戶往外流洩。庭院的草地化為投影的布幕，上頭浮現的淡影不時搖曳。

我呼出的雪白氣息，再次讓我明白現在已經是冬季。

因為只是臨時起意，我甚至不覺得有什麼愧疚。既沒真實感，也不覺得緊張。對了，這就像是詛咒一樣。一定不會像我期待的那樣，真的有意外發生。

水龍頭摸起來冰冷無比。

我摸了一會兒，但還是沒展開行動，這時，屋裡的狗像在開玩笑似的，「汪」的大叫一聲。有狗。

突然一股衝動湧上心頭，我的情感就此失控，就像被人從背後推了一把似的，我跨越最後防線，轉動手臂。從水龍頭流出的涓涓水流，朝地面發出像顫抖般微弱的「嘩啦」一聲。

水甚至流到我的腳下，沾濕了鞋。

討厭的力量宛如從我雙肩解放開來，我重重吁了口氣。自從輸給御園後，這些日子來一直無處宣洩的鬱悶，突然一下子變得輕鬆許多。一開始發出細微聲響的水流，後來轉為安靜無聲。

我就這樣跳上單車，死命地往前踩。

真的動手做了之後，突然覺得這一切彷彿全被人瞧在眼裡。在走近水龍頭的這段路上，我當然相當謹慎，但當我像被水龍頭吸過去似的，伸手碰觸它時，我一時忘了觀察四周。這不正是御園結束練習返家的時間嗎？要是被御園或其他社團成員看到怎麼辦？我猛然想到這些可能性，忐忑不安。要是御園一直在旁邊看呢？她應該馬上就會察覺我的意圖吧？我們曾經聊過這條路，以及水流會造成的危險。

不會結冰的。

也許路過那裡的人，或是那位阿姨發現後，主動把水關了。

雖然會結冰，像我想的那樣，但絕不會穿幫，不會有事的。

不會穿幫的。

我並不是猜想它會結冰，才故意這麼做。

各種可能性從我心中不斷湧現。我不知道哪個在自己心中的優先順序最高，哪個是我的真心話。每個都有退路可走，我現在還有很多選擇。

狗在我背後吠個不停，那充滿戒心的叫聲逐漸遠去，狗叫聲摻雜在我急劇的心跳聲和喘息聲中，最後再也聽不見。

總覺得一直有人盯著我背後瞧。我想轉頭，但心裡害怕，提不起勇氣。我極力想將這一切當作是自己想多了，但一顆心還是遲遲無法平復。

隔天早上，御園奈津在下坡途中，連人帶車快速滾落，在底下的車道與車輛相撞身亡。

到了學校後，學生們一陣騷動。那天我避開坡道，走大馬路上學，所以一直到抵達校門後才知道此事。

「嵐，大事不好了！」

「御園發生車禍，被送往醫院了。」

為了早上的練習而比我早出門的御園，好像是在「飲水處」的坡道上煞不住車，一路衝向底下的大馬路，被一旁駛來的車輛撞飛。

有人說，也許是單車的煞車失靈，但她騎的單車已嚴重變形，無法查明。

御園在衝向車道前，好像曾經想強行把車停下，連人帶車倒向一旁。她左半身有在坡道上摩擦的傷痕，但最後終究還是沒能停下。

御園身亡的那天早上，我這才猛然回神，明白自己所準備的退路，無比殘酷的呈現在我面前。

御園被救護車送往醫院的途中，像在說夢話般，對救護員喃喃低語，當中還提到我的名字，她說著「嵐，為什麼……」。

我眼前那條退路，會藏匿黑暗的我，掩蓋我、保護我。

御園的母親告訴我女兒臨終前說的話，想知道她話中的含義。我當時方寸大亂，只能回答她

「我不知道、我不知道」。

「我們為了……選角的事吵架……可能是因為……這個緣故。」

我回答時，無法一口氣把話說完，講得斷斷續續，一面顫抖，一面落淚。我這是為御園的死哀悼？對超乎自己預期的事態感到不知所措？或者單純只是害怕得方寸大亂？我不懂自己為何會泣不成聲。

……嵐，為什麼？

我轉開水龍頭時，總覺得身後有人在看著我。我感到背脊發涼。難道御園知道這件事？她騎在一路往下衝的單車上，努力想倒向一旁，同時腦中想到了我？

御園的母親雙手緊緊抓著膝蓋上的圍裙。

我常到御園父母經營的蕎麥麵店去，他們常精神抖擻地朗聲向人問好，也常看到御園很認真的在幫忙。我從中明白，她那謙虛的待人態度以及討喜的個性，全是這樣的家庭所培育而來。御園的母親個性豁達，待人隨和，很難相信她會禁止御園看漫畫。

她母親低著頭，圍裙上有許多深淺不一的褐色水漬。

幾天後，我拜訪「飲水處」那戶人家，那位阿姨告訴我，在御園過世的前一天晚上，因為家裡養的狗對外頭狂吠，她覺得不對勁，打開窗戶查看，正好看到御園騎車經過。她朝御園喚道「忙到這麼晚，真是辛苦啊」，御園笑著回答一句「哪裡」。與平時相比，感覺很無精打采。阿姨說「沒想到那是和她的最後一面」，為御園的死哀悼，看起來對失去好友的我頗為同情。

狗吠聲。

我以向這位阿姨求助的心情，詢問那是什麼時候的事。我聽到的狗吠聲，如果也同樣是那個時候的話……我所感覺到的視線，該不會是屋裡的狗，以及站在我背後的御園吧？

御園當時一定正望著轉動水龍頭的我。

5

一看到他出現，我心臟噗通噗通直跳。

正當我心裡直呼「這怎麼可能、這怎麼可能」時，他已經一步步朝我走近。從車站方向的馬路對面穿越斑馬線，朝我走來。

我馬上把臉轉開，其實我很想轉頭就跑，找個地方躲起來。但他已經來到面前，要是現在才跑開，反而顯得很不自然。

要是沒穿制服來就好了。

胃部一陣抽痛，這兩個月來，我都沒好好吃飯，現在影響全顯現在身體上，那熟悉的胃痛又出現了。

他會不會早點離開呢？我低著頭望著自己的腳尖，也許他不會注意到我的存在，只要他沒注意到我和他穿著同一所學校的制服。從大衣下襬露出制服短裙，我恨死上頭的格子圖案。

「妳是嵐美砂同學嗎？」

他停下腳步叫我時，我猛然又是心頭一震，千萬不能讓他看到我出現在這種地方。儘管這種焦急的心情占了絕大部分，但此時我心中的驚訝猶勝一籌，沒想到他竟然認識我。

我抬起頭一看，他的臉就近在面前。

我和他不熟，也沒說過話。不過，他和自己同學或社團同伴聊天時，我曾多次緊盯著他瞧。

難道他記住我了？

「是的，我就是。」

我不知該如何回答才好，語氣聽起來就像充滿戒心似的，顯得有些不滿。我知道這是自己的老毛病，但就是改不過來。

他一臉無趣的瞇著眼，像在觀察似的朝我打量。既然是這樣，你何必叫我嘛，正當我心中如此暗忖時，他道出驚人之語：

「妳委託使者對吧？」

「咦！」

「我猜妳應該很驚訝，不過可否請妳忘了學校的事呢？」

他嘆了口氣，接著就像看開了一樣，一口氣說：

「我是使者。是讓死者和生者見面的窗口。」

我一時間以為他是在嘲笑我，驚訝得連話都說不出來。隔了半晌，好不容易才從喉嚨擠出「咦、可是……」這句話來。

「你是我們學校的澀谷步美同學對吧？」

「沒錯。」

他語氣冷淡地回應，接著又嘆了口氣。他仰頭凝望我背後斜上方的天空，接著視線再度回到我臉上。

「妳跟我來，在這裡太引人注意了。」

他開口向我邀約。

「你這件大衣，是渡邊淳彌對吧？」

步美帶我來到一所陌生的醫院中庭，我不知該聊些什麼，只好這樣說。

我心中感到疑惑，不知為什麼非得在二月的寒天下，跑到戶外談事情。我問過他，難道不能在途中經過的餐廳裡談嗎，但步美只說了句「抱歉，依規定就是得在這裡」，接著沒再說話，然後他到醫院內去拿自助式綠茶。

他回來後，把裝了綠茶的紙杯遞給我，上面冒著白茫的蒸騰熱氣，看起來特別顯眼。步美喝了一口熱騰騰的綠茶，轉頭望向我。他讓我坐在長椅上，自己則是站著。

「這的確是渡邊淳彌沒錯，妳可真清楚。」

「嗯，不過，少男服飾我還是比較喜歡川久保玲的設計。」

步美略微露出驚訝的反應，但還是喃喃一聲「喔」。他低頭垂眼，一直朝著紙杯裡吹氣，我手上的紙杯也很燙，始終提不起勁喝。

「澀谷同學，你說你是使者，這話怎麼說？」

我說出之前一直擱在心裡的疑問。

我應該是被騙了吧？先前打電話委託時，電話那頭的聲音是位慈祥的老太太。當時我聽了聲音後心想，嗯，像這種時候，居中安排的人，果然是老太太。但我萬萬沒想到，來的人竟然是和我同校的男學生。

步美表情為之一僵，就是這種臉，御園常興奮地說，他連不高興的表情也很帥。

「這有個條件，妳能接受嗎？」

「條件？」

「看妳是要繼續向使者進行委託，還是不要。如果要委託，就得完全照規矩來，而我也會負起責任，接受妳的委託。不過，請別問我其他不必要的問題。如果妳想打聽其他事，我就不能接受委託。」

「……這麼說來，關於澀谷同學的事，只要我問，你就會告訴我囉？如果取消委託的話……」

步美就此沉默，他應該是沒想到我會這樣反問，接著他才以冰冷的聲音回應「我還是不想告訴妳」。

「不過，妳就這樣取消委託好嗎？在妳找到我們之前，應該是花了不少時間和精力才對，妳覺得呢？」

他說得沒錯，只不過，誰會料到他們裡面竟然有熟面孔存在。我一度還很認真的以為，這該不會是御園一手安排的吧？她明明就已經不在人世。

我在網路上逐一收集關於使者的資訊，從中判斷真偽。

這是御園很喜歡聊的話題，她先前說過，有一群可以讓活人和死者見面的特異人士，他們的名字叫做「使者」，要和他們見面，得打某個電話，如今我手上已經握有篩選過的真實資訊。

在調查尋找時，我真切感受到，在這段尋找的過程中，如果不是真正相信有使者存在的人，便很難找到他們，不過，只要相信使者的存在，拿出耐心，認真找尋，就連我這樣的女高中生也找得到。

一開始告訴我關於使者存在的，是御園，她對這件事到底有多感興趣呢？她喜歡閱讀和電影，對此相當狂熱，就連恐怖故事和都市傳說，她也比任何人都還清楚，知道許多事情。

嵐，妳知道嗎？

就像開場白似的，接著她就會說出許多故事來。雖然話劇社的每個人都聽得很入迷，但除了我以外，不知道其他人是否也都相信。不過，一般來說應該是不會知道使者的存在，但御園卻向眾人透露此事，這是個大問題。在御園和我周遭，就是有這麼多人知道這件事。

「只要有人委託，我們都會承接。現在才說或許有點奇怪，不過，使者確實存在。」

我又朝步美望了一眼，御園最後始終不曾這麼近距離看步美，與他交談，但此刻我正望著他。

「你的意思是，你就是使者囉？」

「沒錯，我常遭人質疑。甚至有半信半疑的委託人，曾逼問我到底是真是假。」

他像自言自語般，不小心說出這番話後，旋即重新正色道：

「看到是嵐同學，我也同樣嚇了一跳，沒想到會有熟人前來委託。」

「你的朋友們不知道這件事嗎？」

「不知道，就算說了，他們大概也不會信。」

他意外的流露出孩子氣的彆扭表情，搖了搖頭。我雖然正和他交談，但他剛才很突兀地稱我為「熟人」，令我心頭一陣紛亂。難道他早就注意到我和御園？我很想告訴御園，他稱我為熟人，但現在已經不可能辦到了，我心中非常難受。我早就沒資格，也沒機會和御園這樣說話了。

「……能和死者見面，是真的嗎？」

「如果妳只要見一個人的話。」

我提起勇氣詢問，步美點頭回答。

「關於使者的事，妳應該已經調查過了吧？」

「大致知道，只有一次見面的機會，而且這對死者來說也是一樣的情形，關於這點我知道。」

調查後得知，和御園說的內容一樣。對死者來說，一樣只能透過使者和一位活人見面。一旦被指名，接受委託，日後就算有其他人委託要見面，也無法接受。

「也有可能對方不願意見面對吧？」

「有可能。」

我握住紙杯的手指，很自然地微微使力。

「可以確認對方是否已經和別人見過面嗎？」

「等正式委託後，我可以告知妳對方的答覆，不過現階段依照規定，無法馬上答覆妳。」

「這樣啊……」

「妳想見的對象已經決定了嗎？」

我不認為步美不知道，不過，從他剛才便一直提到的「規定」來看，或許他不能隨意點出這件事來。

「御園奈津。」

聽完我的回答後，他的眉毛連挑也不挑一下，這讓我覺得他這樣的態度很不得體。你不認識御園嗎？她可是很喜歡你耶！

「十二月時，在上學途中車禍死亡的御園奈津。和我同屬話劇社。你知道那場車禍吧？」

我明白自己想用無法挽回的事，去加諸在另一件無法挽回的事情上。但我在失去理智的情況下，一路追尋來到這裡。

「妳想見她的原因是什麼？」

「因為她是我的摯友。」

我提高音量。

應該沒必要問吧？我和御園有多常在一起，如果你注意過我們，怎麼會不知道？我心裡真的這麼想，但我就像自己那不單純的原因被看透了一般，怒火急湧上心頭。

「如果可以見面的話，我想再見她一面，想好好和她道別。而不是離開得那麼突然……因為我們是好友，這也是理所當然的吧？」

步美面無表情，不發一語地注視我的雙眼，聽我說話。接著他就像要打斷我的話似的，點了點頭，冷冷地說了句「我明白了」。

嵐，為什麼？

御園臨終時說的話，不知道有什麼含義。就算想問清楚，她也已經不在人世。照理來說，應該每個人都一樣，再也沒機會問清楚才對……照理來說。

可是，我們還有個唯一的可能。

要是有人透過使者和御園見面的話，她可能會把這件事說出來。

說出那天晚上，她是否在水龍頭前看到我。

說出她曾和我談到那處坡道如果漏水會帶來危險。

光是想到這點，心裡便充滿不安，幾乎要將胸口撐破。有幾個晚上，我夢見社團成員和她母親朝我逼近，直說我就是殺害御園的兇手，我在大叫聲中驚醒。

我要比任何人都早一步和她見面。

我和她鬧翻，照理說，和她見面是最尷尬的事，況且我也不認為自己有資格和她見面，但我別無他法。

我只能奪走她的「唯一」，粉碎她的機會。

6

「嵐，妳可真認真呢。」

我聽到背後傳來淺倉學姊的聲音，回身而望。

從上個月開始，她來看我們練習的次數增加許多。她是對我和御園都很關照的學姊，所以原因不言而喻。

我從上星期開始穿上朝子的禮服，這裙襬對御園來說太短，對我則是稍嫌長了點，我在腰部的地方略微往上提。

在排演場地，我們此時正進行其他場景的練習，是第三幕的開頭。整部戲中都有戲份的朝子，難得這個場景沒登場。演員們忘了台詞，說不出正確的字句，不知如何是好，一旁傳來老師督促他們注意的聲音。

我正注視著排練情形時，學姐來到我身旁。

「妳的台詞背得很完美，看過之後，其他人都相形見絀。妳在家裡也都有練習對吧？」

「因為我很不安。」

我低著頭回應，

「當我獨處時，就會想很多事。」

「……這也難怪。」

我沒答話，學姐見我沉默不語，點了點頭沒再多說地陪在一旁。

失去主角的這齣《鹿鳴館》，當初原本提議要中止。雖然這原本是我渴望獲得的角色，但現在已經無所謂了。我失去鬥志，連是否還能繼續參與社團活動，是否還擁有熱情，自己都已經搞不清楚。

有人提出「追悼公演」的建議。

眾人的眼淚，以及思念御園的聲音，似乎都因為這句話而凝聚在一起。因為要哀悼她的死，所以不該中止，而是應該舉行一場追悼公演，這正是御園的遺志不是嗎？舞台劇並未中止，而是延期，於三月的畢業典禮後上演。

如果是朝子的台詞，我在高一時就已經能熟背。當時我看著腳本，心裡無限憧憬。「她們是好朋友，所以女主角非嵐莫屬」，面對眾人推舉我的聲浪，我當然也能加以拒絕。此時我之所以站上舞台，全是出自個人的意願，無從推託。

隔了一會兒後，學姊說：

「御園應該也會很高興吧。每當嵐受人誇獎時，她就像自己受誇獎似的開心。」

「……應該不會吧。」

不對，才不是這樣呢。

老師在舞台前揮著手，要演員們停下。為什麼會這樣？老師警告的聲音聽起來好遙遠，可是卻像在體內產生迴響。

學姊詫異地望著我的臉，我身上這件朝子的禮服，從衣袖露出的廉價蕾絲，磨得手腕隱隱作痛。從第三幕開始是洋裝扮相，不過第一、二幕所穿的和服，都是淺倉學姊和御園自己提供，她們都是跟自己的母親借來的。而我要穿的，是御園先前穿的淡紫色和服。

「如果妳不嫌棄的話，這件衣服請拿去穿吧。」

御園的喪禮結束後不久，她的父母來到學校。在一旁看話劇社練習的御園母親，似乎難忍心中的悲戚，頻頻眨眼，在御園父親的臂彎裡哭泣，紅著眼面向我。

她遞上先前御園從家裡帶來的淡紫色和服，對我說：

「我聽說妳擔任女主角，心裡很高興，特地拿來借妳，如果妳能代替那孩子穿上它，她一定也很高興。」

接著御園的母親告訴我一件事。

其實是她建議御園競演女主角，還對她說，要擁有遠大的夢想，要是選上了，他們會休業一天，專程去看演出。

她還告訴我，當時女兒搖頭說：「這怎麼行呢，我會和嵐變成競爭對手。」她極力說服女兒，「所謂的好朋友，同時也是好的競爭對手。」並附上她常說的一句話：「與其什麼也沒做，事後後悔，不如做過之後再後悔。」

「讓妳們兩人的關係出現裂痕，真對不起。」她執起我的手，頻頻啜泣。

擺在排演場地角落的那件漂亮淡紫色和服，我無法正視。

「御園應該不希望我穿上它。」

我喃喃低語，心痛欲裂。「才沒這回事呢。」學姊在一旁安慰我，聽到她那溫柔的聲音，好想向她撒嬌，我實在很任性。儘管自己心裡明白，但只要沒極力忍住，淚水便會奪眶而出。

「在參加選角會之前，我曾經聽御園說過一句話，『一定贏不了我的。』當時她很開心地笑著這麼說，一旁的人聽了，也笑著說『說得也是』。我們已經不是好朋友，而且我和她不一樣，不像她那麼有人緣，因為我總是任性妄為。」

我面向前方不斷說著，學姊一臉驚詫地望著我。

原本不想講這麼多，但我知道自己此時相當脆弱。不過，還有許多事我無法在眾人面前說，死也不能說。例如我對御園做了什麼，以及我是如何看待御園。

要是被他們知道，我不知道自己會有什麼下場。

7

我應該沒理由和御園見面才對。

一開始聽聞委託的事情時，我心想，她應該不想和我見面，而且也沒那個必要。儘管我百般焦急地向使者委託，但我早已作好心理準備，御園應該不會見我，我會被她拒絕。

第一次見面當天，我告訴步美自己的手機號碼，後來他真的打電話給我。不是用手機撥打，而是用一般電話，上次見面時，也是我單方面告訴他自己的電話號碼。我並不是在和他交朋友，自始至終，他的身分都不是澀谷步美，而是使者，我感覺到這當中有明顯的區隔。

只有說話口吻仍維持同齡人們之間所用的一般語氣，聽完他的回覆，我一時說不出話來。他接著說：

「她說願意見妳。」

「地點是位於品川的一家飯店，日期是接下來的滿月之夜。待會兒我會告訴妳詳細的地址，到時候六點在那裡的大廳會合。」

「你見過御園了嗎？」

感覺電話那頭的他，似乎正屏住呼吸。隔了一會兒，他才回答：「見過了。」

我闔上眼，意識幾乎就這樣遠去。我到底想做什麼，我有勇氣和她見面嗎，我是否已經做好被痛罵、憎恨的準備？一旦機會來到面前，我突然緊張了起來。

我感覺到他的聲音沒有半點虛假：御園要和我見面。

在前往飯店的電車上，我發現自己絲毫沒有怕鬼的念頭。由於居中安排的使者是我認識的男孩，所以這也是理所當然的事，不過現在我真正害怕的，是活生生的御園，而不是鬼魂。

其實我很想逃離。御園會怎麼看我？我和她見面，到底想做什麼？光想就覺得心情沉重。

像之前第一次和步美約見面時也是如此，從我們居住的市中心外圍住宅街，到他指定的場所，花了將近一個小時。如此鄭重其事，選在這麼遠的地方，彷彿在告訴我，這可不是遊戲。這麼遠的距離，的確不必擔心會被同校的學生們撞見。之後我有幾次在學校裡看到步美，或是與他擦身而過，他似乎也都特別注意，和我沒任何目光交會。

他指定的那家大飯店，果然就像我上網查詢的一樣氣派，與幾年前我和父母到夏威夷旅行時住的飯店很類似。

之前乍聽飯店時，我還對自己和男生約在那裡見面隱隱感到不安，但現在只覺得這個念頭很滑稽，因為這裡的氣氛根本不像是小孩子該來的地方。早已在裡頭等候的步美，把鑰匙遞到我手中。

他看了自己的手錶一眼，差點就過了約定好的時間。我在品川車站下車後，一直猶豫該不該來，好幾次差點就要往回走，我感覺他似乎已看透我的心思，於是我問了一句「御園已經到了嗎」，以此含糊帶過。

步美點頭。

「在七樓的七〇七號室，我會陪妳搭電梯到七樓。」

「我自己去就行了。」

我和御園單獨會面的地點，不想讓別人靠近。和他並肩而行，感覺就像是對御園的背叛。步美望著以強硬口吻回答的我，沉默片刻後，點頭說「那妳就自己去吧」。

「時間是從現在到一早太陽升起，我會在底下等妳，談完後再到樓下找我。」

「嗯。」

我搭上電梯，按下七樓的按鈕，但內心仍拿不定主意。此刻我仍想逃走。要是我這麼做會怎樣？如果回到樓下，步美人就在那裡，他會大發雷霆，把我抓住嗎？

或是我假裝和御園見面，找個地方打發時間，一直撐到隔天早上呢？要是我放御園鴿子，這樣也算用掉「一次」機會嗎？算就此奪走御園的機會嗎？

不同於沒進食所引發的胃痛，有另一種痛楚貫穿我全身。

自從御園死後，這種痛楚一直如影隨形。我不知該如何形容，不過我感覺它呈現漆黑的顏色。彷彿燃燒輪胎或橡膠時冒出的濃濃黑煙，煙霧瀰漫的環繞在我四周。是我被黑煙吞沒，還是黑煙從我體內冒出，這當中的分界模糊不清。

抵達七樓後，我走在鋪有地毯的走廊上，來到御園所在的房門前，剎那間，原本黑暗陰沉的心情，就像被擦除乾淨般，豁然開朗。

我突然有所覺悟。

我不知道她會怎麼看我，不過，御園仍舊同意將自己僅只「一次」的機會用在我身上。與其什麼也沒做，事後後悔，不如做過之後再後悔。

御園和她母親說過的話，最後讓我拿定主意。

我伸手敲門。

沒人回應，我插入鑰匙。正當我準備推開門時，有人早一步從房內開了門。

我猛然一驚，抬起頭來，對方同樣也一臉驚訝地望著我。

要是沒緊咬著嘴脣，我怕淚水便會奪眶而出。我一直沒說話，而表情逐漸轉為平靜的御園則是看著我微笑，「妳瘦了呢。」

8

我滿腦子只想著為什麼、為什麼、為什麼。

為什麼我要做那種事？

為什麼我要向使者委託？

為什麼在守靈的那一晚，我會向她母親提出「我可以見御園一面嗎」的請求呢？

御園的身體將會火葬，就此消失，我不敢相信有這種事，對此深感厭惡，希望她能一直保持原狀。爺爺過世時，我還能向躺在棺木裡的他做最後的道別。他就像沉睡般闔上雙眼，但膚色、眼皮的皺紋，都和在世時截然不同。我伸手碰觸，感覺又硬又冷，嚇了我一大跳。然後才就此死心，明白爺爺已不在人世。

御園應該還活著吧，我希望他們能讓我死心。

御園的母親一副不知如何是好的模樣，淚流滿面地搖著頭，將我摟進懷中。她嘴裡說著「對不起、對不起、對不起」，看起來無限感傷。應該說這句話的人明明是我，但她卻向我道歉。

「因為她發生車禍，沒辦法再和妳見面了。嵐，對不起。」

當時我不懂話中的意思，宛如被她母親的哀傷和眼淚感染般，也跟著淚流不止。就像發燒時一樣，腦中無法思索。

御園被車撞飛時，身體變成怎樣？聽說她血流一地，她的頭部是以多大的力道撞向地面？我隔了好一會兒，才想到她的頭、臉、身體輪廓，有沒有因車禍而變成什麼樣。想到這裡，全身便顫抖不停，我沒資格和御園見面。

但現在……

站在飯店的明亮燈光下，面帶微笑的御園，她的臉還是跟以前一樣。就像我們鬧翻前，仍是好朋友的那時候一樣，看起來明亮耀眼。

「知道使者竟然是步美時，妳有沒有嚇一跳？」

御園穿著制服，她請我入內，提到了他的名字。先前她常興奮地說「我和他擦身而過」、「他身上有牛奶的氣味」、「他好帥」……當時的說話口吻，和現在沒有兩樣。

「我好興奮喔，真是不可思議。雖然現在變成這樣，很不甘心，但沒想到竟然有機會和他說話。當面和他說過話之後，妳不覺得他說起話來，比其他男同學要成熟多了嗎？嵐，妳和步美取得聯繫，那表示你們彼此交換過電話號碼囉？」

「是啊。」

我在她的套話下，不小心這樣回答，接著我急忙補充：

「不過，只有我告訴他號碼，沒聽他提過自己的。」

「這樣啊……那還是很令人羨慕啊。」

「妳和他說過話嗎？」

不知道說了些什麼。

我為了封口，而想奪走御園「唯一」的機會，但如果御園已經告訴步美，那一切就全完了，之前我完全沒想到這點。我焦急地詢問，但她只是嫣然一笑。

「聊了一些。」

看她那心花怒放的表情，我頓時鬆了口氣。她看起來，彷彿連自己身上發生的事——對自己已經死了的事——毫不知情，一想到這裡，我便覺得很難過。

她騎單車從坡道上跌落，到撞車的這段時間，不知道有多久？可能只有短短一瞬間吧。從當時到現在這段時間的經過，她又是怎麼看待呢？她該不會是聽使者步美說了，才知道自己已死的事吧？若真是這樣，世上再也沒有比這更殘酷的事了。

「為什麼？」在出聲的同時，我的喉嚨在顫抖。

御園收起微笑，轉為認真的神情。她的目光與一開始開門，對我說「妳瘦了呢」的時候一樣。

「御園，聽說妳在救護車上時，曾叫過我的名字，而且還說了一句『嵐，為什麼』，妳記得嗎？」

「妳就是為了這個來見我嗎？我不記得了，不過，應該是說過吧。因為自從我們的關係變尷尬後，我滿腦子想的都是妳的事。想和妳重拾往日情誼。」

我不發一語，幾乎完全屏住呼吸，注視著御園，很怕她臉上會流露出何種情感。在她這樣問我時，我便已經察覺。打從剛才起，她的語氣便不帶一絲責備。御園大概不知道是我做的，可能那天她在「飲水處」與那位阿姨見面時，也沒發現有水流出，沒看到我逃離的背影。

對我臨時起意的殺意，渾然未覺，現在她一定也完全沒料到。

在來這裡之前，我心中抱定的念頭，就此撲了個空，不知如何是好，但我的視線還是沒從御園臉上移開。

對不起這句話，遲遲說不出口。突然有股衝動湧上心頭，想向她坦言一切，我急忙將來到嘴邊的話又嚥了回去。

在這裡道歉，是何等任性妄為的行徑啊。

我這才明白，先前失去機會坦白的我，之所以想在這裡說出自己一直埋在心中的祕密，其實並不是為了御園。我發現，其實是想讓自己解脫，因為御園什麼也不知道。

今天真的將就此和她天人永隔，其實是想將自己不必要背負的沉重負荷，改放在她肩上，由她來承擔，要賜予御園比之前更沉重的悲傷和絕望。

「……妳為什麼要見我？」

為什麼要接受我的要求？御園搖了搖頭。

「這是我要問的才對，步美同學也說，要找出使者，應該很不容易。我周遭的人們當中，為了見我而這麼努力的，可能就只有妳一個了。」

「才沒有呢。」

「是真的，當初參加社團時，我也曾向大家說過使者的事，但實際會去找尋的人，可能就只有妳了。當然了，我爸媽應該不知道使者的事，所以我很想見妳。其實，我有件事要拜託妳。」

「有事要拜託我？」

「嗯。」

御園露出難為情的微笑，

「我希望妳幫我處理我的漫畫書。」

當她口中說出「漫畫」這兩個字時，我為之一愣。「抱歉，這是我這輩子最大的請求！」她在我面前雙手合十，做出請求的姿勢。

「我瞞著爸媽，把收藏品全藏在房間的上層櫥櫃裡。有同人誌、ＢＬ這類書籍，要是被發現鐵定完蛋，所以我想在被發現之前先處理掉，但我萬萬沒料到自己會死得這麼突然。我家不是禁止買漫畫嗎？我媽要是看到那麼刺激的東西，一定會嚇壞的。嵐，妳可以在穿幫前，想辦法幫我回收掉嗎？妳和我嗜好相同，所以這件事我也只能請妳幫忙了。」

「就只是為了這種事？」

我本來打算，就算被臭罵，被責備，也要徹底和她說清楚，然而……御園見我不發一語地呆立原地，鼓起腮幫子，以鼓勵我似的開朗口吻回答：「別這麼說嘛，對我來說，這可是件大事呢。」

「拜託妳了，嵐！」

說到演技，她有大明星的水準，我遠遠不及。

她真的什麼都不知道，不知道存在於我心中的黑暗情感漩渦，到現在仍當我是摯友。

我胸口緊縮，幾乎無法呼吸。在這種痛苦折磨下，雖然極力想壓抑，但還是忍不住發出嗚咽聲。

我沒資格哭。更別說是把已死的御園晾在一旁，自顧自地哭泣。明知不能這麼做，淚水和哭聲卻還是一發不可收拾。

「對不起，御園。」

不管我說再多遍都不夠，怎麼可能會夠呢。

「嵐，怎麼啦？怎麼啦？」

御園原本不知所措，但後來也跟著哭了起來，聲音一點都不輸我，兩個人都哭了。我一再道歉，這是我唯一能做的事。

我根本沒辦法向她坦白一切，懺悔、告白這種行為，是犯下重大惡行之人自私的想法。

只有「對不起」這句話，沉悶地不斷反覆。

我所做的事，以及我對她的情感，將一輩子跟著我，我無法告訴任何人。她即將以開朗的心踏上旅程，不能因我的自私而絆住她。

9

「可以代我向步美同學問句話嗎？就問他『有留言嗎？』」

送我離開房間時，御園這麼說。「留言？」我問，她指著自己說：「給我的。」

「妳要是問到了，日後再告訴我。」

「我知道了。」

像透明的光線般，臉上泛著淺笑的御園，朝我揮手，「我不想讓妳看到我消失的模樣。」聽她這樣說，我全身為之僵硬。不管再怎麼擦拭，還是不斷滲出的淚水，滲進因過度擦拭而發疼的眼瞼中。

「妳不能就這樣和我一起逃走嗎？」我問。御園看起來和生前沒有兩樣，她笑著回應：「好像天一亮，我就會消失了。」

「日後再見了。」

御園最後留下這句話。

搭電梯來到一樓後，我看到步美就坐在大廳的沙發上。他似乎正在看書，一發現我走近，他馬上抬起頭，神情略顯吃驚。他望著手錶，站起身問：「不是還有一點時間嗎？」

「御園說不想讓我看到她消失的模樣。」

我回完話後，覺得鼻頭一酸，眼眶又紅了。由於剛才大哭了一場，現在動不動就會流淚。為了加以掩飾，我別過臉去，向他詢問：

「御園要我問你，是不是有她的留言。我答應她，日後再見面的話，會轉告她。」

步美眼中微微一亮，一副像是早有準備、心領神會的模樣。正當我對此感到納悶時，他早一步回答：

「她要我轉告妳『路面並沒有結凍喔』。」

我原本一直極力壓抑的淚水，頓時像是連同眼珠一起結凍般退去，舌頭就像打結似的，隔了好久才發出一聲「咦」。

猶如一針刺下後所感到的痛楚，我的聲音在傳進耳朵後，才逐漸變得鮮明。

步美的表情仍舊不變。

那不是他要給御園的留言，而是御園託他轉達的留言，我在無從逃避的情況下聽到這句話。也許他只是代為轉告，沒細問話中的含義。步美注視著我，似乎對我的激烈反應頗為詫異，但他仍舊神色平靜。

「御園同學拜託過我，她說今天結束後，嵐同學要是問『有留言嗎』，就請我轉告妳。如果妳什麼也沒問，那我就忘了這件事吧。」

嵐同學？

他叫喚我的聲音，只能從他嘴巴的動作看得出像是在叫我，但聽起來無比遙遠，模糊不清。我渾身的力氣從雙膝洩去，整個人快要癱軟在地。我摀著嘴，幾乎要往前傾倒，步美發現異狀，伸手想要扶我，「嵐同學。」他再次開口喊了一聲。

我瞪大眼睛到連眼眶都覺得有點疼痛，感覺就像不是我自己的眼睛似的。我立即折返，準備往電梯的方向衝去，但步美伸手攔住了我。

我撥開他的手，大叫一聲：「放開我！」

放開我！讓我再見御園一面！

「嵐同學！」

步美的聲音在我耳畔響起，身體像是被另一根和剛才不一樣的針給扎中般，頓時清醒了過來。儘管如此，我還是極力掙扎，想從步美手中掙脫。他看起來瘦弱的手臂，以意想不到的強勁力道阻止了我。

「讓我去，讓我再去見御園一面……一下子就好。」

他以為難的口吻說「沒辦法」，我一再拭淚的臉頰就像抽搐般，隱隱作痛，「求求你、求求你……」我不斷大喊。

既然這樣，那請你代替我去，請你去陪御園。

「如果御園還在這裡的話，澀谷同學，在她消失之前，請你陪在她身旁。你是使者，應該沒關係吧？求求你，請你去陪御園！」

路面並沒有結凍喔。

御園知道。

知道我懷有惡意，知道我那天夜裡臨時起意，故意放水流了一地。

她死後，我在沉重的懊悔和自責下，拚命向眾人詢問御園的情況。問過老師、負責偵察的員警、「飲水處」的那位阿姨。御園之所以會喪命，不就是因為那天路面的水結凍嗎？不就是因為水龍頭的水流出嗎？

但我得到的回答，卻是當天並沒有水流出，路面也沒結凍。那起意外一定是因為煞車故障所致，和水或冰無關。我轉開的水龍頭，最後似乎被某人轉緊，到早上時已經沒留下任何水流的痕跡。

御園發生事故，是偶然的不幸遭遇。就在我懷有惡意的相同地點，如同是我刻意安排似的，她就此喪命。

正因為這樣我才害怕。

……嵐，為什麼？

當時這樣低語的御園，如果那晚目睹了我的行徑，應該會將自己的死因歸咎到我頭上才對。死神瞬間來訪，她在滑落坡道時，一定在心裡想，是我害死了她。但這是誤會。對我產生誤會的御園，如果透過使者，向前來見她的其他人透露此事的話……所以我拚了命找尋使者，不讓任何人比我早一步見到她。

我得向御園承認自己當時確實臨時起了殺意。但這樣也無所謂，我今天就是來向御園解釋，消弭這項誤會。

但事後細想，御園目睹我放水的行徑，之後怎麼可能沒把水龍頭轉緊呢？是誰把水龍頭的水轉緊呢？「飲水處」的那位阿姨很肯定的對我說，那天晚上沒水流出。她沒說自己關緊水龍頭，也沒說有人放水。那位阿姨因狗吠而出外查看時看到御園，當時御園會不會正望著我逃離的背影，以及流向地面的水，才剛將水龍頭轉緊呢？若不是這樣，她不可能會在目睹這一切後，隔天早上仍照舊騎車行經那條坡道。如果不是她事先已經把水轉緊的話……

搞不清楚究竟是怎麼回事。

不過御園確實知道這事是我做的，但她卻沒當面跟我說。她避開這尷尬的話題，透過向第三者留言的方式轉告我。

她沒認真地面對我。

當我發覺此事時，頓時感到無地自容。

她說自己藏在房間櫥櫃裡的書本，一定不存在，我有這樣的預感。演技足以媲美大明星的御園，她那自然的舉止，這次真的把我騙倒了。與其最後在尷尬的氣氛下度過，她寧可選擇什麼都沒發生。她一直保持開朗的心，不想與我有任何瓜葛。

我不知道自己腦中拼湊的推論是否正確。

這次我真的再也沒辦法與她見面了，也無法再與她有任何交談。而我用來推卸責任的謝罪之詞，最後也沒向她傳達。

我們什麼重要的事也沒說，淨說些無謂的瑣事，就這樣從昨晚聊到今天，全是我自己說不出口。

她喪命的直接原因並不是我的行為所致，但為什麼御園就非得在那坡道下喪命不可呢？這當中的偶然和必然，究竟有多深的關聯性呢？

又有誰能斷言，不是我對御園的詛咒害死了她呢？我感到歉疚，因此她死後，我仍想見她一面。御園也一樣，她會認為自己不是因我而死嗎？

不想與我談這件事的御園，只留下一句簡短的事實描述，「路面並沒有結凍。」她沒明說自己是否看到了我，是否關緊了水龍頭，所以她是基於什麼樣的心情留言，我也不得而知。

她是看我一直以為是自己殺害了她，基於一份善心，為了化解誤會，讓我明白事故造成的原因不在我，才刻意留言嗎？

還是說，她在指責我醜陋的內心殺害了她？

也許她這句話有撇清關係的意思，用來表示她的生死與我的行為無關，如今真相我已經無法得知。

如果我今天坦白告訴她我所做的事，並向她道歉的話，她應該就不會告訴我留言的事。先將留言寄放在步美心中，不管我們後來的氣氛會變得尷尬還是緊繃，或許最後還是能展開「摯友」間的對談。可以坦言彼此的心裡話，化消誤會，道歉，然後就此道別。或許無法完全恢復往日的情誼，但最後一定會有短暫的片刻能回歸昔日的友好關係。這難得的機會，我卻自己放棄。

御園已經不把我當朋友看，就這樣再次前往我們心靈無法相通的地方，甚至不給我贖罪的機會。

對不起，御園。

我出聲說。

比起剛才在房間裡站在她面前，此時感覺更為真切，我根本什麼都不知道。

……一定贏不了我的。

當我說出自己曾聽御園講過這句話時，一旁的淺倉學姊以驚訝的表情望著我。她蹙起眉頭對我說：「不是這樣吧？」

「她說的不是『我』(watashi)，而是『嵐』(arashi)吧？」

學姊側著頭這麼說，我聞言後大吃一驚。

「說到這個，當時我也聽過，她常說『我一定贏不了嵐的』。她是妳的好朋友，妳要相信她。」

我到底對御園做了什麼？我就像是個任性的小孩，只用自己想看的觀點去看周遭的一切，完全不信任御園。

她今天和我見過面，原本有重修舊好的機會，但我又再次搞砸，就像是又殺了她一次。而這次，御園真的死了。

「嵐同學，妳還好吧？」

我聽見步美的聲音，再次把他的手推開，重複說了一遍「求求你，代替我去吧」。

「去見她。」

因為她想見的人，應該不是我。

我不斷嗚咽，接著是不斷的道歉。對不起、對不起，御園，我完全贏不了妳。

現在妳已經棄我而去，我卻還在想這種事，說來實在有點奇怪，但我真的很喜歡妳。我明白我總是圖自己方便，但我真的很喜歡妳，所以才會倚賴妳對我的好，而害死了妳。

感覺得到我令步美為難，我一面向他道歉，一面以絕望的眼神凝望飯店大門外逐漸轉亮的天色。儘管是寒冷的冬夜，太陽依舊靜靜升起，猶如要融解冰冷的空氣般，旭日東升。

我迷濛的淚眼，因陽光而感到刺痛。我用全身去感受這場與御園的道別，回想自己所做的一切，誠心祈盼不把我當罪人看的御園，今後能忘了我，前往一處祥和安穩之地。

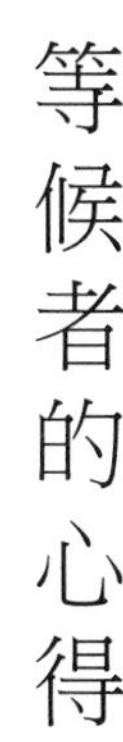

等候者的心得

「你有想見的人吧？」

當老太太以緩慢的口吻詢問時，我說不出話來。事後反省，覺得自己沉默的時間太長了。如果是與一位素昧平生的人交談，這樣的空檔顯得意味深長。

「果然沒錯。」

我明明沒回答，老太太卻暗自笑了起來。

「為什麼會這麼想？」我終於回了一句，連自己都覺得這麼說很笨拙。老太太仍面帶微笑，

「我就是感覺得出來。」

1

起初只是覺得有點不太對勁，就像落枕一樣。

那種像肌肉痠痛似的疼痛，過了幾天依舊沒改善，甚至從脖子擴散到整個背部。雖然有點在意，但倒也還不至於到無法忍受的地步，所以就這麼擱著不管，結果在加班時，一股遠非之前所能比擬，像痙攣般的劇痛，突然向我襲來。

實在非常恐怖。

在空無一人的樓層，沒人聽得到我的聲音，我卻仍大叫一聲「好痛」。連呼吸都有困難，身體靠在客用的沙發上，就這樣再也無法起身。我抬起迷濛的視線，望向壁鐘，時針已過半夜一點。雖然有點猶豫，但我最後還是打電話給同期進公司的同事大橋。雖然分屬不同部門，但聽說他最近工作交期快到了，也許他還在下兩樓的樓層裡加班。

儘管不時會在公司裡碰面，但我已經很久沒主動跟他聯絡。大橋人還在公司裡，感覺得出他接電話時頗為驚訝，但聽我說明情況後，他立刻便上樓來看我。

「嗨……」

我趴在沙發上，微微抬頭，大橋看我這副模樣，微微蹙眉。

「你現在有什麼感覺？」

他不帶情緒地向我確認「會不會痛」、「能走嗎？」當他問我「最近有好好睡覺嗎？」我回答他，這三天來只睡了六小時，他聽了之後嘆了口氣。儘管我一再阻止他，說用不著那麼誇張，但他還是置若罔聞，打電話叫了救護車。

大橋讓我扶著他的肩，幫我坐進救護車，這是我人生中第二次坐救護車。第一次是隨行，至於當病患，這還是第一次。

我讓無法動彈的肩膀往前靠，勉強坐下，還不至於無法說話。從什麼時候開始，有什麼樣的疼痛，對於這些症狀我都能以清晰的口吻說明，這令我感到有些歉疚。對於響著警笛火速趕至的救護隊員，以及通知他們的大橋來說，一定都希望我是重症患者。

救護車並未就此駛離，而是一直停靠在公司前。在車內聽我說明的救護隊員們，從我的手指測量血氧濃度，問我有何病歷、有無宿疾，並問我「這樣做得到嗎？」、「那樣做得到嗎？」要我做幾個手臂彎曲、伸展的動作，最後說了句「研判應該是沒什麼問題」。我雖然感到疼痛，但他們指示的動作，大致都能做到，而且我也沒得過什麼重病。

「研判必須由整形外科診療，不過現在就算搭救護車送醫，也不確定是否有專業醫師駐守，搞不好今天不能對您做任何處理，您只會平白多花一筆錢。既然這樣，不如明天一早您再到專門的醫院求診。」

雖然研判不具急迫性，不過隊員們的聲音沒有任何不悅，倒不如說他們相當誠實。

「等到明天早上，會不會就這樣一命嗚呼呢？他該不會是內臟出了毛病，問題顯現在背部吧？」

大橋以冷靜的語氣詢問，雖然這是我自己的事，但聽了之後差點笑了出來。然而，救護隊員也和大橋一樣，一臉正色地回答「應該不會」，並說明依據。

在文件上簽完名，走下救護車後，我問大橋：「這樣不知道算不算是惡作劇通報。」曾在電視廣告中看過醉漢叫救護車當計程車用，或是有人打一一〇通報，想要他們代為照顧小孩。

大橋驚訝地望了我一眼，什麼也沒說。

雖然我一再說不用，但他還是強硬地叫了一輛計程車送我回公寓。我告訴司機地址後，大橋向我喃喃低語：「你果然還是沒搬。」已經死心的人所說的話，總是如此冰冷，不帶任何情感。這七年來，大橋一直勸我搬家，前後不知已經說過幾遍，但我都不予理會。

「那間公寓有三間房，而且房租超便宜，實在捨不得搬。」

「你可別工作過度啊，沒必要那麼拚命吧？」

「大橋，你自己才是吧，工作到這麼晚，久美子和孩子沒關係嗎？」

「我是因為工作交期快到了，平時都會準時回家。」

我們在影像相關機器的公司上班，總公司位在大阪，在業界占有固定的銷售業績，員工的薪水也不錯，但工作環境實在乏善可陳。公司內甚至有個讓人笑不出來的冷笑話，說我們的員工三十歲蓋房子，四十歲造墳墓。

大橋一路陪我從公寓大門走進，扶我走進房間後，讓我坐在沙發上，沙發上還擺著前一天換下的衣服。在日光燈的照明下，他望著室內的情形咕噥了句「還真亂呢」。

「你幹嘛這麼拚命呢？像今天，你們部門又是你最後一個走，對吧？」

「在一個小時前，我的其他部下也在。」

「快點結婚吧。」

這句話雖然唐突，但這並不是他第一次對我這麼說。我眨了眨眼，抬頭望向大橋，他臉上表情扭曲。

「從那之後過了幾年啦？有七年了吧？」

「沒錯。」

「前不久我才又細數過一遍，整整七年，輝梨已經不會回來了，我跟你說過很多次，你被騙了。」

大橋望著餐桌，上面只擺了電視遙控器，以及昨天吃完的超商便當空盒，我闔上眼。

我邂逅輝梨時，大橋還沒有孩子，也尚未結婚。我們一起讀研究所、出社會就職，經過三年的歷練，終於熟悉工作上的事務，精神方面也開始比較能放鬆。

我睜開眼，大橋真是個好人。我從國中時代起，就一直是眾人眼中一板一眼、正經八百的異類，就只有他會找我一起出外遊玩、喝酒。他那工整的五官，年輕的氣色，給人的印象和當時沒什麼兩樣，不過結婚後，下巴確實長肉了，微笑時浮現的法令紋，已不再消失，我們確實也有了年紀。

七年是吧……

像在回味似的低語後，為了不想讓氣氛變得沉悶，我主動開口：

「如果生了小孩的話，算一算都可以上小學了。」

「不光是這樣，如果已經結婚的話，過了這麼多年，做丈夫的都可以殺掉妻子了。」

我的回答慢了半拍，當我喃喃說了句「真可怕」時，他接著以一本正經的口吻說：

「如果結婚對象失蹤，另一方在七年後，可以辦理死亡手續。以法律的手段正式殺了對方，就此展開新生活，七年的時間就是這麼漫長。更何況你們又沒結婚，而且那個女人滿口謊言。」

「我並不是在等她，其實沒這個意思，就只是生活太單調，沒任何變化罷了。就算我一直沒結婚，那也不是她造成的，是我自己沒女人緣。」

我自認這是真心話。

但大橋的眼神無比冷峻，他不發一語，轉頭望向從客廳就看得到的那間房門緊閉的書房，那是輝梨以前住的房間。

「你要好好去醫院接受檢查。」

他沒看我，只留下這句話後便離開了。我的肩膀疼痛，無法到玄關送行，心想好歹也要回臥室睡覺才對，就這樣爬下沙發。

大橋剛才提到七年的分界，這件事我也知道。在法律用語上，這叫做宣告失蹤，可以請求提出這項判決的，是包含配偶在內的利害關係人。

說到利害關係人……

對日向輝梨而言，我並不是她的利害關係人。

2

就診結束後，醫生給了一個很普遍的診斷結果——「過勞」，令我不知如何是好，一時間不想馬上回公司，就這樣坐在醫院的中庭發呆。

醫生告知我肩膀的肌肉僵硬，血路受阻。

「這十年來電腦普及，連帶使得這種症狀也突然增加許多。我會開藥和貼布給你，但請先到裡頭的診間接受物理療法的按摩後再回去。」

我應了聲「好」，發現自己心裡覺得有些沮喪，其實我原本期待會是更嚴重的疾病。說自己期待生病，聽起來實在很怪，這是為什麼呢？我心不在焉地想著這個問題，很快就得到結論，因為疾病會產生變化。

我不禁露出苦笑。

昨晚大橋問「你幹嘛這麼拚命呢」，現在我想到答案了。一定是因為我想把身體搞壞，等待強制被迫進行某種決定。如同他所擔心的，我的人生停滯不前。

然而，我理應搞壞的身體，最後卻只落得一個再普遍不過的「過勞症」。

儘管有日照，但空氣依舊清冷，皮膚感覺得出今天天氣絕佳。看完診後，終於可以鬆開原本繫緊的領帶。我摘下眼鏡，以手指緊按眉間，這時就像接收到某種訊號般，背後再度感到一陣痠疼。

因為陽光的緣故，模糊的視野看起來宛如處在蒸騰熱氣中。在冬日的寒空下，感覺就像望著灼熱的沙漠，沒半點真實感。我的雙眼視力，裸視連零點一都不到。

一位老太太從長椅前走過，她的身軀陡然一陣搖晃，我一開始原本還以為是自己眼花，但緊接著下個瞬間，我的身體馬上展開行動。

我奔向她身旁，老太太一隻手搭在我身上，另一隻手按向自己的喉嚨和胸口中間一帶，就像打了個嗝似的，重重地噓了口氣。

「啊……真是不好意思。」

「您不要緊吧？」

寒冷的中庭裡，別無他人。

我發現自己搭在老太太肩上的手中，沒拿眼鏡。急忙轉頭尋找，這才發現眼鏡倒落在長椅前的地面上。我把老太太扶向長椅，讓她坐下後才撿起眼鏡，發現鏡片上沾滿了沙子。

「真不好意思呢，年輕人。」

老太太道歉的聲音再度傳來，「我突然眼前一黑。」

「您不要緊吧？我去找人來。」

「這是貧血，休息一下就好了。」

她應該是這家醫院的住院患者，穿著粉紅色的病人袍。戴上眼鏡後，她的輪廓頓時清楚許多。之前只看得到她的模糊身影，現在重新細看，發現她雖然身材清瘦，但並不會給人柔弱之感，大約七十歲左右。雖然背有些駝，但以她這個年紀的女性來說，個子算是相當高。

她氣色不佳，就像頭部很沉重似的低垂著頭，使勁地抓緊我的手。

「請您等一下。」

我回到醫院內，在走廊上發現一名護理師。我向她說明情況，一起趕往中庭，那名年輕護理師一見到老太太，便叫喚她的名字，趕往她身邊。

「您不要緊吧？怎麼了嗎？」

「不好意思，只是有點不舒服……」

她剛才說自己是貧血，但此時卻緊按著胸口，呻吟著「好痛……」昨天我也同樣在空無一人的樓層裡，不由自主地發出「好痛」的呻吟聲，也許她相當痛苦。想到這裡，我很自然地脫口說出「我來幫忙吧」。

護理師抬起臉應了聲「嗯」。

多虧剛才接受過治療，我的背部已經比昨天改善許多。

「先移往溫暖的地方吧，這裡太冷了，我來幫忙。」

「嗯，說得也是，麻煩您了。」

我讓老太太扶著我的肩膀，攙扶她起來，發現她的身體好輕。將她帶往與中庭隔著一扇玻璃門的餐廳裡，讓她坐下後，護理師前去找人來幫忙。

剩下我們兩人獨處後，老太太問我：

「謝謝你，年輕人，可以請教你的大名嗎？我想答謝你……」

「不，我什麼忙也沒幫上。」

我搖著頭，這時我猛然想起，以前也曾發生過類似的事，就是我與輝梨第一次相遇那天。當時我也是目睹她突然在我面前昏倒，我向前將她從地上扶起。

不久，那名護理師帶來一位醫生，我將老太太交給護理師照料後，說了聲「再見」，正準備就此離去時，老太太叫住了我。

「你還會再來這裡嗎？」

「不會……」

那位幫我診治肩膀疼痛的醫生，吩咐我一個禮拜後再回診觀察情況，但我自認沒幫老太太什麼忙，不值得她老惦記著要向我道謝。我早一步搖了搖頭，向她說了聲「請多保重」。

走在醫院的走廊上，我發現沾在眼鏡上的沙粒無法完全清除，用手指輕輕摩擦幾下後，發現鏡片中央被磨出一個圓形的刮痕。

來到看不到餐廳的走廊轉角處，我再次回頭。被中庭陽光傾注的窗邊明亮耀眼，已經看不到老太太他們的身影。

她不知是否身體狀況欠佳，也許已經住院很長一段時間了。她問我下次還會不會到醫院來時，那聲音聽起來就像完全沒想到自己會有出院的一天。想到剛才還期待生病為自己帶來變化，頓時感到羞愧難當。

鏡片的白色刮痕，在右眼視野中央形成一道怎樣也無法消失的白霧。

3

我與日向輝梨第一次相遇，是九年前的春天，在大橋邀約下前往參加聯誼後回家的路上。大橋當時已經和他現在的太太久美子交往，但他為了替我找女朋友，常舉辦聯誼聚會。為什麼他要這樣照顧我？雖說我們有同期之誼，但我不記得自己做過什麼事，讓他這麼欣賞我，不過他以前常說，我那一本正經，卻又莫名糊塗的模樣，比其他同事有趣多了。

那是三月最後的星期五，一個颳著大風的日子。

這便是所謂的春颱，從我們在店裡結帳的時候起，外頭便已經傳來呼號風聲以及路人的慘叫聲。

「土谷，這女孩搭ＪＲ線[5]，你送她一程。」

大橋也許是當自己設想周到，指著坐在我身旁的女孩說。在聯誼聚會中，他還常調侃我「那不就是你喜歡的那種清純粉領族嗎？」而我在覺得對方可愛之前，倒是先對他感到莫名的佩服，「原來他以為我喜歡這種外表的女孩啊。」

我和大橋同樣搭私鐵[6]，但我不好辜負他這番美意，於是便應了聲「我知道了」，送那位女孩到車站。這時大橋和其他同事都對我說，和對方告別時，問對方的聯絡方式是一種禮貌，但當時我也沒向那名女孩詢問。望著她按住隨風飄蕩的長髮，對我說了聲「再見」後，便快步消失在驗票口對面的身影，我心中頗感遺憾，但這時有另一個更強烈的想法，那就是：又要挨大橋罵了。

我獨自一人再次穿過鬧街，往私鐵車站走去。

這時，一陣比先前都還強勁的大風吹來，傳來空氣震動的隆隆聲。這裡不是鄉間，而是人來人往的鬧街，這裡的強風具有好萊塢電影的科幻效果。

那陣風將一塊居酒屋的立式看板吹翻，大馬路上擺放許多立式看板，傳來不知誰的驚呼聲。

5. 國營鐵路線。
6. 民營鐵路線。

在路上發送傳單的員工們，急忙伸手按住自己店內的物品。

風吹在臉上，又冷又痛。我抬起手，動作就像在保護額頭般，瞇起眼細看，發現一名個頭嬌小的少女背影，就走在前面。

從她近乎螢光色的亮粉紅大衣底下，露出一對修長的細腿，腳下套著一雙長度過膝的長靴。她的服裝，以及摻有灰色的一頭褐髮，在這條滿是上班族和粉領族的大馬路上顯得與眾不同。重點是她獨自一人，手上拎著一個大大的波士頓包。

我走在她身後時，她突然從我視野中消失。

我感到納悶，將視線往下移。正當我揣測她是不是跌倒了，緊接著下個瞬間，跌倒在地的少女像被風捲起般，整個人甩向右邊，一旁正好有個上頭寫著居酒屋菜單和攬客標語的立式看板。

我正準備大叫「危險」時，已經慢了一步。少女的背影斜傾，額頭撞向看板，傳出「叩」的一聲巨響。「呀——！」的一聲慘叫，並不是發自少女口中，而是一名迎面走來的女性。

我倒抽一口氣，一面問「妳不要緊吧！」一面扶起倒地的少女。在她仰頭的那一刻，我後頸雞皮疙瘩直冒：她的前額破裂，鮮血直冒。一看到暗紅的血色，連我自己都快暈了過去。

她雙目緊閉，眉頭緊蹙的臉，化著濃妝。長得很不自然的睫毛微微顫抖，像塗上糨糊般黏膩的紅脣，上頭有閃亮的顆粒。這段時間裡，她不斷發出「唔」的呻吟聲。

「妳不要緊吧？站得起來嗎？」

「嗯……唔……」

她雙手還能握拳，塗滿指甲油的指甲閃亮。她微微睜眼，上下都畫有粗大眼線的眼睛，其實又小又圓，就算睜開，也被塗滿的黑色眼線給遮掩住。

那名走近的女子借了一條毛巾給我，我順勢收下，覆在少女的前額上。另一名男子則以手機撥打電話，說要叫救護車來。

我和周遭的人們合力將少女扶向附近一家居酒屋的椅子上。讓她仰躺後，她這才發出一聲像是話語的「好痛」。

「我想坐著，不要躺下。」

她口齒不清地說。

我擔心她的出血會更嚴重，但她似乎不這麼做，便疼痛難耐。鮮血化為好幾道線條，從覆在她額頭上的毛巾下流出，流過她的臉龐。少女緊緊咬牙，我急忙取出自己的手帕，擦拭她的嘴角。

從她短裙中露出的雙腿，為了踩向地面，很自然地往外張。我的目光不知該往哪兒擺，不過她那完全敞開的雙腿，離性感相去甚遠，我反倒是看著一個年輕女孩被迫在眾人面前擺出這種姿勢，替她感到難過，不忍卒睹。

「不會有事的，救護車就快來了。」

我說，少女默默點頭。

她握拳的手，碰觸我按緊毛巾的手。感覺她似乎一直緊握著拳頭，手上滿是汗水。

救護車抵達，救護隊員趕往少女身旁。我正準備離去時，她猛然一把拉住我。

「您是她的同伴嗎？」

救護隊員詢問，我才剛回了一句「不是」，少女便將毛巾從臉上移開。

「……你不跟我……一起去嗎？」

很輕細的聲音。

她被鮮血、淚水、汗水沾濕的眼睛四周，與隔著窗戶看到的雨景很類似。彷彿顏料被融解，色彩全摻和在一起，輪廓在水中搖曳。由於覆在眼睛周圍的黑色線條已流失變淡，她的圓眼呈現出比剛才更清楚的真正表情，像小動物般的圓眼。

我點點頭，被她的目光震懾而動搖。

陪同她到醫院的這段路上，我重新端詳這名躺在擔架上的少女，也許她才十幾歲的年紀。最後一直到她抵達醫院接受治療，我都全程陪同。額頭上貼著大紗布的少女，在醫院大廳向我鞠躬道謝。

「謝謝您，我還以為我會死呢。」

她的說話速度緩慢，就像刻意放慢似的。而且那四不像的濃妝，讓人同時聯想到熊貓和狸貓。

「可以請教您的大名和聯絡方式嗎？日後我好向您答謝。」

「請寫在這上面。」她遞出的記事本，和她的大衣一樣，是鮮豔的粉紅色。我也沒細想，就在記事本上寫下自己的名字和電話。不過，當時我以為應該不會有什麼後續發展才對。

「土谷先生。」

唸出我的姓氏後，少女報上自己的姓名，說她叫日向輝梨。

「呃……是面向日光的日向，光輝的輝，梨子的梨。」

她半開玩笑地做出敬禮的動作，我則是不知如何回應。只點頭應了聲「喔，這樣啊」，便匆匆離開醫院。

4

後來輝梨真的打電話來，而且是在隔天晚上。

她說話的口吻生硬，似乎也不太習慣用敬語，但她還是用緩慢而客氣的語調邀我一起用餐。

「呃……眼前突然有個滿臉是血的女孩提出這樣的要求，可能不太有說服力，不過我並不是什麼可疑人物。」

「妳會受傷，並不是妳的錯……」

「可以讓我請您吃頓飯嗎？」

我心中對女人的分類用語並不多，不過日向輝梨應該是和大橋口中的清純粉領族完全不同類型，理應不會對我這樣的男人感興趣才對。也許是因為受傷而慌亂，心裡感到不安吧。她在醫院裡縫了三針，而且是縫在臉上。

「好吧。」

和女人交往的經驗，我也不是沒有。不過，從學生時代起，往往都是交由對方主動。對方對我有好感，我就和她交往，而戀情轉淡，提出分手要求的，也都是對方。說起來，我已經很久沒和人約會了。

星期日傍晚，我與她約在我家附近的終點車站碰頭，不過輝梨對那附近的店家一概不知。

「我是鄉下人，所以對東京的一切事物都還不熟。」

她和前天一樣，穿著那件亮粉紅色的大衣。也許是被血弄髒的緣故，大衣袖口有像是手洗過的痕跡。都已經洗到泛白褪色，但中間還是隱隱浮現出洗不掉的茶褐色線條。

她發現我的視線，難為情地把手靠向胸前。

「我只有這件大衣。」

「妳剛到東京不久嗎？」

「是的，所以前天您真的幫了我一個大忙，我在這裡還沒什麼朋友。」

「可以問妳今年幾歲嗎？」

「二十歲。我想在這裡工作，所以就到東京來了。」

看她那華麗的妝扮，與走在一旁的我顯得很不搭調，特別引人側目，她看起來不像是鄉下人。

我們隨便找了一家氣氛輕鬆的義大利餐廳，我在店裡說出對她的看法後，輝梨開心地搔著臉頰。她那隱藏在劉海裡，像是要遮掩額頭般的紗布，白得引人注意。

「是嗎？可是我沒什麼自信。我那些住在鄉下的朋友們，個個都是這樣的打扮。」

「妳是哪裡人？」

「……埼玉縣。」

「那也不會很遠嘛。」

「話是這樣沒錯，不過還是……」

我聽她回答，覺得她那緩慢的語調好像帶有某個地方的口音。公司裡也有好幾個同事是埼玉縣人，但他們都沒給我這種感覺。

「土谷先生，您一直都住這裡嗎？」

「不，我是上大學才開始來東京，所以也來了快十年。」

「大學！」

輝梨雙手抵向脣前，一對小眼圓睜。

「您頭腦一定很好。」

「會嗎？」

現在大學愈來愈像遊樂園了，這件事不用我說，大家也都知道，所以我一直認為自己根本不值得被這麼尊敬，她的反應令我吃驚。

我們的話題接著改為嗜好、家人、朋友、工作。輝梨看起來好像很愛講話，但她卻只是在一旁聆聽，一臉認真地聽我說話，頻頻點頭稱是。

其實我根本稱不上有什麼嗜好，假日大多是看電影度過，當我告訴輝梨這件事時，沒想到她竟然高喊一聲「真好！」

「我小時候和家人一起去看一部卡通片，那是我最後一次看電影。原來如此，東京有很多電影院對吧？」

「妳很少看嗎？」

「嗯，最近哪部電影好看？」

「有一部丹麥的電影，不過有點瘋狂……」

話說出口後，我很後悔，覺得向一位對電影不感興趣的女孩說出這部電影的名稱，並不恰當，但輝梨卻轉了轉眼睛問「丹麥在哪裡？」流露出純真的反應。

那並非不悅的反應。

人在說話時，裝懂很容易，但要承認自己不懂，卻很難辦到。不論是從事技術類的工作，還是參加聯誼，我都有這樣的感覺。

輝梨告訴我，她來到東京後，便毫無意義的在東京都廳附近閒晃。其實沒什麼重要的事，就只是想看高樓大廈。

「想到自己真的來到東京，我感動得都快哭了。啊……跟傻瓜一樣，但我是說真的。像現在和土谷先生您一起吃飯，我也覺得高興，像在作夢一樣，感覺土谷先生您很有都市人的味道。」

「都市人？我？」

「嗯。」

輝梨點頭，表情非常認真。她沒半點開玩笑的感覺，回答「因為你的西裝很帥氣」。從來沒人當面誇讚我的外表，一時令我感到不知所措。「西裝？」我反問，輝梨用力點頭。

「穿西裝工作的男人最帥了，不是嗎？」

「這還是第一次有人對我這樣說。」

「是嗎？」

她沉陷在眼線中的圓眼眨了幾下，「嗯……」她側著頭，隔了一會兒又接著說：

「的確，我不知道大家是不是都這麼想，不過，土谷先生的長相我很喜歡。您救我的時候，我心裡小鹿亂撞呢。」

我不知作何反應才好。

她似乎也不期待我有反應，「這個好好吃喔。」邊吃著重口味的義大利麵，邊面帶微笑，一臉開心的模樣。

結帳時，我一再說要各付各的，但她卻堅持不讓步。

「我找你出來，是要答謝你，如果讓你出錢，那就沒意義了。」

讓年紀比自己小的女孩請客，令人感到難為情，但如果非得這樣她才滿意，那就由她吧。可是過了一會兒，她一副泫然欲泣的表情，從櫃台前走來，「土谷先生，」她打開手上的粉紅色錢包，露出裡頭的零錢。

「對不起，真的很不好意思，可不可以請您借我三百圓？前天在醫院裡，因為沒帶健保卡，付了一大筆押金……我之後一定會還的。等明天打工的地方確定了，到那裡上班後，一定很快就有錢了。」

「沒關係的。」

我反射性地朝收銀機上的數字望了一眼，三千三百圓。經這麼一提才想到，她一開始只點了一杯柳橙汁，喝完後也一直沒續杯，服務生建議她點甜點，她朝菜單端詳許久，最後還是搖頭謝絕。現在回想，她可能一直在打腫臉充胖子。

「妳有多少錢？」

明知這樣沒禮貌，但我還是開口詢問，神色慌亂的她回答「剛好只剩三千圓」。表情透露她所言不假。

「沒關係，我來出。」「不，不可以，只要借我三百圓就好了。」「可是妳……」我們互不相讓，最後還是由我付帳，輝梨垂頭喪氣。步出店門外時，她以沙啞的聲音向我道歉。

「下次我一定會還你的。」

「不用了，況且，妳要是身上的錢全用來付帳，不就沒辦法回去了嗎？」

「真的很對不起。」

聽她說話的語氣，好像那三千圓是她的全部家當。回到車站後，我問她目前的住處，輝梨微笑著要我不用替她擔心。

「今天我打算在這裡打發一些時間再回去。」

「是嗎？可是已經很晚了呢。」

她才剛受過傷，教人替她擔心，輝梨用力搖頭。

「沒關係的，不好意思，你先回去吧。」

「那就再見囉。」

輝梨朝通過驗票口的我揮手喊著「謝謝你！」走了幾步後回頭，發現她仍站在原地。想到她可能是打算一直站在那裡，直到看不見我為止，我突然莫名感到一陣心痛。她微笑的臉龐無比開朗，就連額頭上貼的紗布看起來也不覺得突兀，似乎很開心。

她到底住哪兒呢？這件事令人在意。不過，隔天開始工作後，我完全沒想到要和她聯絡。

到了星期三，輝梨傳了封電子郵件給我。令人意外的是，信中很少使用火星文，內容提到她看完我推薦的丹麥電影後，淚流滿面。

「我以前都不知道有這樣的電影。土谷先生，你真厲害。」

想到她有可能是用僅剩的三千圓財產去租ＤＶＤ來看，我內心欣喜不已。

猶豫再三後，我邀她週末一起去看電影。不是丹麥電影，而是最近眾人討論熱烈的日本電影。我和她聯絡，問她是否喜歡這位導演。隔了一段時間後她才回信，信中很歉疚地寫著「我現在還沒能力還您那筆錢」。

我不禁莞爾。

才剛認識不久，我便敢毫不遲疑的大膽約她出去。錢的事不重要，一起去吧，電影就快下檔了，我這麼說服她。接著她回電，「其實我很想去」。

手裡拿著爆米花和可樂看電影，確實很像約會。輝梨就座後，一把抓起影城到處都有販售的爆米花送入口中，以誇張的聲音大叫「好好吃哦！」

「我第一次吃到這麼好吃的爆米花。」

她眼中閃耀著光輝。

電影播放到一半時，原本拚命吃爆米花的輝梨，突然停下手中的動作。我知道不是爆米花吃光了，而是她正專注地望著大銀幕。電影來到尾聲時，傳來她擤鼻涕的聲音。

「土谷先生，我好感動哦。」

電影結束，輝梨在燈光亮起的電影院裡說。她臉上的妝又花了，不過眼線只稍稍被淚水暈開。

「說出來你可能會笑我，」她似乎好不容易才拿定主意般，抬起頭來。

「像這樣在電影院裡看電影，我這還是第一次呢。真的很棒，就像連續劇一樣。」

「連續劇？」

「嗯，就像連續劇或電影裡頭的情侶在約會一樣，好感動。」

笑靨如花的輝梨，也許是剛看完電影的高漲情緒使然，她眼角泛著淚光，面帶微笑，嬌羞的以食指拭去淚珠。

我在看到她這個動作的同時，心想：啊，糟糕！

我覺得她好可愛，而且是發自內心的感想，連自己也感到驚訝。

「妳住哪裡？」

經過幾次約會後，我終於開口向她詢問。

那天，她跟第一次和我見面一樣，拎著那個大波士頓包。「我本來想放進投幣式置物櫃裡寄放，但全都客滿了。」看她極力解釋的模樣，我終於起了念頭，想把這複雜的情形問個清楚。輝梨滿臉羞紅。

要從沉默不語的輝梨口中問出真相，需要時間和毅力。後來她終於噙著眼淚，承認自己一直都輾轉在不同的網咖和KTV包廂裡過夜。

我並不驚訝。其實我早猜出幾分。最早遇見她的那條居酒屋林立的街道上，好像有網咖的看板寫著「備有淋浴設施」。

「不過，我現在打工的那家居酒屋，這個月月底就會空出一個房間，可以供我住宿。」

我認識她已經將近兩個月，她頭頂的褐髮已開始變黑。

「妳大可告訴我一聲啊。」我如此回答，輝梨屈身向前說了句「那是因為……」接著又低下頭。

「土谷先生是個正經人，所以我說不出口。這實在太丟臉了。」

這時候馬上說「要不要到我家住？」這種事我可做不出來，我沒那麼輕浮，而且我也沒自信。我的住處除了客廳和寢室外，還有一間空著的書房，此事從我腦中掠過，但那天我說不出口。

我一直按部就班，等到三個月後才再次提及——當時我們終於開始正式交往，輝梨也到過我家幾次——因為她一本正經地將我借她的錢全數歸還給我。

從我們第一次出外用餐那天起，她的記事本裡寫滿了「晚餐三千三百圓」、「電影票一千八百圓」、「爆米花三百圓」，全是我出過的錢。當我收到一個褐色信封，裡頭放了合計兩萬四千零五十圓的金額時，我簡直愛死她了。

「因為錢很重要啊。」

輝梨一臉認真的表情，看起來宛如放下肩上的重擔，鬆了口氣。

當中許多項目都是一開始我想請她的，我收下信封，對裡頭用紅筆寫下的明細做了一番細算後說「這個就不用了」、「這時候，我原本就打算請妳」，把一些部分刪除，只收下剩餘的金額。這看在別人眼中或許不覺得有什麼，但和她一起做這件事，讓人樂在其中。

「我們一起住吧。」我說。

後來我向大橋說明我和輝梨發生的一連串事情時，他從頭到尾反應冷漠，只回我一句「我看你是被騙了吧？」

「這什麼跟什麼啊？簡直就像投男性所好的愛情喜劇漫畫，或是美少女遊戲的設定嘛。一個從天而降的女孩，現實世界裡哪有這麼巧的事。」

「她才不是從天而降呢，倒是我都不知道你對漫畫和電玩感興趣。」

「我才沒感興趣呢，只是用一般常理去推斷。」

「話說回來……」大橋皺著眉頭說：

「她不是年輕辣妹嗎？這種女孩竟然第一次去電影院看電影，爆米花吃得津津有味，一般來說不可能有這種事吧？一定是裝出來的。現今這個時代，哪有這種女人？我看她只是想騙你錢吧？」

「雖然我有時候也覺得有點誇張……」

也許我是被愛沖昏頭了，不過，就算那是討我歡心的演技，我還是會覺得她很賣力，而就此原諒她。大橋嘆了口氣。

「總之，讓我見她一面吧。她叫什麼名字？」

「日向輝梨。」

「這名字可真像稻米或蔬菜的商標名稱。」

我常受大橋照顧，他可說是我唯一的好友。為了介紹他給輝梨認識，我告訴輝梨有關大橋的事，而令人驚訝的是，她竟然把一頭褐髮染成了黑色。

「妳頭髮是怎麼回事？」

「因為你的朋友一定也是正經人吧？」

與剛認識時相比，輝梨的化妝方式愈來愈自然了。原本與塗黑的眼線同化的眼睛，現在已變得清楚許多。

「在老家，朋友們全都是那樣的妝扮，所以我以為那樣好，但現在我打工的地方，那裡的人都不是這樣……況且，我的頭髮也差不多該重染了。既然要染，乾脆就染黑。很怪嗎？」

她不安地伸手摸了摸頭髮，一臉忐忑地仰望我。

「妳老說我是正經人，其實我才沒那麼正經呢。」

「才不會呢，因為你是個正經又傑出的人，所以我也認為自己得正經一點才行。」

輝梨態度堅決的點著頭，但似乎仍有點擔心，站在洗臉台的鏡子前，一再改變角度，端詳自己的模樣。因為頭髮染黑，她看起來就像變了個人似的。

大橋、久美子、我，還有輝梨，我們四人一起出外用餐。輝梨鞠躬說「土谷先生總是對我多方關照」時，聲音又細又緊張，聽了惹人憐惜。

她給人的印象好像還不錯。原本就個性開朗的久美子，以爽朗的口吻對大橋說「她看起來很乖巧啊」，感覺得出她這句話令輝梨原本雙肩緊繃的力氣就此放鬆。

「輝梨，真是抱歉，他這個人自己在瞎操心。說什麼現在這種時代，不可能有妳這種純情的女孩，還說什麼第一次吃爆米花。」

「咦！」

輝梨的表情驟變，轉頭望向我。

「不會吧！土谷先生，你是這樣說的嗎？我真不敢相信。」

情感常顯現臉上的輝梨，臉泛潮紅，一路紅至耳根。她環視我們的臉，慌張地訂正說：

「因為那是焦糖口味。」

她接著說出的話，令我們三人一時都聽傻了眼。

「因為那是加了焦糖的爆米花，我沒吃過那麼好吃的口味。」

她連珠砲似的說完後，雙手覆在臉頰上，我愣得說不出話來。最早笑出聲的人是久美子。

「太好笑了，妳可真是個天然呆呢！」

在久美子不帶半點嘲諷的愉悅大笑下，這次反倒是換輝梨為之一愣。「喂，久美子。」大橋出聲制止，不過在久美子的帶動下，他臉上也泛著笑意。可能也是幾杯黃湯下肚的緣故，久美子、大橋、輝梨三人，接下來就這樣打開了話匣。

道別時，久美子揮著手對她說「要幸福喔！」輝梨就像不願輸她似的，也用力揮手應了一聲「我會的！」等到再也看不到他們兩人的身影後，輝梨才靦腆地笑著說「她叫我要幸福呢」。

後來又和大橋他們聚餐過幾次，甚至一起出外旅行，我們還受邀參加他們兩人的婚禮。

「我這還是第一次受邀參加婚禮呢。」

感動不已的輝梨，緊抱著一身新娘禮服的久美子，哭得比新人和他們的家人還要大聲。

我和她交往兩年。

就和輝梨成為一家人吧，那兩年的時光，讓我下定決心，要讓我們的關係更上層樓，可以永遠一起為親人或家人的幸福喜悅。

5

「太好了，又和你見面了。」

儘管聽到背後傳來聲音，但我一時沒意會到對方是在跟我說話。

雖然肩膀的疼痛已經改善許多，但基於一份義務感，我還是前來回診。不違逆別人交代的事，順從的一再反覆日常的一切，這已滲進我的骨子裡，成為習慣。

有人輕拍我肩膀，我回身而望，站在面前的，是一個星期前在中庭遇見的那位老太太，我發出一聲驚呼。

「可以坐你旁邊嗎？」她問，重新站正。

「請。您後來可一切安好？」

「託您的福，真的很抱歉，連我自己也嚇了一跳呢。」

老太太的氣色比先前好多了。她右手拎著一個紅色網袋，裡頭裝著小顆的橘子。

「要不要吃橘子？就當作是謝禮吧。」

「那只是舉手之勞而已。」

我正要搖頭，但旋即心念一轉，心想，如果只是橘子的話，那倒無妨。我們今天的相遇，或許不是偶然，該不會老太太從那之後每天都算準上次見面的時間帶，到這裡等我吧？

今天和上禮拜一樣是好天氣，雖然有日照，但氣溫仍低。老太太正準備坐在我身旁時，我請她到裡頭的餐廳去，在一張會反射上午陽光的餐桌上迎面而坐。

「看來，我要是每天沒走上一回，恐怕就走不動了。」

她一邊剝下橘子皮，仔細地取下連在橘瓣上的白絲，一邊這麼說，她遞給我一顆，露出柔和的微笑。

「我孫子常來看我，那孩子注意力很敏銳。探望過我之後，會確認我能送他走到什麼地方。」

「確認？」

「嗯。像是今天能走到醫院門口、走到走廊，或是門前。有一次我人不舒服，躺在床上和他道別，結果他就瞞著我跑去跟護理師說，奶奶平時總會送我，但今天卻沒這麼做，會不會是身體狀況不佳？我聽了之後，心裡很懊悔。早知道，我應該每次都不厭其煩地送他離開，陪他走愈遠愈好。」

「這樣啊。」

「所以我現在都會練習走路。結果給你添麻煩了，真是不好意思。」

「哪裡。」

我都快四十歲的人了，還有人叫我年輕人，而不是叫我大叔。不過看在她眼中，大部分人應該都還很年輕才對。感覺時間過得好悠哉，好久沒這樣了。

就在我橘子吃完一半時，老太太問了我一句「你有想見的人吧？」

我沒出聲。事後反省，覺得自己沉默的時間太長了。如果是與一位素昧平生的人交談，這樣的空檔顯得意味深長。

「果然沒錯。」

我明明沒回答，老太太卻暗自笑了起來。

「為什麼會這麼想？」我終於回了這麼一句，連自己都覺得這麼說很笨拙。老太太仍面帶微笑的說「我就是感覺得出來」。

「到了我這個年紀，也不知道為什麼，有時就是看得出來。雖然不清楚是否幫得上你的忙，不過年輕人，你可以聽我說嗎？」

我無法動彈。換作是平時，現在正值上班時間，像這樣悠哉地沐浴在陽光下，品嘗橘子，感覺很不真實，這種宛如置身夢中的不真實感，在背後驅策我。我用無比認真的聲音回答「好」，連自己都覺得驚訝，明明還不知道是怎麼回事，卻直接就說好。

老太太莞爾一笑，接著娓娓道來。

「年輕人，你知道使者的事嗎？」

回家後，我朝老太太給我的電話號碼凝望良久。

開頭是東京市外的電話區碼，一個平凡無奇的號碼。我回想稍早的那番談話，將記下的便條紙擺在桌上。我躺向沙發，注視著天花板，日光燈的白光滲入眼中。

使者。

那是前所未聞的事，老太太講了一件荒誕無稽，一般人根本不會相信的事。所謂的使者，是能讓死者和活人見面的窗口。

由名為使者的人擔任窗口，接受委託人的委託，與想見的死者交涉。待確認過死者是否有意願見面，取得其同意後，就能和死者見面。

老太太要是一本正經地對我說這件事，我可能會覺得掃興。但老太太在陳述時，神情自然，還一面吃著橘子。

「不過，只有一次見面的機會。如果和某位死者見過面，你這輩子就不能再向使者進行委託了。」

我就只是聆聽老太太說明，幾乎沒做任何回答。拿著一瓣橘子的手，就這樣維持原狀僵住不動。

老太太吃完橘子後，從病人袍口袋裡取出一條手帕。擦拭沾了果汁的手指，然後取出一張折好的便條紙，交給了我。我就像受到一股無形的力量牽引般，收下那張紙，上面寫著電話號碼。

「不知道你需不需要，不過這是電話號碼，你就收下吧。有人不管怎麼找尋，就是找不到，但真的有需要的人，它又會自己送上門來。如今它送到你面前，應該也是一種緣分吧。」

「該走了。」老太太說著，站起身，留我一個人在原地，就這樣邁步離去，我朝她背後輕喚一聲「請問……」我覺得自己現在終於可以說話了。

「您也曾經打過這支電話嗎？……和死者見過面嗎？」

老太太轉身。她沐浴在陽光下，白得發亮的臉龐，看不出鼻子嘴巴，只隱隱分辨得出表情。不過她回答「見過」的平靜聲音，卻聽得清清楚楚。

我轉頭，目光停在房門緊閉的屋內一隅。

七年。

丈夫可以殺掉妻子的年數。

在我因肩膀疼痛而倒下的一個禮拜前，也是從沙發的相同位置望著房門緊閉的那個房間。輝梨突然從我面前消失，已經七年了。

能找的地方我全找遍了，她可能留下的任何提示，我自認已經全都想過。是不是發生了什麼事？會不會是捲入什麼事件或意外中？我也問過警察，第一年我擔心得天天夜不能眠。

一直到多年後，我才考慮到她自己離去的可能性，正確來說，是我終於肯承認這個可能性。

我甩了甩頭，做了個深呼吸。

我朝桌子伸手，凝視寫有使者聯絡電話的便條紙。那位老太太沒理由騙我。是否真實存在姑且不論，至少她對此深信不疑，而且還說她真的見過。

我到現在還是不知道輝梨為什麼從我面前消失。隨著歲月流逝，如今冷靜下來思考，我認為她應該是棄我而去才對。

親自和我一起找尋輝梨，並和我一起討論的大橋，過了一段時間後，開始勸我「忘了她」。並叫我要冷靜。隨著日子一天天過去，他的口吻愈來愈不客氣，轉為責備起輝梨，說我被她騙了。

時至今日，他仍向我提出忠告，要我忘了她，搬離這裡。
我闔上眼。
為什麼我還繼續住在這裡呢？我應該已經不期望輝梨會回到這裡才對啊。
可是……我能斷言自己完全沒一絲這樣的念頭嗎？
輝梨確實是自己離開這裡，但會不會是因某個不可抗力而無法回來呢？
這七年來，我想她想得肝腸寸斷。儘管理智一再否定，但我內心還是相信她。她應該是發生了什麼事，我希望往這方面想，這當中也包括最糟的情況。
她可能已不在人世。
……你有想見的人吧？
老太太的聲音在我耳畔響起。
我睜開眼，拿起手機。

6

我在那名坐在長椅上的少年面前停步，他從正在閱讀的文庫本移開目光，抬起頭來。對方所說的地點，確實是這裡沒錯。難道他……我正如此猜測時，他已經早一步站起身，「您是土谷功一先生是嗎？」他語氣平靜地問。
「是的。」
「我接到您的來電，我是使者。」

他長得和我一樣高，不過，披著藏青色夾克的身軀，看起來沒半點贅肉，是十幾二十歲的年輕人特有的清瘦體格。他眉型俊秀，頭髮看不出有染色的痕跡，平順的臉頰線條和一雙大眼特別顯眼，整體的面貌給人聰明的感覺。

從我打電話時，便覺得對方應對的聲音比想像中來得年少。我忍不住說了句「你可真年輕」，少年也許是早習以為常，點頭回應「常有人這麼說」。

對方指定碰面的地點，是我遇見老太太的那家醫院中庭。

在電話裡，完全沒提到告訴我電話號碼的那位老太太。若說這純屬偶然，感覺未免過於巧合，一時之間，我以為這一切全是那位老太太一手策劃，不過我心中也已經有了決定，既然如此，那我就陪你們玩到最後吧。

「為什麼選在醫院？」

「其他地方會比較好嗎？」

「不，只是我有點訝異……這裡是我常來的醫院。你的聯絡方式，我也是碰巧在這裡得知。」

本以為他會有所反應，但少年就只是漠不關心的點頭回應「這樣啊」。星期六的午後不同於平時，有許多患者在探病的客人陪同下來到中庭，今天到處都沒看到那位老太太。

從少年的夾克裡，露出亮綠色的圓領T恤。他極為穩重，與他那青澀的外貌顯得不太搭調。看我站著，他請我坐在他身旁，繼續往下說。

「為您說明一下使者的規則，相信您已有相當程度的了解，不過還是順便作個確認。」

「好。」

他像默背似的說出使者的規則，大致和老太太說的一樣。

「有時也會被拒絕嗎？」

「會的，像這種情形，我會詳細向您報告。」

「就算對方是失蹤人口也沒關係嗎？」我提及此事。

少年抬起頭，我們四目對望。隔了一會兒，我接著說：

「我希望你交涉的對象，是我七年前失蹤的未婚妻。我向她求婚後，她便說要和朋友出外旅行，就此離家一去不返，現在也不知是生是死。」

也許是天生容易與人親近的個性使然，輝梨在東京交了不少朋友。她提過名字的，都是她打工的同事，也曾介紹我給她們認識。

後來輝梨突然說她冬天要到北海道旅行，我當時心想，也許是想趁現在還單身，留下美好的回憶。送她出門時，我對她說了句「路上小心」。

輝梨和來的時候一樣，在那個大波士頓包裡塞滿東西，就這樣出門了。

理應是三天兩夜的旅行，但到了預定歸來的日子，仍不見她的蹤影。手機也打不通，過了晚上十點，我開始擔心起來。也許發生了什麼事，會不會是被捲入意外或什麼事件中呢？我還考慮過是否要報警，並且跟她打工的地方聯絡，想問出那位和她一起去旅行的女孩電話。

但接電話的人，就是那個女孩。她根本就沒和輝梨一起去旅行。她知道輝梨請假，但完全不知道她要去旅行的事，我大為震驚。

當場愣住。

摸不清是怎麼回事。

到底是怎麼了？輝梨她發生什麼事了嗎？女孩詢問的聲音，聽起來不像在說謊。

我緊緊抱住頭，腦中一片混亂，那天是我從輝梨搬來住之後，第一次打開她當自己房間使用的那間書房的壁櫃。裡頭僅剩少許物品，只留下第一次見面時，她身上穿的那件粉紅色大衣。

我給她的白金婚戒，連同盒子一起不翼而飛。

「我找過她。」

說著說著，我明白自己的聲音逐漸變得冷淡而平靜。少年始終靜默不語，讓我深感慶幸。

「從狀況來看，她明顯是刻意離家，我的朋友和事後前來查看的警察也都這麼說。話說回來，住進我家根本就是她一開始的目的吧？她並非真心與我交往，後來我們論及婚嫁，她心生膽怯，才會藉故潛逃吧？我要求警方尋人，但他們根本就不搭理我。」

說著說著，我感到呼吸困難。

輝梨離家一個禮拜，始終沒回來。我擔心不已，每天的新聞播報都令我戰戰兢兢。很怕電視上的新聞會和她有關，神經過敏到有點滑稽的程度。

例如她說要去北道海旅行，每次只要電視新聞一提到北海道，我就會緊盯著新聞上的意外或事件看。等到確定報導上說的名字和照片不是她，我才鬆了口氣，但旋即又有另一件教人心神不寧的事，令我受盡煎熬。

就在她出外旅行的當天，一艘開往九州離島的渡輪，因引擎故障而沉沒。掉入海中的乘客大多喪命，有數人下落不明。我緊貼著電視，搜尋上頭公佈的乘客名冊。雖然查無輝梨的名字，但會不會有名冊上遺漏的乘客呢？一想到這點，我便無法冷靜。

同一時間，就連她口中的故鄉埼玉縣，也發生巴士墜崖的事故。有兩名乘客被翻倒的巴士拋出車外喪命，雖然報出姓名，但背後要是有當天沒報導的第三名犧牲者，而她正好就是輝梨的話……我一直不斷胡思亂想。想起第一次遇見她時，她那滿臉是血的模樣，我不禁背後一陣寒意遊走。

手機還是一樣打不通，就算翻找她留在家中壁櫃裡的東西，還是找不出任何線索可以得知她的去向。

我決定要請警方尋人，但就在我準備前往時，這才發現我對她一無所知。只隱隱知道她是「埼玉縣」人。和她交往兩年，她從來沒回過家鄉。總是說自己打工忙碌，就連我過年時回老家，她還是待在東京。

我向她打工的地點說明原委，取得她當初呈交的履歷表。剛勁有力、線條渾圓的大字，一看就知道是她的筆跡，地址欄寫的是埼玉縣的地址。也許是當時她剛到東京，還沒有固定的住處，才會填寫老家的地址。

後來一經調查馬上得知，她所寫的地址根本全是瞎掰。

真不敢相信。

她對我說的話，到底哪些是真？她對我是真心的嗎？

她離開後過了一陣子，原本她手機的來電答鈴，改為冰冷的人工語音，說著「這個電話暫停使用」。

日向輝梨這個名字、她的故鄉埼玉縣，以及從她語調中微微感覺出的地方口音，一旦開始懷疑，便覺得一切都很可疑。

「以常理來看，我確實有可能是被她騙了。如果這是別人發生的事，我大概也會對他這麼說。但要是……」

要是她不是自己要離家出走的話……

她接過戒指時，幾不成聲的說了一句「我好高興」，她當時的表情仍歷歷在目。我不認為那是謊言或演技。她應該是外出時，遭遇了什麼事……

我愈想愈不懂，自己究竟是希望她活著還是死了。一方面希望她平安無事，但又害怕承認她的背叛，令自己傷心。我心裡一直夢想著有朝一日她能重回我懷抱，但她始終沒回來，這七年來，我一直在替她找理由。

「我明白了。」

我為之語塞，少年就像明白我想說什麼似的，點頭應道。

「我接受您的委託。或許會花一些時間。」

「日向輝梨這名字，有可能是假名。」

我的聲音有些軟弱。

「她可能現在還活著。也許不符合你要的委託內容。」

「這我明白。」

少年站起身，看他那淡然的表情，再反觀自己都這時候了，卻還亂了方寸，感覺我比他還像個孩子。

7

那天。

我向她求婚，送她一只戒指，這時，輝梨收起臉上原本的表情。

她嘴唇微張，似乎有話要說，但途中卻又突然闔上，改為緊緊咬牙，凝望著我，就這樣佇立原地。從她接過藍色的戒指盒，到擺在手中的這短短的時間裡，我看到她的手指在顫抖。

「希望妳可以帶我去見妳父母，我也要帶妳見我父母。」

可以看見她眼中有一層薄薄的水膜，輝梨努力睜開眼，避免因一眨眼而使眼中的水膜就此崩落。

我以前就發現，她不太愛提自己來東京前的事。她的老家、家人、小時候的事，她也都絕口不提。我隱隱感覺得到，她在前途未卜的情況下隻身前來東京，背後一定有什麼原因。

之前為了避免令她尷尬，我從沒在她面前提過這個話題，但今後我打算好好面對彼此。不管有什麼問題，我都已做好覺悟，要完全包容她。

輝梨打開戒指盒，靜靜地做了一個深呼吸，發出空氣通過喉嚨的聲音。緊接著下個瞬間，她顫抖的說著「我好高興」。

淚水沾濕她的臉頰與秀髮，她為之語塞，接下來望著我的雙眼，再次低語「我好高興」。

她並沒有笑，不同於嘴巴所說，她的表情開始扭曲，像個小孩似的，放聲大哭。

「呃……妳這是表示同意，還是不同意呢？」

由於輝梨哭個不停，我把她的頭摟向自己胸前，戒指盒抵向我胸口。輝梨一面放聲哭泣，一面在我胸前抽抽噎噎地說著：我、我、可是我……

「我可以收下嗎？」最後終於聽到她這麼說，我回答「可以啊」。「謝謝你、謝謝你……」那天輝梨一再緊緊摟著我的脖子。

她是在隔週提到要和朋友出外旅行的事，就在我正準備提議要陪她回老家拜見她父母時。

那名少年使者打電話來，速度遠比我想像中來得快。當時我正在上班，我將耳機貼向耳邊，應了聲「請等一下」，走向走廊。正當我準備打開通往安全梯的門時，他已經告訴我結果。

「她說願意見您。」

我感覺就像被冰柱貫穿胸膛，我推開安全門，門外一陣寒風襲來，就像要壓迫我的脖子般，將我包覆。

少年似乎早料到我會說不出話來，繼續以制式化的口吻往下說。

「她說自己的本名是鍬本輝子，七年前搭乘渡輪時遭逢船難，因而往生。」

他說的話，有一半從我左耳進，右耳出，所有感覺都從我緊握手機的手指逐漸流失。面對這陌生的名字，我不知道該抱持什麼樣的感想才好。「她死了嗎？」這聲音在我腦中響起。猶如木管樂器的低沉聲響般，聽起來沉悶又遙遠。我跨向安全梯的前腳，頓時虛軟無力。

少年的聲音在電話那頭響起，要我決定見面的日期。

我一時答不上話。

一直到現在我才清楚明白，儘管在周遭人面前一再逞強，但到頭來，我仍在等待自己失蹤的未婚妻歸來。生活方式完全不變，時間就此停住。

我想問的不是這個。

我竟然不清楚自己是否希望她還活著，對此深感懊悔。我緊緊咬牙，強忍想哭的衝動，但眼淚還是滿溢而出，禁不住嘆了口氣。

「輝梨已不在人世了嗎？」

得知結果後，我腦中想到的是，這一切未免也太巧合了。然而，我心中激動湧現的情緒卻是憤怒。強烈的怒火投向我自身。我為什麼要確認這件事呢。為什麼不放著她不管呢。

我希望輝梨還活著，就算她背叛我，欺騙我，我還是希望她能好好的活著。

「我很遺憾。」少年回應。他的聲音沒半點情感，甚至感覺不出一絲同情，這令我暗自慶幸。

8

我在約定的時間前，提早前往指定的飯店。

那天不巧是雨夜，儘管他指定的是滿月之夜，但宛如濃煙般積著厚厚雲層的天空，別說月亮了，就連半顆星星也看不到。黝黑的柏油路光亮如鏡，反照出路上的行人和五顏六色的雨傘。

我要外出時，少年使者打電話來。

「因為下雨的緣故，見面的時間可能會縮短，您要更改日期嗎？」

「就今天吧。」

自從發生上次深夜叫救護車的事件後，感覺要請假變得容易多了。接到少年打來的電話後，我每天幾乎都過著魂不守舍的生活。就像她剛離開我的那陣子一樣，都已經這時候了，我還是過著一樣的日常生活，做同樣的工作，連自己都感到難以置信。

這種如同用蠶絲慢慢勒住脖子的漫長歲月，我想趁今天做個了結。

那是位於品川車站附近、一家外型時尚的飯店，我站在它前方仰望這棟建築，遲遲無法踏步向前。

約定的時間是七點，還有將近一個小時的時間。

腳底傳來像顫抖般的疼痛，這無法用常理解釋，我感到害怕。我接下來到底想做什麼？我到底還想做什麼？

接下來要和她見面，確認我苦苦等候的這七年來到底發生了什麼事，這令我深感害怕。倘若少年說的是事實，那麼，我今天將會承認過去一直活在我心中的輝梨已經不在世上，我將就此殺了她。

腳尖離我好遠。

一旦低下頭，便遲遲無法抬起。我轉身背對飯店，邁步朝車站的另一側走去。

一面走，一面從前胸口袋取出手機，關掉電源。就像被下班的人潮吞沒般，我走過斑馬線，身體搖搖晃晃，前方視線變得模糊。我甚至忘了撐傘。

要是再思索片刻，我可能就會停步，我就像吸入一口新鮮空氣般，瞬間作出決定。我選擇逃離。

我衝進一家顧客稀少，冷冷清清的咖啡廳。

　　儘管我點的咖啡已經送來，我卻連碰也不碰，由於全身被雨淋濕，我感覺得到自己的體溫持續下降。我在桌子前盤起雙臂，低著頭，什麼也不願多想，只有時間緩慢的流逝。我就像注視著沉重的液體在面前流動般，一會兒看自己的手錶，一會兒看店內的掛鐘，一直在忍耐。我雙手十指交纏，猶如在祈禱般，一直維持這個姿勢不動。

　　我這是在做什麼？當我化為言語思考時，腳尖感到既冰冷又疼痛。

　　我不想回家，也不想回公司。激烈的雨聲，摻雜在店內柔和的音樂聲中，愈來愈響。此刻我的神經清楚敏銳，連車子駛過柏油路面的輪胎聲也聽得清清楚楚。

　　我聽見掛在門上的鈴鐺聲，感覺到門外的雨聲和冷風吹進店內，彷彿用力踩向地面的腳步聲，正緩緩一步步朝我走近。

「土谷先生。」

　　我心頭猛然一震。

　　緩緩抬頭，那名少年使者的臉龐赫然出現在我面前。他右手拿著一把兀自滴著水滴的紅傘，同樣也被雨淋濕。

　　他的肩頭劇烈起伏，氣喘吁吁。我們凝望著彼此，無言。解釋的話語陸續浮現我腦中，但我不知該從何說起，最後連一句話也沒說。

　　少年的表情嚴肅，目光與之前見面時截然不同。我作好挨罵的心理準備，不發一語地坐著，這時，少年卻只對我說一句「我們走吧」。

「她在等您。」

「……對不起，我感到害怕。」

我窩囊地說，少年那黑白分明的雙眼睜得更大了。我眼角餘光瞄到時鐘上的指針，得知現在已經過了十點。難道他一直在找我？他前額的頭髮，就像剛游過泳似的，不斷滴水，整張臉濕透。

「你不能不去見她。」我一時之間沒注意到這是少年說的話，這次換我瞪大眼睛。

「快點！」他接著說：

「或許你會覺得我多管閒事，但你最好還是去見她一面。再這樣下去，你一定會後悔。」

「這也是你的工作嗎？」

少年一時為之語塞，接著以嚴肅的口吻回答「才不是呢」。原本機械式的聲音就像外漆剝落般，發出與現場氣氛很不搭調的青澀聲音。

「這雖然不在我的工作範圍內，但因為我見過太多例子，所以我知道。有人因為該說的話沒說，而一輩子都受到牽絆。我親眼目睹過這有多痛苦，所以我才來找你。」

「可是我……」

「別再任性了！」

他發出一聲喝斥，被年紀比我小的人所震懾，令我不知所措。少年維持同樣的表情，甚至連臉上的雨水滴落也不伸手擦拭。

「大叔，現在還來得及吧？你自己想想，那個人現在是以什麼樣的心情在等你，輝梨小姐真的就只有今天這次機會啊。」

他提到這個名字時，我就此停住呼吸……輝梨。

他一口氣說完這一串話，氣血上衝，脹紅了臉，他在喘息聲中接著說：

「……這樣或許算是違反規則，但我還是告訴你吧！她原本也很猶豫，不知該不該見你。她說，見了面之後，她便會在你心中死去。她希望你永遠都不會忘了她，一直都喜歡她，但最後她還是決定見你。見了面之後，就算會被遺忘也無妨，她還是想見你。一聽說你等了她七年，她便作出這樣的決定，希望你能好好過自己的人生。說到痛苦，對方也和你一樣。」

我咬緊牙關，原本乾澀的眼角突然有股熱意上湧，濡濕我的視野。

「去見她吧。」

他以很不客氣的口吻說道，接著，少年原本嚴峻的表情突然轉為柔和，像是想到什麼似的，很客氣的低聲說：

「請您和她見面。拜託您。」

9

從少年手中接過鑰匙後，在等電梯的這段時間，我轉頭望向站在大廳的那名少年。他向飯店要來一條毛巾擦拭頭髮，皺著眉頭，一臉無趣地望著我。

「不好意思。」我向他道歉，他旋即恢復原本行禮如儀的口吻，應了聲「哪裡」，尷尬行了一禮。

「我才要向您說對不起，不自覺說出那麼失禮的話。」

「不，多虧你，我才能下定決心。」

我就像哭累了一樣，感覺心情暢快不少。

坐進電梯時，我舉手朝少年示意，就在電梯門即將關上時，少年停下擦拭頭髮的動作，對我

「我是說真的，我原本打算這次要把所有事都告訴你，和你一起……」

「那天妳是打算回老家，和妳父母見面是嗎？」

輝梨點頭。

「老家在熊本縣的一座海島，我離開東京後，便沒跟家人聯絡過。原本心想，這麼久沒回去，也該回家看看了。」

「因為我說要見妳父母是嗎？」

「這也是原因之一，不過，你說要帶我回去見你父母，我當然也得先做好準備才行。我想先為自己離家出走的事，向父母道歉，然後告訴他們結婚的事。」

她低垂的睫毛揚起後，沾在上頭的淚珠彈飛。

「接著再向他們炫耀我的婚戒，告訴他們，我可以和土谷先生這麼優秀的人結婚。」

「我才沒那麼好呢。」

為人正經又可靠。

輝梨眼中的我，總是被高估了。看我搖頭否認，輝梨嫣然一笑。

「這大概就是一見鍾情吧。」

那是全身放鬆的開朗神情。

「現在我才好意思說，其實我是個很胡來的女孩。坐在飛往東京的飛機上，我心裡想，自己以後大概會在風月場所上班吧。雖然有點害怕，但為了早日謀生，這一定是最好的辦法，我心裡一點都不排斥，日向輝梨也是那時候想的花名。」

輕觸我鼻端的輝梨，她臉上的微笑蒙上一層暗影。

「不過在你的幫助下，我告訴自己，我不想讓這個人討厭我。就算錢賺得少也沒關係，我要認真工作，等以後被土谷先生甩了，再到酒店上班吧，這是我當時單純的想法。託你的福，我從沒去酒店上過班。」

她畢恭畢敬的雙手合十，向我鞠躬，頭比剛才垂得更低。

「謝謝你。」

「……我並沒為妳做些什麼。」

「咦？」

輝梨抬起臉來。我對她感到愧疚，不敢直視她的雙眼。

我等了她七年。

我自認是在等待，但這段時間，我並非一直都對輝梨深信不疑。她對我的愛，我又是如何回應呢？

當初我應該早一點詢問她父母的事才對，如果我真那麼可靠，可以讓輝梨放心地向我坦白一切，也許她就不會自己搭乘渡輪了。要是我願意接受她的一切，展現出更寬容的態度，她就不會瞞著我說要去旅行了。

我低著頭，緊咬嘴脣。輝梨窺望我的表情，接著嫣然一笑。

「那是我人生中最幸福的時刻喔。」

這是她特有的率直口吻，她張開雙臂，將我緊擁入懷。

「求婚的事就更不用說了，我當時真的好開心，還有你介紹我給大橋先生和久美子小姐認識時，我也很高興。每次想到你是真心喜歡我，還跟朋友說我是你女朋友，便忍不住竊笑，連我都覺得自己好怪。

「有那麼誇張嗎？」

「人家就是那麼開心嘛，因為喜歡你，而不想讓你看到自己有缺陷的一面，這也算是少女情懷……說謊騙你，是我不對。而且我一直相信，日後只要向你坦言一切，你一定會原諒我。」

我一定會幸福的——輝梨這麼說。

「……後來因船難落水，痛苦掙扎時，我一直以為自己會獲救，完全沒想到自己會死。因為我就快和土谷先生結婚，也即將和父母和好，今後有幸福的人生在等著我，沒什麼好怕的。當時我就是抱持著這種想法，儘管痛苦難受，但我還是懷著快樂的心情。心想，等我醒來後，一定會和土谷先生在一起。」

「我沒能救妳。」

妳最後沒能獲救。

輝梨的口吻開朗得教人不忍，我聽了心中難過，一時無法言語。輝梨搖了搖頭。

「當我知道自己已經死了，很不甘心，難以置信……更重要的是，一想到你不知道會變成怎樣，我心裡難過極了。原本心想，我回到島上後，一定會和爸媽大吵一架，等我告訴你實情後，下次再請你去說服我父母，和我一起去大吵一架。這雖然很麻煩，但我充滿期待，可是現在一切全沒了，實在太悲慘了，現在想到還想哭呢。不過……」

輝梨緩緩從我身旁移開，她以有所顧慮的眼神注視著我。

「我一聽說你苦等了我七年，便決定不再想那麼多。對不起，我真的覺得自己很幸福。我什麼也沒說，就這樣留你飽受孤單寂寞，但你卻還是深愛滿口謊言的我，謝謝你。」

……過去的事就算了。

輝梨說：

「你不用再等我了。雖然我也希望能和你結婚。」

「我只是沒有女人緣罷了。」

「滿口胡言。」

輝梨像生氣似的，拍打我的臉頰。

「雖然上了年紀，但還是長得很帥啊。放心，你還是有魅力的。你薪水那麼高，有錢也很重要呢。」

輝梨一本正經的模樣，令人覺得滑稽。我因為滑稽而笑了起來，笑著笑著卻又哭了，對她感到很抱歉。

當我在飯店房間裡意識到雨聲和四周的寂靜時，已是長夜將盡的時刻。我將就此與輝梨道別，我感到害怕，努力想接續話題，這時，輝梨輕撫著我的臉，站起身對我說「時間快到了」。

我仰望輝梨，她的臉龐散發著銀光。明明是沒有月亮的雨夜，是哪裡照來的亮光呢？我感到很不可思議。

「我的東西你全部看過了嗎？」

「看過了，抱歉……」

「那個餅乾罐呢？」

「餅乾？」

她露出神祕的微笑，接著問：

「我房間的壁櫃，底部有夾層，你發現了嗎？」

我沒答話，輝梨像是早猜到似的，低語一聲「我就知道」。

「你等了我這麼多年，最後我可以請求你一件事嗎？在壁櫃底部，有個餅乾罐，那是我的『寶貝收藏盒』。裡頭放了許多東西，例如我離開島上時帶在身上的手編毛線帽，那是我媽親手織的。你可以替我拿去還給我爸媽嗎？看是要用郵寄還是其他方式都行。」

「……好。」

船難發生後，她父母應該已接獲鍬本輝子下落不明的通知。他們吵架離家的女兒，睽違數年後，終於打算回家探望，但最後未能如願，他們得知此事時的心情可想而知。他們或許也和我一樣，至今仍在等候下落不明的女兒返家。

「啊，不過我要先跟你說聲對不起。在連續劇裡，像這種時候通常罐子裡都會有寫給主角的信對吧？可是當初我以為自己很快就會回來，所以沒留任何東西給你。這我要先跟你說一聲，你可別失望喔。」

「這種事不必刻意跟我說吧……」

我臉上泛起苦笑，不過，這確實很像輝梨的作風。「什麼都沒留給你，對不起。」她一臉歉疚地說道。

烏雲不曾散過的夜晚，在夜色將盡時，東方微微發白。「天亮了吧……」我轉過頭去，正準備對輝梨這樣說時，她已經不見蹤影。

傳來輕柔的淅瀝雨聲，陡然變暗的房間內，彷彿連溫度也隨之驟變，冰冷刺骨。

輝梨最後說了一句「我愛你」，在消失之前，她一直都緊摟著我的肩。她的觸感、重量、氣味，不知何時已經從周遭徹底消失。

來到大廳，那名少年使者已在沙發上等候。他看到我之後，站起身朝我走來。他沉穩的步伐已經恢復原本的姿態，先前朝我怒吼的模樣已不復見。

「非常謝謝你。」

我低頭行了一禮，少年搖搖頭應了一句「哪裡」。看來，他想從頭到尾都用這種制式化的口吻。從我手中接過鑰匙後，「請說說您的感想。」他對我說。使者所要的報酬，就只有這樣。

我先向他聲明，我所說的感想或許極其普通。

「很慶幸我能和她見面，這麼一來我就沒有遺憾了。」

「是嗎？」少年回應，語氣雖然冷淡，但他望著我，最後微微一笑。

「那就好。」

「真的非常感謝你。」

雖然覺得自己很囉嗦，但我還是再次向他道謝，少年緩緩搖了搖頭。

10

回家後，我打開輝梨使用的壁櫃，調查底部，我已經好久沒靠近那邊了。

的確有個陷入地板底下的夾層，在沒看仔細便不會發現的地方，有個凹洞，正好形成一處把手。它很不顯眼，輝梨竟然能發現它，說來真是不可思議。

這個壁櫃是公寓當初建造時便裝潢好的，相當老舊，我臥房裡也有一座相同的。臥房的壁櫃我使用了多年，但沒有這樣的特殊構造，所以我一直沒察覺。

夾層裡擺著一個餅乾罐，它就像小孩子用來收藏寶貝的盒子，一想到這裡，我不禁莞爾，分不清是感傷還是懷念的情感交錯，湧上心頭。

打開一看，有許多充滿輝梨回憶的物品：用粉紅和紅色的毛線編織成的帽子、她以前的學生手冊，以及貼有許多和朋友合拍的大頭貼和貼紙的相本。照片裡的輝梨，當時仍是一頭褐髮，畫著誇張的眼線。

學生手冊上清楚寫著鍬本輝子這個名字。

我一直在查探她的身世，原來一直都藏在這裡。

直到最後我才發現罐底有個大大的褐色信封。信封裡有一張厚紙，以及泛黃的紙片。那折成三折的厚紙攤開來一看，原來是個方形紙杯。

我大吃一驚，急忙端詳紙杯：上頭的印刷字已經磨損，看不出寫些什麼，但細看之後，隱隱可以看出是電影名稱。底下的日期字體更小，所以早已消失不見，但我知道上頭的日期。

那方形紙杯是輝梨吃過的焦糖爆米花容器。

這是最小杯的爆米花紙杯，裡頭放的是電影票根。

這微微帶有油漬的容器，也許是她洗過之後晾乾，然後收放在這裡。當時輝梨相當窮困，很開心地說那是她第一次吃爆米花看電影，和人約會。

當時還覺得她講得太誇張了，以為她一定是為了逗我開心，才故意那麼說。

我默默看著手中攤開的紙杯，久久無法動彈，有股想抱著紙杯放聲嚎啕的衝動。一種難以言喻的失落感朝我襲來，遠比在飯店房間和她道別時，以及她從這個房間離去時都還來得強大。她從我面前消失的那份沉重感，遠比過去都來得猛烈，重重將我擊潰。

她稱呼這個罐子為「寶貝收藏盒」，裡頭的東西不用說也知道，當然是她珍愛的物品。我將紙杯放在罐子上，打開她以前的學生手冊，裡頭提到鍬本輝子位於熊本縣的住址。

我打算親手將這個罐子送還給輝梨的父母。

我要去見她父母，雖然我不擅辭令，但我打算和他們大吵一架。我要你們同意我和令嬡交往，並打算和她結婚。如果你們不同意，我會和令嬡一起和你們大吵一架……

因為我曾和未成年少女同居，所以他們要怪我、罵我，也是理所當然，更何況輝梨還是他們最疼惜的獨生女。

聽輝梨說，他們好像個性很火爆，所以我可能吵不過他們。就算吵不贏也沒關係，我還是想和他們談談。我雖然沒能成為他們的家人，但能向輝梨的父母轉告這件事的人，也就只有我了。輝梨當初是打算怎樣訴說我們共有的那段時光呢？我也一樣，那是我人生中最幸福的日子。

看來，這次我非得向前跨出那步不可了。不管這是不是我所期望的結果，原本停止的時間已開始流動，我一定會有所改變。

「什麼都沒留給你，對不起」。

說這什麼話……

我在心底回答，將這些物品重新放回她的「寶貝收藏盒」中。闔上餅乾罐，伸手輕撫，傳來粗糙的生鏽觸感，如同在對我訴說著，它被擱置的這段漫長歲月。

使者的心得

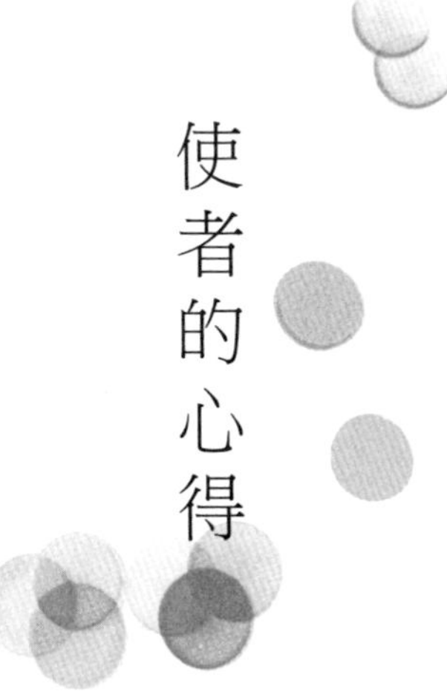

步美，我希望你當我的接班人。

1

舅公秋山定之已經在病房內。

假日午後的陽光從窗戶照進來，呈現出迷茫的平淡色澤。坐在床前圓椅上的定之，一見步美走進房，馬上抬手喚了聲「嗨」。

「步美，最近過得好嗎？長大了呢，現在多大了？」

「十七歲。」

「傻瓜，這個我知道，我是問你多高。」

秋山定之以教人很難相信他已經八十歲的洪亮嗓音，威嚴十足地朗聲大笑。祖母枕邊擺著一個綜合水果籃，正中央是一顆特大的哈密瓜。

「一百七十五公分。」

步美一面回答，一面脫去大衣，定之瞇起眼睛喃喃低語「那還贏你一些」。

「我一百七十七。」

「那麼，等我超越這個數字再通知舅公一聲。我猜應該快了。」

「說這什麼話啊，真不甘心。」

「哥，聽說步美常打籃球，今後一定會長得很高。」

步美朝聲音的方向望去，從病床上坐起的祖母正看著他，笑著說：「對吧？」

「哥，現在你的腰和背都駝了，個子比人高，已經是很久以前的事了。」

「沉浸在目前最高紀錄保持人的光榮中也不行嗎？你說是吧，步美？」

舅公半開玩笑地說道，我朝他露出苦笑，咕噥說了句「當然可以」。定之很滿足地點了點頭，就像要讓位給步美般，從椅子上站起身。

「愛子，那我走囉。」

他朝祖母抬手道別，青筋浮凸的手臂雖然清瘦，但骨頭粗大，就連皮膚上頭的黃褐斑，也和他黝黑的皮膚很相稱，看起來相當健康。

「真不好意思啊，哥。」祖母正準備從床上起身時，定之皺起眉頭阻止，「啊，不用送了，妳就躺著休息吧。」他拿起先前擱在膝上的帽子，戴在像染髮似的滿頭銀絲上。

那是頭型高聳的圓頂硬禮帽，只有在老電影中才看得到。他拿起立在鋼管床旁的手杖，今天舅公穿的是一般的襯衫和夾克，不過他平均每幾次當中，就會有一次是戴這種帽子，穿日本傳統男性禮服，外頭再罩上一件披肩斗篷，一副完全與時代脫節的裝扮，而且這身打扮和他極為搭調。所以步美有時甚至覺得，真正與時代脫節的人也許不是舅公，而是他自己。定之總是顯得意氣風發，步美就欣賞他這點。

「你叔叔他們今天會來嗎？」

「嗯，待會兒會和他們碰頭，然後搭他們的車回去。」

學校社團結束後，步美自己先來這裡。定之點頭說了句「這樣啊」，祖母接著說：

「哥，你今天也是開車來嗎？回去的路上要小心喔。」

「嗯，他們應該已經在外頭等我了。今天我要司機隨行，平時都是自己開車。」

定之像在誇耀似的，挺起胸膛。他走向步美，在他面前托起額頭上的帽簷。

「我還騎摩托車呢，不管是上山下海，我現在都還能自己一個人去。」

「哥，你從以前就一直是精力過盛，體力好得嚇人。」

祖母像在討定之歡心似的，笑著說道，定之也對妹妹莞爾一笑，回了句「可以這麼說」。

「步美，送我到外面。」

離去時，舅公叫步美送行，兩人一起來到走廊後，定之臉上的笑意陡然消失，他以嚴肅的聲音問了句「一切順利嗎？」

「還算順利。」

每次和舅公見面，他總是很擔心似的這麼詢問，或是像在勉勵似的喊話，這是從步美小時候開始就一直不變的習慣。

「那就好。」定之像平時一樣點了點頭，接著說「如果有什麼困難，儘管跟我說一聲」。

「還有，你奶奶的病沒什麼問題。你可別太擔心喔，步美。」

步美從一開始聽說祖母住院一直到現在，都覺得像是喉嚨受壓迫般，幾乎快要喘不過氣來，此刻他感覺自己的一切彷彿都被舅公看穿，一時無言以對。

定之揚起嘴角：「我要說的就這些。」他輕拍步美的肩膀。

「我會再來的。」

「嗯……」

定之揮著手邁步離去，有兩名男子一直站在護理站前的交誼廳等候，穿著和醫院很不搭調的西裝，他們朝步美低頭行了一禮。

是定之的祕書們。定之曾說過，他們負責公司裡的事務，同時身兼業務和宣傳。他們跟在定之身後，繞過轉角，就此消失。

回到病房後，祖母從舅公探病送的水果籃裡取出蘋果，正在削皮。

「你叔叔他們什麼時候要來？」

「四點左右，聽說等朱音補完習，就會直接過來。」

「這樣啊。」

祖母的視線從手上的水果刀移開，朝電視旁的時鐘瞟了一眼。在叔叔來之前，還有將近一個小時的時間。這個人物造型鬧鐘，是祖母確定要住院而離開家時，堂妹朱音親手交給她的。

「千葉的學校怎樣啊？」

「只看得到體育館和學校四周，所以和東京差不了多少。倒是奶奶，妳狀況怎樣？」

在千葉的學校有籃球比賽的事，步美在上禮拜來的時候，便已經事先告訴過祖母。祖母削好蘋果後，遞給步美一片。

「就算你每個禮拜都問一遍，我的病情也不會有多大的改變。」

步美一直到今年才知道祖母有心臟方面的老毛病。

先前他知道祖母每餐飯後都會服藥，也常會跟他說「今天是我到醫院報到的日子」，定期跑醫院。但他本以為祖母是因為上了年紀，定期到醫院做健診，因而沒放在心上，應該不是需要動手術的急迫性重症才對。

然而，上個月祖母說她覺得胸悶，經她的主治醫師介紹，住進這家醫院，這是一家大學附屬醫院，離祖母和步美他們住的地方有一大段距離。為何不是挑選她常去的那家醫院附近，而是專程住進這麼遠的大學附屬醫院呢？叔叔只說是為了做檢查，除此之外就沒再多說。

病房裡的四床病床，有兩床空著沒人。斜前方有住人的病床，拉起隔簾，遮蔽了視線。裡頭傳來電視的聲音，僅隱隱透射出五顏六色的光線。

蘋果果肉的味道厚實飽滿，祖母遞給他下一片時，突然開口。

「步美，我要拜託你一件事。」

「什麼事？」

在病床上坐起身的祖母，臉色蒼白，一臉病容，但不可思議的是，她眼中蘊含著一道沉穩的光芒。

「我希望你能繼承我的工作。」

「工作？」

「沒錯，工作。」

祖母點頭回答，嘴角微泛笑意。

「我答應要和人見面，但後來因為住院無法前往，不知道怎麼辦才好。」

「和人見面？」

今年已經七十五歲的祖母，如果就一般社會標準來看，她的頭銜應該是無業才對。步美因不解其意而反問，祖母就像在把熱的東西吹氣吹涼一般，說了句「是一種聯繫的工作」。

「我最後還是決定交給你。步美，我希望你當我的接班人。」

步美頻頻眨眼，不知目光該往哪兒擺。祖母從藍色病人袍裡露出的手腕和脖子，是那麼纖瘦，感覺無比陌生，她嘴角的微笑暗藏著一股心灰與落寞，感覺就像看到某種近似覺悟的暗影，令步美無法動彈。

「這話怎麼說？」

「你知道定之舅公是從事占卜的工作吧？」

「知道。」

步美從小就知道舅公秋山家是從事這種工作，祖母的娘家家世頗有來頭，而且是當地的地主，以占卜為業。聽說長期以來培養出不少顧客，當中甚至有許多大名鼎鼎的文化界人士和藝人。以此蓄積財富的秋山家，在步美雙親過世後，常在背後給予支持和援助。

「在秋山家的工作中，我繼承了其中一項。這件事我非但沒告訴過你，就連你叔叔、嬸嬸也不知道。」

「奶奶，妳也會占卜？」

步美從沒聽說，他雖感到困惑不解，但仍不忘詢問，祖母聞言後搖頭。

「不是占卜。」

「那不然是什麼？」

「我能召喚死者，讓他們與活人見面。」

「咦？」步美脫口發出一聲驚呼。

步美滿心以為祖母是在開玩笑，差點笑出來時，祖母繼續以不帶半點笑意的聲音說道「我沒騙你」。

「像我這種讓死者和活人見面的工作，稱作使者。步美，我希望由你繼承這項工作。」

步美表情僵硬。

祖母的眼神非常認真，步美明白她所言不假。最重要的是，祖母是第一次主動談起這種事。儘管出身於長期從事占卜業的名門世家，但看她的表情，似乎與占卜完全無關。祖母口中的占卜，自始至終都不過是職業的一種，與其他職業沒什麼兩樣，而她也從來不曾給人靈異或神祕感，就連為人灑脫開朗的秋山家大當家定之也是如此。因此長期以來，步美對於肉眼看不見的存在，並不會過度依賴，也不會感到厭惡，始終都保有適當的距離感。

「為什麼是我？」他問。

這件事實在教人難以置信，他想知道更多詳情。不過他最在意的，還是祖母告知這項祕密的對象，為何是他？祖母甚至沒跟叔叔和嬸嬸提過，況且她的孫子，並非只有他一個。

「因為我覺得步美你很適合。」

祖母的表情不顯一絲變化。

她發現步美手中吃一半的蘋果一直沒吃完，只好將手中削好皮的蘋果擱下，噗哧一笑。

「我的孩子和孫子當中，也屬你最常來探望我。雖然有時會無謂的亂花錢，教人頭疼。」

「妳可真嘮叨。」

步美才剛將那件少男風格的大衣脫下，這時急忙一把拉向胸前。英國傳統品牌 Gloverall 與渡邊淳彌聯名的牛角釦大衣，肩膀和連帽是用皮革和格子狀圖案的其他素材布料製成。流行的設計讓步美一見鍾情，花光自己的存款和打工賺來的錢，將它買下。

這是步美人生中最捨得的一次購物，他對此相當興奮，祖母敏銳地發現孫子的新大衣，詢問價格，步美也如實以告。雖然祖母的娘家是大財主，但當她聽步美回答衣服要價十五萬圓時，她驚呼一聲，為之傻眼。這個價格馬上便傳進和步美同住的叔叔嬸嬸以及朱音耳中，他們都對步美說「你就一輩子穿著它吧」，至今仍動不動就提及這件事。家人全都笑這是他「唯一一件穿得出門的衣服」。

祖母呵呵輕笑。

「拜託你了。」她又說了一遍，這次甚至還低頭行了一禮。

2

使者的工作是接受委託人的請託，與委託人想見的死者進行交涉。待確認過死者是否有見面的意願後，只要取得死者的同意，便可安排和委託人見面。

步美聽祖母說明細節，聽得目瞪口呆。

聽著聽著，這番話的內容他已經不在意，反而是開始替祖母擔心。也許是聽祖母談話時，他的模樣顯得有些敷衍，祖母對他說「我可不是腦袋有問題喔」。

「你不相信對吧？真是個沒禮貌的孩子。」

「可是……」

步美聽說占卜算是統計學的一種。雖然不清楚舅公從事何種占卜，但祖母所說的使者與舅公的占卜相去甚遠，不但唐突，且毫無根據，明顯給人一種超自然的印象。

「算了。」祖母長嘆一聲。

「就算你現在不能接受，日後也一定會明白。使者的工作，也是我娘家代代相傳的一種重要能力。現在是我擁有這項能力，不過在一旁協助這項工作進行的，是秋山家。」

「協助？」

「像是安排見面的房間，或是當天在一旁做見證，這需要有人進行事務方面的準備。雖說是工作，但這種力量就像是貢獻社會一樣，所以不向人收取費用，這一切全部由秋山家來張羅。」

「喔，既然這樣，這次也請定之舅公幫忙不就得了嗎？」

「之前一直是這樣，我年輕時，不論是直接與委託人交談，或是在現場當見證人，都是由我來做，但最近身體不聽使喚，所以除了一開始接委託人電話，以及和死者交涉的工作外，全部都是請秋山家的人幫忙。」

「把這項力量轉讓給定之舅公不行嗎？」

步美想起剛才跟在舅公身後的那兩名祕書，這麼回覆，結果祖母毫不留情地斥責他一聲「笨蛋」。

「我就是因為上了年紀，才會想轉讓給你這樣的年輕人來繼承，哥哥他比我還老，我幹嘛轉讓給他啊，那樣根本就沒意義。說吧，你到底要不要做？」

「我要做。」

步美回答後，之前一直滔滔不絕的祖母，突然閉口不語，她仔細打量著步美。這次換步美回望祖母，對她說了一句「幹嘛啦」。

「要我做的人是妳耶。」

「你不再考慮考慮嗎？」

「我不知道自己有沒有那個能耐，而且試過之後，也可能辦不到。不過，挑中我的人是奶奶妳吧？」

「沒錯。」

「既然是這樣，那我就做吧。」

一開始聽說祖母住院時，步美腦中一片空白。一想到當時的情形，這些事便顯得微不足道了。

步美心裡感到抱歉，他在結束社團活動返家的路上，站在下著雨的高架道路下，想攔計程車前往醫院，他呆立原地，望著車流中的紅光和黃光。一直攔不到車，令他感到心灰意冷，他不知道自己此刻到底在做什麼，就像失去目的一樣，腦中一片空白。

這時有個念頭浮現腦中，這突如其來的衝擊，令他的雙眼和鼻頭為之一熱，隱隱作疼。

奶奶，妳不能死。

不要像我爸媽那樣。

終於來了一輛顯示「空車」的計程車，步美朝它揮手，在車子駛近的這段時間，一股過去從未想過、一直潛藏心底的決心突然湧現，由於來得過於突然，步美幾乎是在無意識下便打定主意。

只要是為了奶奶，我什麼也願意做。我以前什麼也不能為妳做，對不起！

步美的回答，讓祖母沉默了半晌。她目光移向一旁，喃喃低語「突然全部要交給你去做，那也是不可能的事」。

「你就先慢慢試著去做，累積當使者所需的心得，學習怎麼做才對。如果到時候還是覺得辦不到，要拒絕也可以。」

「妳一直說我辦不到，我可都還沒表達我的不滿或是說任何喪氣話呢。」

步美皺眉說。

「還有，奶奶，真的那麼糟嗎？」

「你指的是什麼？」

「妳的身體狀況。」

祖母終於抬頭面向他，步美注視著她的臉。

「真的糟糕到、非得從妳長期負責的工作中退休不可嗎？」

「你沒聽我說過嗎？我打算比我那精力充沛的哥哥活得更久。要贏過那個都八十歲了、還在騎摩托車的老頭。」

祖母臉上泛起明快的笑容。

「不過，這件事你可別跟我哥說喔。因為他要是認真起來，可是很麻煩的。」

「我了解。」

「只不過，人住院後，確實膽子變小許多。我想趁自己還健康的時候，全部傳承給你。」

聽她說話的口吻，彷彿這只是附帶一提，不過這應該才是她的真心話。祖母低頭望著地面，步美沒能進一步追問。她對步美說「我們就步入正題吧」。

「目前有兩件可能的委託工作，已決定好和委託人見面的日期，你可以代替我去聽對方怎麼說嗎？告訴對方使者什麼能做，什麼不能做，然後詢問對方想見的人叫什麼名字，到時候我會向你說明接下來該怎麼做。」

祖母「嘿咻」一聲坐起身，吩咐步美從病床的邊桌下取出她的包包。那個握把鬆垮的布製包包，打從還沒有「環保袋」這個稱呼的年代起，祖母外出時便一定會隨身攜帶。

祖母取出一本又舊又髒的大筆記本，似乎是到處都買得到的牌子，而且樣式也很普遍，不過側面為褐色。

「你帶這個去。」她把筆記本交給步美。

「上頭寫有使者工作的相關事項，你拿去好好看。」

翻開褐色封面一看，裡頭寫滿祖母的字。步美望向第一頁，大吃一驚。

「您好，我是使者。

使者接受活人的委託。

得知您想和哪位就物理層面來說已經不可能相見的死者會面後，接受委託，回去與那位死者交涉。」

「奶奶，這是……」

「是我事先製作的。」

假想的對話，完全照口語的方式寫下，這是打工的地方常有的指導手冊。多貼心的設計啊，雖然有點沮喪，彷彿自己在祖母眼中很不值得信賴，不過從祖母那一板一眼，老愛瞎操心的個性來看，會這麼做也是理所當然。

不過話說回來，還真的是鉅細靡遺呢……正當步美邊想邊翻頁時，他突然停在某一頁上。在祖母所寫的字跡上頭，有別人寫的補注與之重疊。那粗獷的文字，比祖母寫的字來得大，像是男性的筆跡。

「第一次見面時，有必要說明自己與恐山巫女的不同。」

「× 要清楚說明這不是代為傳話的方式，得強調自己始終只是讓雙方見面的牽線者。」

上頭所寫的文字，有許多都是用片假名寫成，感覺是一位比祖母還要年輕的人所寫。對了，如果說這本指導手冊是最近才為了步美而寫，看起來未免也太老舊了。

「這是什麼時候寫的？」

「很久以前了，你聽好，要仔細看，有不懂的地方再問我。」

祖母這番話的後半段硬生生結束，就像不想讓孫子再繼續追問筆記的事。為了不造成祖母的困擾，步美也隨口應了聲「喔」裝糊塗。

上頭的字跡工整漂亮，為了不讓看的人有所困惑，連細部都面面俱到，若說是為了開玩笑或騙人而刻意製作這樣的筆記，那也未免太大費周章。

「步美，這樣你還不相信嗎？」

「……比剛才更相信了。不過我覺得，奶奶妳竟然有時間製作這麼麻煩的筆記本，妳可真有空閒呢。」

「我不是說過了嗎。」

祖母病人袍的前胸上下起伏，深吸一口氣，望向枕邊的鬧鐘。叔叔他們原本預定四點前來，但現在已經超過了五分鐘。

「我想讓你繼承使者工作的事，剛才已經跟我哥談過，今後他一定會助你一臂之力。當然了，有不懂的地方，我也會教你。因為你是新手，所以一開始就多聽聽周遭的人怎麼說吧。也可以試著多和委託人聊聊。大家都是抱持真切的心前來，所以你要抬頭挺胸，展現出十足的大人樣，要有使者的架式。」

「要有使者的架式，這話說來簡單……」

步美不禁露出苦笑，但祖母卻瞪視著他說「我是跟你說正經的」。

「實際與死者交涉的工作，暫時還是由我來做，你主要是與委託人接洽。就像先前請我哥公司裡的人幫忙一樣，你算是牽線者。」

「嗯。」

「還有一件事。」

還有什麼事啊？正當步美以略顯厭煩的表情望向祖母時，沒想到祖母雙脣緊閉，顯得欲言又止。

「如同我剛才說的，使者的能力是一對一傳承。一旦我傳給了你，我就失去這項能力。就是以這種方式交接。」

「一直都只有一個人可以使用嗎？」

「沒錯，我還會教你一些做法，不過，能使用這項能力的，就只有一個人。而成為使者的人，無法和自己想見的死者進行交涉。」

「這話的意思是……？」

「雖然你可以完成別人的願望，卻沒人可以接受你的委託。只要你成為使者，就得等到日後你將力量轉交給其他人之後，才沒有這項限制。」

「喔。」

「你有想見的人嗎？」

祖母以很自然的口吻說，步美這才明白祖母話中的含義，他沉默不語。從病房角落傳來電視的聲音，那空洞的笑聲無比響亮。

祖母的語調變得更加緩慢，就像努力要讓步美聽懂似的，接著說：

「你要是想見的話，就要趁你還沒從我這裡繼承能力之前，現在我還能安排你見面。」

「……可以給我時間考慮嗎？」

「可以啊。」

步美發現祖母回答時正望著他的臉龐，但他不敢回望，視線就這樣落向自己手上的筆記本。

叔叔、嬸嬸和朱音還沒到，好像是有事耽擱了，現場瀰漫著令人尷尬的沉默。

「你要快點決定喔。還有，這是我們兩個人之間的祕密，就連對你叔叔他們也不能說。」

「我明白。」

「你就在醫院中庭和委託人接洽吧。」

祖母眼中帶笑，俯視病床邊的窗戶，眼下是一大片初冬的枯黃草地。

「如果還在那裡，我也看得到你的情況，會比較放心。如何？就選那張長椅吧。」

「好啊，我知道了。」

「……我還有許多話想說。」

祖母的語氣，不像是在對自己的孫子說，而像是在自言自語，聽起來無比遙遠。

「真的有好多話想跟步美說。」

「我明白。」

敞開的病房門外，傳來熟悉的輕快腳步聲。「奶奶。」當朱音從門外露臉時，步美感到緊繃的胸口為之舒緩，呼吸頓時輕鬆許多，他從椅子上站起身。

步美將使者的指導手冊收進包包裡，當他撫摸那老舊的筆記本表面時，突然思索起自己「想見的人」。

我想見的人到底是誰呢？正確來說，不是「誰」，而是「哪一個人」。他周遭的親人當中，就只有兩名死者。

是十一年前在家中喪命的母親？

還是殺害她之後，隨後自殺的父親呢？

3

對於父母，步美沒什麼記憶。

感覺他們應該個性開朗，對母親僅有的模糊記憶，就是他出外遠足時，母親為他做的煎蛋飯糰。一般家庭都是準備包海苔的飯糰，但步美家的卻是煎蛋包成的飯糰。將拌入香鬆捏好的白飯，沾上麵粉和蛋汁，每一面都用平底鍋煎硬。如此一來，表面由蛋汁染成金黃色的飯糰便大功告成。其他同學都羨慕地說「步美的飯糰是黃色的耶」，他自己也很引以為傲，蛋皮微微傳來一股焦味。他回去後，將同學讚不絕口的事告訴母親後，母親開心地說「下次再做給你」。

步美畫下當時遠足的情形，在東京圖畫比賽中得獎，刊登在報紙上。父母看了之後，說上頭畫的飯糰是金黃色的，看起來好開心，一定是我們家的。

記得母親很喜歡做菜，步美高中時，曾經與一位幼稚園時代同班，但小學、國中不同校的昔日好友碰面，當時對方突然冒出一句「我就是在步美家第一次吃到乾咖哩呢」，令他大吃一驚。

「因為我媽只會做一些很簡單的日本菜。那明明是手抓飯，卻有濃濃的咖哩香，當時我心裡想，世上竟然有這麼好吃的食物，對此感動不已呢。」

經對方這麼一提，步美對當時家中以及庭院的記憶，在睽違數年後再次重現。水仙花像在抬頭般，並排爭豔，上方有一株山茶樹。庭院雖小，但維護得相當講究。倉庫的屋簷下，掛著煮菜要用的月桂葉以及裝在紅色網子裡的核桃。

只要母親說「今天要煮乾咖哩喔」，父親和步美便會從網中取出核桃，在庭院旁停車場的水泥地上，用鐵鎚把硬殼敲碎。帶著從殼中取出的果仁，拿去給人在廚房的母親。

父親應該是個溫柔的人吧。

當時步美拿不好鐵鎚，父親用自己的手掌覆在他的小手上，陪他一起敲碎硬殼。還帶他去看電影、釣魚。若是開車遠行，在下午返家前，父親一定會在車內或樹下睡一個小時左右的午覺。「因為接下來要開車。」他說。母親豎起食指輕噓一聲，提醒步美別吵醒父親。步美在公園溜滑梯和盪鞦韆，從遠處望著陽光穿過樹葉，落在父親臉上的斑駁光影，母親用圓扇輕搧他的臉。

事隔多年後步美才知道，父母是在形同私奔的情況下結婚，他在父母雙亡之後才得知此事。

步美的祖父，也就是他爸爸的父親，亦即祖母愛子的丈夫，是一位很嚴肅的人，他不許步美的父母結婚。當時祖父已替父親決定好一門婚事，但父親拒絕。事後才知道，當時母親腹中已有了步美。

長期擔任商職校長的祖父，似乎也很希望父親從事嚴肅正經的工作，但父親選擇走的路，卻是接案室內設計師。祖父以前建議父親讀國立大學的教育學院，但他後來中途退學，也不和家人商量，便進入設計專業學校就讀，祖父從那時候起便很不諒解。後來結婚的事，令祖父心中的不滿就此達到頂點，說要跟步美的父親斷絕父子關係。

父親家中尚有弟妹，祖父母並非只有他一個孩子，但是對祖父來說，他是家中重要的長男，對他的期望不同於家中其他孩子。

「我覺得很對不起亮和香澄」，祖母曾這樣說過，那是步美對父親的行動感到質疑，而提起這件事情時，祖母所做的回答。步美問，如果有想做的事，為什麼不先和父母商量一聲呢，祖母聞言後回答：

「因為你祖父是個很頑固的人，你祖父覺得好，而替你父親安排的道路，他加以拒絕，這就如同是否定自己父親以往的生存方式，他自己想必也很痛苦吧。」

而事實上，祖父也確實這麼想。他無法認同他們婚前懷孕的做法，母親甚至無緣見祖父一面。只有祖母當時常到步美和父母住的地方去探望他們，所以步美原本一直以為父親只有媽媽，沒有爸爸。

祖父在步美上小學那年，因腦中風而辭世，好像沒任何前兆，就這麼與世長辭。

步美對此事的印象，比之前發生的事還要來得模糊，不過父親相當沮喪。雖然已經想不起他當時具體的表情和情況，但步美記得，那是自己第一次見識大人哭的模樣。家裡的氣氛沉悶，彼此關係不太合諧，覺得不太對勁，母親總是以不安的眼神凝望著父親。

而那起事件就發生在半年後。

「步美！」

祖母叫喚步美，緊摟著他，當時她比現在還要黑的頭髮，緊抵著步美的口鼻，令他難受得快要喘不過氣來。步美不記得地點是在醫院、警局，還是叔叔家。顫抖著叫喚步美的祖母和叔叔，他們神情慌亂，淚流不止，每個人都跑來抱緊步美，撫摸著他的頭。與其說他們是安慰步美，同情步美，不如說是藉此向步美尋求依靠，好讓自己得以平靜下來。

對於父母的死，自己明白多少？最早是從誰那裡聽聞此事？成為命案現場的那個家，以及掛有核桃和月桂葉的庭院，自己後來是否回去過？這些步美都不復記憶。

從他懂事的時候起，便明白了一件事。

爸爸殺死了媽媽。

發現者是祖母。祖父死後，祖母見父親意志消沉，很替他擔心，於是便常找理由到步美家探望。那天她同樣也是說自己煮了太多菜，要來分一點給他們。

她按了門鈴，沒人回應，本想就此返回，但她不經意的從窗戶往內窺望後，看到客廳的景象。兒子和媳婦竟然身子重疊，倒臥地上。祖母趕忙用擺在後院的掃帚破窗而入，她事後回憶自己卯足了勁，但兩人當時都已斷了氣。

母親的喉嚨破裂，就像上吊自殺般。父親的手緊握的不是母親的喉嚨，而是她的手。姿勢就如同母親要前往遠方，他加以挽留，而他是咬舌自盡而死。當天在祖母進入屋內前，玄關和窗戶全都上鎖，現場不見凌亂的痕跡，現金和貴重物品也都原封不動，從中判斷不可能是有人從外面入侵。後來警方認定是父親殺害母親後，自己也隨後自殺，整起事件就在嫌疑人死亡的情況下結案。

身為父親弟妹的叔叔和姑姑都向警方反應「不可能有這種事」，他們的哥哥不是會做這種事的人，他和妻子的感情也一直都很好。不應該會留下兒子步美一個人，做出這種事情來。況且，就算是要自殺，這種咬舌自盡的做法也太不自然了，他們一再要求警方重新調查案情，但警方對他們說，不管動機為何，現場情況實在再清楚不過了，不理會他們的要求。

步美後來由叔叔收養。

叔叔家還有個小步美五歲的堂妹朱音，明知步美是個累贅，卻還是決定收養他，步美心中充滿感激，他不僅失去雙親，還是個殺人犯的兒子。儘管聽聞許多口無遮攔的謠言，以及毫無同情心的冷言冷語，叔叔嬸嬸還是決定要和步美一起生活。

自從祖父過世後，祖母便一個人獨居，叔叔一家人後來搬去和她同住，此事也令步美相當開心，今後就能和奶奶一起生活了。

不過，在這個努力想保護步美的環境外，一些遠親，以及原本就對他父親沒好感的人，始終有不少雜音。

儘管當初不惜私奔也要結婚，但現在殺了人，一切全毀了，當初又是何苦呢？

他父親地下有知，一定死不瞑目。

留下那個孩子，真是可憐。

……原因好像是那個父親有外遇耶。

步美父親的手提包敞開著，擺在命案現場的客廳裡。裡頭的東西散落一地，手機也一直開著沒關，掉落地上。

這一切只能說是環境證據。

會不會是母親懷疑父親外遇，而偷看他的手提包呢？父親剛好撞見，一時怒火上湧，在一番爭執後，動手殺人。連警方也沒做這樣的揣測，卻傳出這種謠言，傳進步美耳中。

叔叔他們堅稱父親無罪，但步美心中卻感到懷疑，自己是否真那麼了解父親，可以無條件的相信他？步美就在搖擺不定的狀態下聽著這些謠傳。

無風不起浪。聽說在某個飯店裡，有人看到父親和一名女性獨處，雖說是工作，但實在可疑。一個謠言會引來更多謠言，並添油加醋，在人們談膩這個話題之前，會一直持續下去。

而步美正是這個漩渦中的被害人與加害人的孩子。

去年在高中裡遇見那名昔日的朋友，對方聊到乾咖哩的往事時，步美憶起那個家、庭院，以及核桃的滋味，心裡只感受到單純的喜悅。對方開朗的談到那件事，神情愉悅，但過了一陣子，對方再次前來找步美，這次卻是眉頭緊鎖。

「步美……我很抱歉。」就在對方道歉的瞬間，步美感到腦中彷彿響起一個冰冷的金屬聲響。

「我不知道後來發生了那種事。」

「沒關係，你不必在意。」

其實我最討厭別人在意這件事了……這句話步美始終說不出口。

4

與委託人平瀨愛美道別後，步美直接前往祖母的病房。站在窗邊的祖母，似乎早預料到孫子會回來找她，早已站著面朝門口等候他前來。

「辛苦你了，看來你的第一份工作滿順利的嘛。」

「目前還只是向對方問些話而已。」

他從包包裡取出祖母交給他的使者指導手冊，以及記錄平瀨說話內容的報告用紙。步美站在窗邊往下看，可以望見剛才他所在的那張長椅，此時上頭坐著其他住院患者以及像是前來探望的訪客，從這個位置應該聽不到他們說話的聲音。

「如何？那個女孩說她想見誰？」

「……水城沙織，一位藝人。」

一個月前因心臟衰竭而過世的綜藝節目藝人，這位一線紅星突然過世的消息，至今仍在媒體上吵得沸沸揚揚。祖母點頭應了聲「喔」。

「原來如此，水城沙織的死，真的很突然。」

「我覺得很意外呢。」

「嗯？」

「一般來說，會前來委託使者的人，他們想見的對象應該是自己的親人或好友才對吧？像今天這種委託案件多嗎？」

「應該不算多，但也不是沒有。」

步美認為，所謂的委託人，一定都是失去自己很重要的人，對此大感錯愕，而沉浸於悲傷中，或是有什麼特殊內情的特別人物。

然而，今天出現的平瀨愛美卻是個再普通不過的女性，看起來不像有什麼急迫的內情。

「每個人有每個人的原因。」祖母說。

本以為緊閉的窗戶，邊緣微微有一道縫隙，吹進一道冷風。

「我大致明白了，要見沙織對吧。等我取得她的回覆後，你再打電話給剛才那個女孩吧。」

「我知道。」

「不過步美，剛才我從上面看，你太依賴那本筆記了。你頭也沒抬，看著筆記向對方說明的時間太長，這令我有點擔心喔。從下次開始，你要看著對方的臉說話。」

「因為是第一次上場，沒辦法啊。」

步美皺著眉頭回應，接著他突然想起與平瀨愛美談話的內容，很想問個清楚。

「對方問我，死者同樣也只有一次和活人見面的機會，是因為和想見的人見過面之後，就會心無罣礙的升天成佛是嗎？」

步美說完後，祖母原本望向窗外的視線，改移回他臉上。步美又問了一次。

「是不是這樣？」

「不知道，只知道規矩就是這樣，一名死者只有一次和人見面的機會，還有……」

「嗯。」

「我不認為見過面之後，他們全都能心滿意足地升天成佛。」

步美不清楚這是祖母自己的想法，或是她長期擔任使者的經驗談。祖母接著補上一句「下禮拜還有一件案子要麻煩你喔」。

「這次的對象是男性，多年前，他母親曾向我委託過，算是母子兩代的老客戶。」

「也有這樣的客戶啊？」

「是啊。」

「他母親的委託，也是奶奶承接的嗎？」

「是啊，我還記得很清楚呢。當時我也猶豫很久，後來決定讓她和孫子一起跟死者見面。」

「這樣也可以嗎？」

會面不是一次只准一人嗎？祖母瞇著眼睛，一臉愉悅地低語著「真教人懷念呢」。

「那是個小娃娃，我請我哥調查過去的案例後，發現有讓尚未懂事的小嬰兒一起參與會面的例子，所以特別准許了她的要求。」

「喔。」

「像這樣一代接一代前來委託的人家還不少呢，我母親那一代的委託人，他孩子則是成了我的委託人。」

祖母的母親，亦即步美的曾祖母。祖母見步美沉默不語，向他問道「怎麼啦？」

「沒什麼，只是覺得使者這項工作還真是歷史悠久呢。」

「是啊，所以我不是早告訴你了嗎？怕啦？」

才沒有呢，步美搖頭否認。他將報告用紙撕下一頁，遞給祖母後，剩下的和指導手冊一起收進包包裡。

隔週，他與第二位委託人畠田靖彥見面。

與平瀨愛美那時候一樣，結束會面返回病房的步美，感覺得出自己臉上滿是不悅之色。祖母從他的神情，以及從窗外看到的現場氣氛，應該也明白是怎麼回事，但她還是和上次一樣，若無其事地問他一句「情況怎樣啊」。

「那傢伙很惹人厭。」

面對毫不避諱，坦率說出感想的孫子，祖母開心地笑道「這樣啊」。

5

打開門一看，水城沙織就坐在他面前。

步美看得目瞪口呆，真是太教人驚訝了，這絕非長得像的人所能頂替。

「啊，你好，今天要麻煩你多多關照囉。」

故意拉長音的高亢聲音、褐色長髮、小麥色的肌膚、強調眼睛與嘴唇的辣妹妝，是之前在媒體上常看到的水城沙織。

如假包換。

「怎麼啦？為什麼一直站著？」

「不……」

您沒有死？這句話一度來到喉頭，但不可能有這種事，步美接著腦中浮現另一個念頭：

奶奶，太酷了！

真的太酷了！

如果對方不是水城沙織，而是完全不認識的人，步美或許還會感到懷疑。是否真是當事人，只有委託人自己才知道，有可能找人來扮演。但此刻看到眼前的情況，令他張口結舌。

「我問你喔，今天我可以喝酒嗎？飯店裡的啤酒，我可以喝嗎？」

「應該可以……」

她有辦法喝嗎？

在這之前還有另一個問題，她有實體嗎？她能碰觸物體，或是讓人碰觸嗎？

正當步美側頭納悶時，他看見水城沙織所坐的床墊因重量而凹陷，床罩出現縐摺，真的就像活人一樣。

「我過世多久啦？」

水城沙織突然壓低聲音向步美問道。她抬眼望著他，剛才的微笑已從臉上消失，不帶半點笑意的沙織喃喃低語「我已經死了對吧」。

「我先前因為不相信，還稍微發了飆，對那位老太太說了很過分的話。咦，她是你的祖母嗎？」

「是的。」

「不好意思，我先跟你道個歉。」

「沙織小姐，您已過世四個月了。」

「這樣啊。」

沙織低語，臉上浮現她在電視上從未出現過的陰沉嚴肅表情，同樣的話她又重複了一次。

「這樣啊……」

這樣臉上的妝會花掉……她一面說，一面以手指緊按眉間。步美見狀，覺得自己彷彿提出很殘酷的要求，胸中為之一緊。就像是受到這股反作用的驅使般，他開口問：

「您為什麼決定要和平瀨愛美小姐見面呢？」

當祖母告訴他，水城沙織願意接受委託時，步美非常詫異。雖然試著請託，但希望應該很渺茫才對，步美和那位委託人心中都同樣有這種想法。

結果得到的回答，完全超乎步美的預料之外。

「因為那女孩可能想尋死。」

拭去淚水的沙織以肯定的口吻說，步美一時說不出話來。「所以我才和她見面。」沙織回答道，口吻不帶半點躊躇。

打電話回覆平瀨愛美和畠田靖彥，是從祖母住的別房撥打。步美先前都不知道家裡還有這麼一支不同號碼的電話，搞不好連現今的一家之主叔叔也不知道。

順利取得死者同意的兩場會面，最後都選在同一個滿月之夜一次進行。為了避免彼此不期而遇，他刻意錯開會面房間的樓層以及碰面的時間。畢竟一個月只有一次滿月。而且大部分委託案件也都選在這種日子，他之前已先做過說明。一來也是因為他已經習慣這項工作，雖然是第一次，但還是兩個案子同時進行比較好。

飯店房間的訂房和準備工作，都是由祖母娘家那邊負責張羅。步美就只是向委託人提出建議的日期，然後在這天準時前來即可。準備的房間全都位在可以望見明月的高樓層，向櫃台確認後得知，房間已用秋山的名字辦妥住房登記手續，費用日後會向舅公申請。

「和委託人見面後，把鑰匙交給對方，另外也替你訂了一間房，看你是要待在房間還是大廳都行。你可以小睡一會兒，不過黎明時委託人會下樓來，你可別睡過頭哦。」

「可以問委託人的感想嗎？」

在前往飯店前，步美詢問，祖母聞言眉頭微蹙。她不發一語，沉思片刻後回答道「只能短短一句哦」。

「你現在還在見習，如果只有短短一句話，應該無妨。」

「原來我現在是見習生啊。」

「那還用說，你正在觀摩學習。」

畠田靖彥想見的對象，是他母親。

步美前往飯店房間時，裡頭傳來一聲「來了」的應門聲，眼前出現一名穿著漂亮橘色和服的女士。雖然年近半百，但髮色尚黑，兩頰豐潤。先前聽說她是生病過世，所以步美對此相當驚訝。與他印象中的鬼魂或死者的身影相去甚遠。

「要麻煩您關照了。」

對方與她兒子不同，恭敬地向步美鞠躬。「好久沒穿和服了，我對腰帶的綁法沒什麼自信呢。」她臉上的微笑，以及在乎鏡中背影的神情，都透露出她很期待與兒子的久別重逢。

「您在生前也曾委託過使者對吧？」

不管怎麼看，都覺得她像是陽世間的人。由於剛才提到「生前」兩個字，步美感到後悔，覺得自己也許說了很失禮的話。

不過，畠田津留卻很高興的回答「是啊」。

「我沒想到現在會換成別人來找我，像這樣死後還有人想見我，讓我覺得自己的人生算是沒有白活了，還真有點自戀呢。」

「有人想見您，您覺得很開心是嗎？」

經這麼一問，畠田津留轉為認真的表情，望著步美。步美以為是自己問了蠢問題，正想撤回提問時，她點頭應了聲「嗯」。

「非常開心。」

步美打算整晚都待在大廳裡，直到會面結束。

水城沙織真的是她本人，其他死者也都沒騙人，步美決定相信祖母。

向畠田靖彥坦言自己家裡的情形，其實是出自惡作劇的心理。

這名自視甚高、態度強硬的大叔，一定當我是小鬼，瞧不起我，才會用那種說話口吻。步美從很早以前就已發現，自己的成長背景可以充當簡潔有力的武器，他想讓畠田靖彥啞口無言。

當他告知畠田自己沒有父母後，對方的反應之大，超乎預期。令對方驚訝得說不出話來，步美很滿意，但是當對方走出電梯時，沒想到他竟然向步美道歉，令他頗為吃驚。

「不好意思，老問你一些怪問題。」

「……哪裡。」

目送畠田的背影離去後，步美頓時感到自己剛才的行為幼稚到了極點，實在難以接受，他緊咬著嘴唇，在原地駐足良久。

步美剛才已經早一步見過畠田的母親，這位討人厭的大叔，也很期待與自己的母親見面。一種自我厭惡的感覺，如同顏料在水中溶解般，在他胸中擴散開來。

在他走進電梯準備返回大廳時，耳邊傳來畠田靖彥打開房門的聲音。

平瀨愛美緊接著隨後現身。

她給人的印象很文靜，為人正經，沒什麼主見，好像也不擅與人交往，但看起來似乎也不像水城沙織說的想要尋死。

水城沙織說她想尋死，這是什麼意思？步美沒向水城沙織進一步細問。

「水城沙織小姐已經在裡頭等您了。」

自己對她們來說，應該算是完全的旁觀者。或許祖母多年來擔任的使者，就是這樣的角色。

邁步朝房間走去的平瀨，穿著高跟鞋，踩著生硬的步伐，一步步往前行。

過了午夜十二點，酒吧關門後，步美在櫃台附近的沙發坐下，等候天明。他跟叔叔嬸嬸說今天要在舅公家過夜後，就出門來到這裡。雖然不清楚秋山家交代了些什麼，不過飯店的工作人員對坐著不走的步美並未露出狐疑之色，始終都任他自由行動。

步美手裡拿著一本文庫本，中間多次打起了盹，每次書本從手中滑落，他因落地聲而驚醒時，便會朦朧的意識到自己現在身處的場所，對使者、委託人，以及死者之間的關係展開思索。

同時也思索自己究竟想和誰見面。

我有想見的人嗎？

問這個問題的祖母，腦中想到的當然是步美的父母。人在世時，只能和一位死者見面。同時從步美面前消失的父母，那不可解的喪命真相，當然令他在意。然而，在這種情況下，自己究竟想和誰見面呢？

想知道真相，當然就該和殺害母親的父親見面才對。然而，被當作殺人兇手的父親，自己真的想和他見面嗎？

相較之下，和母親見面還比較好……

想到這裡，他的思緒就像在相同的地方繞圈的時鐘指針，一直轉個不停，然後突然停止。見了面要做什麼？這個念頭從他心底湧現，寒意在喉頭凝聚，他不願再細想這個問題。

打從他還沒懂事起，父母便雙雙亡故。存在於他們之間，那鮮明的爭執真相，自己真的想知道嗎？話說回來，自己連他們的長相都覺得很模糊，見了面之後能做什麼？真的很想見他們嗎？

「非常開心」。

畠田的母親那番話，就像是在闡述某個不辯自明的真理般，語氣柔和，且毫不躊躇。她還說，死後還有人想見我，讓我覺得自己的人生算是沒有白活了。

望著窗外，發現夜空顏色微微轉淡，已經開始準備迎接朝陽。步美望著夜空，感覺這一切宛如置身夢中。

使者的事、自己父母的死，甚至是父母以前曾和他一同生活的事。他甚至覺得，就算真的置身夢中，那也無所謂。腦中隨著黑夜逐漸發光泛白。

先結束會面的人是平瀨愛美，當她從電梯裡現身的瞬間，步美胸中的緊繃感頓時化解。看來，先前沙織說她想尋死的那番話，一直縈繞在步美心中。

一個不留神，差點就開口詢問她與沙織聊了些什麼。步美深深吸一口氣，待心情平靜下來後，按照祖母的吩咐，請她發表一句簡短的感想。

「我的感想是，偶像真的很了不起。」

窗外的旭日照向她瞇著眼的臉龐。

步美望著她那輪廓融入陽光中的面容，這才猛然想起，在這一連串的委託交涉中，這還是第一次看她露出笑臉。

送平瀨愛美步出飯店後，返回大廳，接著換畠田下樓來。

一看到他，步美便想起先前自己臨時起意，對他說了那番很孩子氣的話，那股重重壓在胸口的沉悶感再度浮現，他不敢正視對方的臉。

接過鑰匙後，他也向畠田詢問會面後的感想。

「感想？」

畠田皺起眉頭，步美原本已作好又要挨他一頓訓斥的心理準備，但意外的是，他竟然很乾脆地回答步美：

「……我差點就被騙了，以為那是真的，你們安排得真好。」

之前畠田身上緊繃的氣氛，那股強硬感突然就此化解了，他接著向步美道謝：

「非常謝謝你。要是有機會到這附近來，請跟我聯絡。」

當他遞出一張寫有山陰地區住址的名片時，步美胸中的沉悶感頓時輕鬆許多。道別時，儘管畠田說「用不著送我了」，但步美還是堅持跟在他身後，來到飯店前，畠田拍著他的背說了一句「保重啊」。那股強勁的力道，令步美有點不知所措，當步美發現這是他對自己的勉勵時，畠田已經離步美遠去。他匆匆離去的背影，消失在斑馬線對面。

在退房前，步美到他們會面的房間查看。

空無一人的房間，只留有空啤酒罐和喝過茶的空杯，看起來就像過了平凡無奇的一夜。步美緩緩關上這兩間房的房門。

6

「如何？」

來到醫院後，祖母邀步美一起到中庭。

祖母坐在長椅上，步美站在她面前，今天喝的不是自助式綠茶，而是罐裝的百事可樂。

「雖然還是很難置信，可是奶奶，真的是本人耶，太酷了！」

「我不早就跟你說了嗎，你這孩子真沒禮貌。」

祖母再度挑起眉毛說。

「話說回來，這麼冷的天你竟然還喝冷飲，要是拉肚子我可不管哦。」

「不會有事的，我社團活動結束後常喝呢。」

話雖如此，剛買回來的飲料罐很冰涼，無法久握。步美坐在祖母身旁，把飲料罐擺在一旁。

「……雖然很驚訝，但她們以非常普通的方式出現，所以我一點都不覺得可怕或怪異。而那兩位委託人也很開心，感受得到他們的感謝之情。」

「這樣啊。」

「奶奶，妳是從什麼時候開始當使者？」

「年輕時就開始了，其實這原本也是我哥繼承的能力，但我出嫁時，他轉讓給我。」

「全部由秋山家持有不是很好嗎？因為秋山家就是從事這方面的工作。」

「我哥可能有他自己的想法吧，也許他是替自己出嫁的妹妹擔心，因為你爺爺是個頑固又難搞的人。儘管我會比較辛苦，但只要能藉由這項能力和秋山家保持關係，娘家應該也會保護這個妹妹，就像投保一樣，也許我哥就是出自這樣的一份心。」

「這樣啊。」

這確實很像舅公會有的想法。

「這種能力那麼輕易就能轉讓嗎？」

「與其說是傳授能力，不如說是傳授方法。等時機到了，我也會教你。」

「……奶奶自己有和誰見過面嗎？」

步美在心中暗自期盼這不要成為尷尬的話題，故意若無其事地問道。

「見過啊。」

祖母回答：

「哥哥將能力轉讓給我時，我就像現在的你一樣，他問我想和誰見面，我便請他讓我和自己早逝的媽媽見面。」

「妳當時還年輕，就能作出這樣的決定，真不簡單。」

難道沒想到日後有可能會想見其他人嗎？祖母的丈夫、兒子、媳婦，都比她早走。不過祖母卻是一副不以為意的模樣，點著頭應道「就是說啊」。

「要是我和母親見面，我那以使者的身分居中安排的哥哥也能趁這個機會見她。我哥礙於面子說不出口的事，我代替他實現。」

真希望他好好感謝我……祖母就像在數落舅公似的說道，接著她臉上泛起恬淡的笑容。

「所以我一點都不後悔，因為我們兄妹倆都能和媽媽見面，讓她看到我們一切安好。一來對母親盡孝，二來對兄長盡悌，很值得驕傲。」

「這樣啊。」

感覺被她先將了一軍。

坦白說，步美很想問清楚。假設祖母年輕時，沒有因為見自己母親而用掉那「唯一」的機會，那麼，將能力轉讓給步美後，失去使者能力的祖母，應該會想和某人見面才對。

對於她口中的頑固丈夫、引發殺人事件，在真相不明的情況下死去的兒子，以及遭兒子殺害的媳婦，祖母會不會想當面和他們說些什麼呢？會想知道些什麼嗎？

這時腦中突然浮現的念頭，令步美一時幾乎無法呼吸。

當時舅公雖然是使者，但祖母讓他和母親見面。同樣的事，現在也能套用在步美身上。如果步美想和父親見面，祖母在移交能力給他之前，可以和自己的兒子見面。

步美馬上望向祖母，她在初冬的暖陽下，看著眼前的草地，從她柔和的神情中，看不出潛藏著什麼企圖。或許只是步美自己注意到這件事，祖母完全沒這麼想過。不過，一旦浮現腦中的想法，始終揮之不去。

祖母一直沒和步美已故的父母見過面。

那是因為步美至今仍未從父親和母親中作選擇，祖母雖然嘴巴上沒說，但應該沒有其他人見過他們才對。步美父母的「唯一」會面機會，應該還沒使用過。

「奶奶。」

「什麼事？」

步美叫喚祖母，祖母頭也沒回，就只是隨口應了一聲。步美來到喉嚨的話語打住，改說一句

「我們回去吧」。

「起風了，有點冷呢。」

「看吧，誰教你要喝冷飲。」

祖母笑道，像在誇耀自己的勝利般，望著那個可樂罐。在四周為稀疏的樹木靜靜包圍的中庭裡，步美和她一同站起身。

7

當步美聽到接下來的委託人是嵐美砂時，大為吃驚。

去年底發生了一起同學年女孩的車禍意外，此事從他腦中掠過。喪命的御園奈津是話劇社的成員，一早騎單車上學的途中，滾落坡道，撞向從前方馬路駛過的車輛。

對於身亡的御園，頂多是知道校內有這個同學，她發生車禍的那條坡道，步美也常騎車從那裡上學。原因可能是單車的煞車故障，當時在班上的朝會以及全校的集會中，都曾提過那起事故，老師也提醒學生們要多加小心。

很難想像自己這個年紀會和死亡扯上關係。雖然受到不小的衝擊，但步美從未將自己擔任使者所接觸的「死」，與日常生活中同學年的女孩之死聯想在一起。

然而……

祖母在二月初時問步美，「你認識嵐美砂這個女孩嗎？」車禍發生後的兩個月，她好像一直在尋找傳聞中的使者，最後取得祖母的電話。

剛好那天醫院准許祖母外宿，所以她回到家中。暌違許久，一家人再度齊聚共進晚餐，飯後，祖母將步美叫進房裡，告訴他有個委託案件。

「是今天傍晚打電話來的，對方說她是創永高中二年級的學生，所以我想，你搞不好認識。」

「……算認識吧。」

她是從高一便登上話劇社舞台的學生。在校慶和迎新活動的話劇演出者當中，她是唯一和步美同年級的，所以特別搶眼。可能是她有雙大眼，外加五官鮮明，所以步美周遭有不少男孩都誇她不錯。他突然憶起，自己早上上學時，也曾經見過她，她常和御園奈津一起。

自從發生事故後，每次看到嵐美砂，她總是獨自一人。也許是避開上學時間，後來幾乎都不曾和步美碰過面。

「如何？」

祖母問。

「我希望和之前一樣，由你居中安排，不過，是你認識的人嗎？」

「對方應該也認得我的臉……」

這下麻煩了……步美暗自想著，向祖母詢問「如果我說不能幫忙，會怎樣嗎？」祖母的回答一樣很平淡。

「如果你不能幫忙的話，我可就傷腦筋了。」

「那妳又何必問嘛，反正橫豎都要我做對吧？」

「可以這麼說。」

看祖母點頭，只會惹自己不高興，步美索性不看，接著問：「奶奶，妳是碰巧接到她的電話對吧？」

「這次我因為院方同意外宿才返家，否則應該是接不到這通委託電話。在我住院這段時間漏接的委託電話，應該也不少。」

「我猜也是。」

悄悄隱藏在櫃子內的電話，由於事先消音，所以有來電時，只能藉由微光得知。祖母在告知步美電話的存在後，還特別吩咐過，在她不在家的這段時間，就算不接電話也沒關係。不過，一旦注意起這件事，就會一直很在意。

「妳不在家，就這麼放著委託電話不管，真的沒關係嗎？」

「我不是說過嗎？秋山家的使者工作，始終都算是貢獻社會。它或許有它扮演的角色，但稱不上義務。」

「喔。」

「說起來算是一種緣分。」

祖母接著改為默默望著安靜無聲的電話，展開說明。

「有人是一再打來，卻始終沒能接通，但真的有需要的人，他與使者的緣分自然會主動找上門。我不在的這段時間打電話來的人，對他們有點不好意思，不過，之所以沒能聯絡上我，這也是緣分的安排。因此，雖說是湊巧，但既然這女孩聯絡得上我，我就想聽聽看她怎麼說。」

祖母就像在挑釁似的，抬眼望著步美。

「怎樣？如果這樣你還是不願意的話，這次只好請哥哥幫忙了，畢竟我還得回醫院呢。」

「……我做。」

祖母這次回到這間熟悉的和室房，並非出院，而是暫時外宿，這個事實突然浮現步美心中。原來祖母過去一直是這樣瞞著家人，在這個房間裡持續從事她娘家的祖傳事業。

關於嵐美砂的案件，正因為是認識的人，更令步美掛懷。那兩個女孩總是交頭接耳，開心的相視而笑。

「奶奶，步美，我泡好茶了，要喝嗎？」

外頭傳來朱音扯開嗓門的叫喚聲。

「我這就去。」祖母也高聲回應，那聲音聽起來中氣十足，一點都不像病人。

站在車站前的嵐美砂，一副若有所思的神情。我本以為自己早已作好心理準備，但還是差點裹足不前。她與御園奈津相視而笑時，感覺她們兩人是如此契合，就像彼此的個性互相融合在一起。

儘管班上同學誇話劇社的嵐長得很可愛，但轉過頭來的這兩個女孩，到底誰才是嵐，步美總是無法判別。在得知嵐的五官鮮明、看起來比較好勝之後，仔細一看才發現兩人不論是長相還是氣質都截然不同。可是下次遇見，卻又感覺她們給人的印象是如此相似契合。

每次騎單車上學，聽到背後傳來女生特有的嬌笑聲時，步美總覺得難為情。

但此刻站在車站前，望著自己腳尖的嵐美砂，就像整個人少了一半似的，感覺不到她的存在。

「妳是嵐美砂同學嗎？」

她不發一語，圓睜著雙眼，不知為何，用一種責備的眼神瞪視著步美。

「是的，我就是。」

她那目光犀利的雙眼，打從剛才就一直像刺蝟般，步美不由得埋怨起先前對她讚不絕口的班上同學。嵐美砂或許是那位同學喜歡的女生，但卻是步美最不擅招架的類型，他嘆了口氣。

「我是使者，是讓死者和生者見面的窗口。」

嵐說不出話來。隔了半晌，好不容易才說了一句「咦，可是……」這段時間，步美一直捺著性子，忍受她雙眸投射來的目光。

「你是我們學校的澀谷步美同學對吧？」

她果然認得我，步美作好心理準備，點了點頭，邀她前往之前每次去的那家醫院中庭。這麼冷的天，被安排坐在中庭的長椅上，嵐似乎不太滿意。步美堅稱這是規矩，一如往常，遞給她一杯自助式綠茶。用這種東西招待，也許她會很不能接受，聽說嵐美砂家境富裕。不過，儘管步美心裡擔心，但嵐對此沒半句抱怨。

「你這件大衣，是渡邊淳彌對吧？」

隔著紙杯冒起的蒸騰熱氣，嵐抬頭望向步美說道，步美略感驚訝。關於他這件大衣，連他那些精通流行時尚的男同學們也不曾指認出這個品牌，而他也不曾談過這件事。

「這的確是渡邊淳彌沒錯，妳可真清楚。」

「嗯……不過，少男服飾我還是比較喜歡川久保玲的設計。」

看來她對品牌真的很了解，步美深感佩服。雖然不清楚嵐美砂的在校成績如何，不過應該不錯才對。

她想見的對象，果然是車禍身亡的御園奈津。

想見面的原因為「因為她是我的摯友」。

「如果可以見面的話，我想再見她一面，想好好和她道別。而不是離開得那麼突然……因為我們是好友，這也是理所當然的吧？」

「我明白了。」

她兩頰凹陷，身形消瘦，氣色也不太好。從大衣下襬露出的小腿幾乎沒半點肉，令步美頗為訝異。又瘦又直的雙腳，看起來就像木棍一般。如果現在她們兩人站在一起，或許我已經不會再搞混了……正當步美心裡這麼想時，那無意識中想到的「如果現在」一詞所暗藏的無奈感，旋即令他停止這個念頭。

當步美說話時，嵐一直緊握自己的大衣，以及從大衣中露出的制服裙子，就像在強忍著什麼似的，感覺她圓睜的雙眼很少眨眼。

與已故的御園奈津交涉一事，和之前一樣，由祖母負責。

「她願意見面。」從床上坐起身的祖母這麼說。祖母是什麼時候、用什麼方法與御園取得聯絡，這次同樣也沒向步美明說。

「你認識御園小姐嗎？」

「嗯，就只是認得她的長相而已。」

「年紀輕輕就這麼死了，看了真教人傷感。」

步美不置可否地向望著窗外的祖母應了聲「嗯」，從網袋裡取出別人探病送的橘子。對於祖母提到的「死」，步美還是沒有真切的感受。

一想到得跟一位和自己同年，卻死於非命的女孩見面，便覺得自己接下來要做的事很傲慢，猶如全身淋濕般，感覺無比沉重，心中對人生只來到半途便宣告結束的御園奈津滿是歉意。

「我當然還是很希望你能繼承使者這項工作，不過你大可不必每天到醫院報到，畢竟路途遙遠。」

離去時，祖母走下病床對他說：

「你就好好待在家裡，和你叔叔他們一起吃晚餐吧！不能老是吃外食。」

「因為朱音要補習，最近大家都很晚才吃晚餐。而且不管我再晚回去，他們還是會備好我那一份，所以我根本沒辦法吃外食。」

步美所言不假，為了聽他說今天的情況，在他吃完晚餐前，叔叔和嬸嬸之中一定會有人陪在他身旁。

步美從來不覺得他們對自己有所顧忌，一來他們的話遠比步美來得多，二來，他們的談話有一半以上是工作或與鄰居相處的牢騷。也不知道是從什麼時候開始，向負責聆聽的步美宣洩心中的不滿，已成為他們生活中不可或缺的事。

「這樣啊……」祖母點點頭，手扶著鋼管床的扶手，笑著說「那改天見吧」。步美應了聲「嗯」，就這樣離開病房。

使者的工作、學校的事，以及自己一直延宕未決的問題，理應已占滿他的腦袋，但此刻卻出奇地平靜。

他回身而望，祖母並未到走廊送行。

上次進行委託時，祖母每次都會送步美走到玄關。談事情時，總是選在中庭。但今天她卻手擺在鋼管床的扶手上，沒離開床邊。一想到祖母現在正吃力地躺回床上的模樣，他便很想現在馬上返回病房，但同時又覺得不能看到祖母那副模樣，兩種不同的想法在他心中交戰。

最後步美在承認自己怯懦的心情下，邁步走在因燈光而變色的暗夜走廊中。

8

御園奈津一看到步美，就像瞬間凍結般，停止動作。

她搭在房門上的手就此停住，一直抬頭仰望著步美。她微張的嘴脣，上下都一樣扁薄，眼睛是細長的單眼皮。

在看到她的瞬間，步美也猛然憶起，兩個月前死於非命的御園奈津確實就是這個長相。分別單獨見面後，便發現她與嵐截然不同，從外表根本找不出特別相似的部分。

「步美同學……」

她的聲音也和嵐不同，雖然感覺多所顧慮，但不給人尖銳之感。她叫喚步美的名字後，急忙改口說「澀谷同學」。

她今天穿著制服，是步美看慣的學校制服。他不記得生前和她有過任何稱得上交談的對話，不過她也認得步美。

這樣不論是行禮如儀，還是要突然像朋友一樣輕鬆閒聊，都感覺有種微妙的距離感，御園同樣也不知所措地望著步美。

「……那位是我奶奶。」

在電話中告知嵐見面日期時，她問步美「你見過御園了嗎？」，因為不想把事情搞得太複雜，步美扯了個謊，說他「見過了」。事實上，他現在才第一次和已故的御園見面。

「嚇了我一大跳。」

御園倒抽一口氣，喃喃低語。由於太過震驚，她的雙眸仍眨動不停。

「我太吃驚了，沒想到竟然會在這種地方和澀谷同學見面。」

「我也是。」

就在這個時候，御園的雙眸宛如融化般，淚光瑩然。如同放在熱蛋糕上的奶油融化似的，淚水瞬間滿溢而出，御園忙著拭淚，不停地說「對不起、對不起」，這次換步美納悶地睜大眼睛。

「真的很對不起。」

她手指緊抵著眼睛下方，泛紅的雙眼帶著笑意。不可思議的是，那看起來不像是強顏歡笑。而是像努力將滿溢而出的喜悅和悲傷等情感留在自己臉上。

步美為之無言，她今天就會從這裡消失。嚴格來說，她早已不在人世。

「抱歉。」

步美道完歉後，御園一臉驚訝地抬起頭來，步美再次說：

「妳一定不想見到認識的人對吧？真是抱歉。」

「沒這回事！」

御園馬上使勁地搖頭。

「我才真的很抱歉，一直哭。我只是……」

經過一陣躊躇的短暫沉默後，御園補上一句：

「因為太高興了。」

明明是這種時候，但她微笑的嘴角卻不顯一絲陰暗。步美心頭一震。那澄淨的微笑，無比率真。看到她這樣的表情，步美只覺得自己對她已經無話可說。御園向沉默不語的步美問道：

「嵐就快來了嗎？」

「嗯，等一會兒我會到下面去接她。」

「……我有件事想先跟嵐說。」

御園低頭望向自己的雙手，如此說道。剪得乾淨整齊的指甲，以及掛在耳際的秀髮給人的潔淨感，與教室裡那些同年紀孩子的身影重疊。步美心中難過，無法直視她，隨口應道「嵐同學也很想見妳」。

「她說妳是她的摯友，很想見妳一面，她好像一直在找尋使者的聯絡方式，費了一番工夫。」

「這樣啊。」

她嘴角再度浮現笑意，但這次的表情有點僵硬，帶有些許落寞。

「沒想到步美同學你是使者，嚇了我一大跳。我們是同屆，但我卻都不知道。啊……」

御園突然噤聲。

「怎麼了？」

「真是抱歉，我從剛才就一直叫你步美同學，這是我的習慣。」

「沒關係，我們男生之間都是直接叫名字，而不是以姓氏相稱。」

「真的？謝謝你。」

她說的習慣，指的是什麼？雖然心裡納悶，不過步美這番話，再度令御園眉開眼笑。在她的注視下，步美有點不知所措，於是他再次轉移視線，不過這次並非是因為看了難過的緣故。

御園所呈現出的氣氛，總覺得與之前那兩名死者不大一樣。似乎不光只是因為認識她的緣故。她神情平靜、率真，時哭時笑，感覺得出她心中已有所覺悟。彷彿早已做好準備，靜靜等候重要時刻的到來。

與嵐美砂約定的時間已近，步美看了手錶一眼說道「時候快到了」，御園這才以略帶怯意的聲音說了一句「步美同學」。

「我會變成怎樣？」

步美很希望她圓睜的雙眼可以轉向一旁，他不由自主地緊抿雙唇，御園可能是從他的表情中看出了什麼，旋即又低下頭去，低聲抱歉。

「我一定會消失對吧，對不起，步美同學，讓你感到為難。」

「沒這回事……」

「你要好好過你的人生，別留下遺憾哦。」

御園突然抬起頭來，露出不可思議的微笑，不確定是不是強顏歡笑。

「因為大概就只有我可以這麼說，有想做的事，最好趁在世時全部做完。像我就沒辦法，心裡滿是遺憾。」

「……嗯。」

步美以前和她幾乎沒說過話，所以他對御園一無所知，她應該也是，所以這時候也只有點頭了。

「步美同學，我……」

步美即將步出房外時，御園突然叫住他。又是泫然欲泣的神情，可以看到她手指微微顫抖，步美裝沒看見。

「什麼事？」

「我……」

國中時，有位學妹曾在畢業典禮結束後，向步美要制服的第二顆鈕釦。他想起當時的情景。那時候，那位學妹如同在強忍打嗝似的，一再重複說著「我對學長……」，說到一半又把話吞了回去，最後像是找別的話語替代似的，說了句「請給我您的鈕釦」。

御園感覺就像當時那位學妹，一副欲言又止的模樣。「你這件大衣真帥氣。」她以斷斷續續的聲音說道。

步美這才想到，自己在室內還穿著大衣。他恍然大悟的「哦」了一聲，伸手摸向大衣，這時御園以哭笑難分的表情，皺著眉頭說：

「我以前就覺得這件大衣很帥，常望著你瞧，例如早上一起上學的時候。所以才會擅自叫你步美同學，真抱歉。」

「沒關係。」

「不好意思，你去忙吧。」

御園嫣然一笑。

「最後還可以這樣和你聊天，我很高興。你這件大衣是渡邊淳彌對吧？」

「沒錯。」

步美伸手摸了一下肩上的皮革部分，御園接著說：

「如果是少男服飾的話，我比較喜歡川久保玲的設計，不過，看你穿上它之後，我這才覺得渡邊淳彌的設計也很帥氣……我一直很想告訴你這件事。」

「嵐同學也說過同樣的話，說她喜歡川久保玲。」

步美原本想笑著對她說，他手摸大衣，本想接著說一句「因為妳們是好朋友對吧？」但他說不出口，御園一聽步美這麼說，臉上的表情完全消失，之前圓睜的大眼，轉為空洞無神的黑洞，雙脣微張，一臉愕然。

「御園同學？」

步美對此相當詫異，不禁窺望起她的臉。她原本微張的嘴脣改為緊抿，臉部肌肉像結凍般，不自然的緩緩抽動。

「嵐真的說過？就像你剛才那樣說嗎？」

「是啊。」

「在我死後嗎……？」

她的聲音宛如光滑的寒冰，受寒氣籠罩，清澄透明，不帶任何表情的聲音，努力在找尋情感的出口。分不清是憤怒還是悲傷，那往負面去的聲音，似乎沒有終點。

儘管被她的怒顏震懾，步美仍舊不忘點頭：

「她為了見妳，而前來委託我。之前和她見面，問她一些事情時，她是這樣對我說的。」

御園空洞的雙眸，甚至沒半點動搖。她緊抿的雙脣裡，暗自噓了口氣。步美還沒回答，她已經搶先一步開口，就像是要緩緩潤濕乾燥的雙脣般，說得極其緩慢。

「……步美同學，可以拜託你一件事嗎？」

那是不容拒絕的口吻，她重拾光芒的雙眼，看得出相當受傷，令人看了難過，反而是剛才雙眸空洞時，看起來還比較明亮。

「可以幫我傳個話嗎？只要把我說的話轉告嵐，她應該會明白話中的意思。她和我見完面後，要是問你『有留言嗎？』你就轉告她。如果她沒問，你就忘了這件事吧。」

御園後來只請步美轉告一句話。

步美為之一愣，但還是回了句「我明白了」，他不懂話中的含義。

「拜託你了。」

御園嫣然一笑，接著她低頭行了一禮，送步美走出房外。

之後嵐的模樣令人不忍卒睹。

「讓我去！讓我再去見御園一面，一下子就好！」

打從步美懂事以來，幾乎沒看過這種嚎啕大哭的模樣。她豆大的淚珠撲簌直下，步美伸手想制止她，卻被她甩開，努力想要掙脫，一再叫喚御園的名字。

和上次一樣，步美將御園所在的房間鑰匙交給前來赴約的嵐。嵐雖然一樣容貌憔悴，但在那之前舉止一直都很正常，當天邊漸露魚肚白時，結束會面的嵐也回到了大廳。

她表情變得開朗不少，雖然兩眼泛紅，像剛哭過似的，但反而顯得很神清氣爽，看得出整個人變得積極樂觀許多。

結果卻因一句留言整個翻盤。

步美只是依言傳話，但這句話卻令嵐的表情驟變，眼看血色逐漸從她臉上抽離。她纖瘦的身軀一陣搖晃，緊接著下個瞬間，就像被風吹跑般，猛然想往電梯的方向奔去。

御園的留言究竟發揮了什麼功用，步美不清楚。但那似乎與她喪命的那起事故有所關聯，如果沒和御園見面，嵐便不會問及留言的事。

「求求你，求求你！」

御園、御園——

嵐以斷斷續續的聲音叫喊著，步美雖然慌亂，但仍死命按住她的手臂，支撐住她幾欲癱倒的身軀。

祖母吩咐過，委託人只要一旦結束會面，步出房外，就不能再走回房間。步美很認真的告訴嵐「沒辦法」，但嵐還是不死心。

「既然這樣，那請你代替我去。請你去陪御園，在她消失之前，請你陪在她身旁。」

對不起，對不起。

嵐表情扭曲，放聲叫喊。任憑淚水奔流而不擦拭的臉龐，由白轉紅，長髮緊黏在臉上。

步美什麼忙也幫不上。

感覺得到玻璃門外的陽光逐漸由淡轉強。他瞇起眼，旭日升起。在他臂彎裡的嵐，可能是哭泣的緣故，感覺無比溫熱。

臉上掛著澄澈微笑的御園奈津，她的手臂感覺得到體溫嗎？真想碰觸看看……望著變亮的面積逐漸擴大的天空，步美心中充塞著這個念頭。

「你要好好過你的人生，別留下遺憾哦」。

嵐的哭聲久久未歇，也許是雙腿使不上力，她就這樣跌坐地毯上。像誦唸咒文般，不斷反覆說著對不起。

不知道御園到底對嵐做了什麼，也不知道兩人之間發生過什麼事。不過，唯獨有件事步美相當清楚。

御園奈津讓嵐美砂背負了一輩子都無法抹滅的懊悔。

「讓我再見御園一面。」

不顧一切的嵐，她的哭聲聽起來就像音樂盒突然中斷時的聲音。之後她兩眼無神地望向門外，宛如被奪走行動能力般，久久不肯起身。

9

步美說完嵐美砂與御園奈津會面的情形後，祖母低語一聲「這樣啊」，露出凝望遠方的眼神。

「真是可憐。」

步美不明白該如何處理她們兩人的事。

「我想起奶奶妳先前說過的話。」

步美意志消沉，祖母聽他的聲音不帶半點起伏，急忙抬頭問道「我說過什麼？」

「那時候妳第一次提到平瀨小姐委託的事，妳說，妳不認為死者和想見的人見過面之後，就都能心滿意足地升天成佛。」

「我是說過。」

「我認為這對委託人來說也是一樣。」

御園，對不起。

嵐美砂今後會怎樣？之前她找步美委託時，那種非見對方一面不可的氣勢已蕩然無存，她瘦弱的身軀已無半點活力。嵐在透過使者與御園見面後，好友的死，似乎更令她感到懊悔。就像從枯木奪走所剩不多的水分般，嵐活力全失，落寞的離去。

是因為我沒轉告她真正需要的事嗎？

還是我幫了倒忙？

儘管會覺得沒見面反而好，但她應該還是會繼續過日子，直到人生結束。

昨晚步美徹夜難眠，自己日後或許也會有會面的機會，他被迫思考這個問題。他有自信在見過某人之後不會後悔嗎？有把握不會像嵐那樣嗎？

就算與父母見面，步美也沒有什麼非告訴他們不可的事，也沒把握自己不會說出沒必要講的事。

他只記得父母感情融洽。

腦中連結的總是開朗歡樂的影像，以煎蛋包裹的飯糰、陽光、向日葵、母親感冒時父親做的蛋包飯……步美記憶中的父母，全部在明亮的黃光下緊緊串連在一起，清楚鮮明。

之後發生的那起事件，對步美來說，無疑是入侵的異物。對他們兩人的死亡真相，說不在意是騙人的，但他害怕面對。沒人可以保證他絕不會後悔。

「差不多該準備正式交接了。」

祖母的聲音滑入步美耳中。

看到步美不由自主地挺直腰桿後，祖母接著問了句「你覺得怎樣？」儘管聲音聽起來若無其事，但步美覺得她那沙啞的聲音，是事先特別精心準備，看準時機才說的。

一旦接受使者的能力，步美就沒機會與死者會面。換言之，步美眼下已經必須做出抉擇。

「……使者這工作真的很辛苦，本以為只是很單純的旁觀者，但沒想到自己也會受到波及。」

「沒錯。要見證別人的人生，不能用馬馬虎虎的心態去面對。」

「奶奶，妳也沒跟我說明清楚，就要由我來繼承，未免也太狠了吧？」

「就算這樣，我還是想由你來繼承，所以這也是沒辦法的事。如何？你要就此罷手嗎？」

「我願意擔任使者。」

祖母爽朗地笑了，雖然看起來笑得有點刻意，但步美也在她的影響下，緊繃的雙頰略微放鬆。

「……下次從接受委託，到與死者交涉，你都和我一起進行吧，我會示範給你看，你在一旁觀摩，之後再自己作決定。下次還是由我擔任使者的角色。」

「我明白了。」

「我會去找適合的委託人。」

「想找就找得到嗎？」

「等到你像我這樣的時候，你自然就會了。」

祖母故弄玄虛地說道，接著旋即又轉為笑臉。

「到時候我會問你想和誰見面。接受你的委託，大概是我最後的工作。」

「……妳想和我爸爸見面嗎？」

步美覺得現在問這個問題正是時候。

祖母的表情幾乎沒任何變化，就只是瞅了步美一眼後回答「這得由你決定」。儘管口吻平靜，但聲音堅決。

步美聞言，發現自己竟然想將選擇的責任丟給祖母。關於他父母的死，平時家人之間幾乎都不會提及。就像是要隱瞞那起事件般，叔叔和嬸嬸總是刻意說些無關緊要的事，例如「我哥他是這樣的人」、「大嫂她做過這樣的事」。

冷靜地說完這句話後，祖母的眼神轉為柔和。

「等你拿定主意後，再和我說一聲。」

我哪拿得定主意啊！步美默而不答。

兩週後，祖母找到了下一位委託人。

土谷功一，於東京一家影像相關機器的公司裡任職的上班族。

「他今晚應該會打電話來，你在我房間接聽。」

祖母悠哉地剝著橘子說。步美說自己會剝，但她還是陸續將除去白絲的橘瓣遞給步美。橘子並不甜。

10

與土谷功一約見面的前一天放學後，步美結束社團活動，在腳踏車停放處將包包放進前車籃時，背後突然有人朝他喚道「澀谷同學」。

他轉頭看，嚇了一跳。

嵐美砂就站在他面前，肩膀上下起伏，微微喘息。

她披著一件淡紫色和服，腰間以繩子繫住。沒附衣帶的簡便和服底下，露出學校的體育服。

「我正準備從練習室回家時，剛好看見你。」

聽到練習兩個字，步美突然想到她是話劇社的成員，這件和服應該是戲服吧，她就以這身打扮跑來追步美。步美抬頭望向校舍，可能是因為時間已晚，只剩三樓的一扇窗還亮著燈光。

「今天我拿到票了，話劇社的公演……畢業典禮結束後演出的《鹿鳴館》。」

她蒼白的臉頰益顯消瘦，更突顯出她凹陷的眼窩所散發的光芒，呈現出不太自然的存在感。她遞出的門票，上頭蓋的印章油墨尚未乾透。

「要記得來看。」

離那次會面已將近一個月之久，兩人從那之後一直沒交談過，不過嵐還是老樣子，說話語氣強硬，充滿戒心。就像硬把責任推給別人似的，把票遞到步美手中，不過她的手在顫抖。

她如同在逞強般，以尖硬的聲音說道，但是卻克制不了身體的顫抖。她旋即把手放下，想加以掩飾。

「我知道了。」

步美低語似的回答，這時，嵐的眼睛變得扭曲。看起來像在責備，也像在壓抑。她旋即低下頭，以略微化解緊繃氣氛的聲音說了一句「再見」。

她低垂的臉浮現安心與感謝之色，步美覺得這並不是自己多心。不過，接著嵐還是神情冷淡，像先前一樣，全身緊繃地離去。從她走路的模樣看得出來，她連對自己的背影都很在意，沒半刻鬆懈。

本以為她是個盛氣凌人，說話很不客氣的女孩，不過，無法率直地傳達自己的感謝和好意，她自己一定也深受其擾。

委託人土谷功一想見的人，是他七年前失蹤的未婚妻。

步美覺得此人一定是一直在等待對方歸來，同時也對生死未卜的戀人做諸多可能的猜想。

他是個看起來很親和的正經人。

連對步美這樣的高中生也禮貌周到，不會刻意掩飾自己心中的猶豫。他在來這裡之前，或許付出很大的勇氣。盤起的雙臂，始終不曾放開過。

那天夜裡，步美在醫院裡待到天黑。

「那我們開始吧。」祖母取出一個紫色包袱，接著從裡頭拿出一個青銅製的東西，同手掌般大，步美從沒見過。

「那是什麼？」

「只有使者才能持有它，是一面鏡子。」

祖母將它包覆在手中，蓋住鏡面，以強硬的語氣告訴步美「你現在還不能看」。

祖母帶步美來到常去的中庭，毫不遲疑地穿過無人的餐廳，打開上鎖的門，來到戶外。

明月高懸，夜裡的中庭比想像中還要明亮。

由於四周是病房包圍，還亮著燈的房間，光線一路照向中庭，遠方傳來電視聲，應該有不少人看同一個節目，同樣的聲音一再重疊，傳遍開來。窗戶的亮光相當熱鬧，但現場卻只有步美與祖母兩人，感覺很不協調。

「冬天妳也是一個人在這裡與死者交涉嗎？」

望著身穿病人袍的祖母瘦弱的肩膀，步美有點擔心。祖母搖著頭，刻意轉移話題道「現在還算不上冬天」。

「接下來我要告訴你重要的使者心得。」

擺在長椅上面朝天空的青銅鏡，似乎只能勉強折射月光，發出昏黃的光芒。

「你不可以偷看。聽好了，首先使者會用這面鏡子召喚出死者。不過，唯有持有鏡子的使者才能辦到。在移交能力時，新的使者會與鏡子締結契約。從那時候開始，舊的締約者便會喪失使者的資格。」

「嗯。」

「鏡子隨時都得擁有締約者，就算失去締約者，也得馬上找到下一個締約者才行。否則從古延續至今的使者能力，將就此中斷。」

「好重大的責任啊。」

雖然沒有開玩笑的意思，但還是不小心脫口而出。因為過去一路交接的鏡子和能力的接力棒，即將在自己手中停下。祖母眼角浮現魚尾紋，笑著說了一句「是啊」。

「所以你也要負起責任，將它延續給下一個人，明白嗎？」

「明白。」

「等締結契約後，便要鏡不離身。就算是家人，最好也別讓他們知道你持有鏡子的事。像我就處理得很好吧？」

「嗯。」

步美甚至不知道家裡有這麼一面鏡子，祖母命令不准偷看那面鏡子，愈教人想看個仔細，但打從剛才起，祖母便充滿戒心，與步美保持固定距離，不讓他靠近。

「接下來要講的是更重要的事。」

祖母的聲音轉為嚴肅，步美應了聲「嗯」，祖母直視著他的雙眼。

「要是鏡子持有者以外的人偷看，當事人和鏡子的持有者都會喪命。」

感覺包覆月亮四周的青光，頓時往自己周遭灑落，祖母露出從未見過的嚴肅表情。

步美的視線差點就往擺在長椅上、面朝天空的鏡子望去，他知道這樣的姿勢很不自然，但還是急忙低下頭去。

「妳說會喪命？」

「沒錯，所以非得鏡不離身，自己妥善保管不可。我出嫁時，父親和哥哥告訴我，絕不能向任何人透露鏡子的事。他們說，此事非常危險，就連對我的先生，就是你爺爺，也不能說。」

祖母就像要緩和緊繃的氣氛般，微微嘆了口氣，「不過，就算我告訴他，他可能也不相信。」

「因為你爺爺原本就對我娘家祖傳的事業抱持懷疑的態度。」

「……奶奶，偷看的人會喪命這件事，我明白。不過，連鏡子的持有人也會死嗎？兩個人都會喪命？」

「沒錯。」

祖母明確地點頭。

「一旦持有人以外的人偷看，鏡子的持有人似乎就得從頭來過。為了讓持有人對自己的管理疏失負責，他會和偷看的人一起喪命。」

步美原本想保持鎮定的神情，但吞口水時，喉嚨發出聲響。

「會怎樣喪命？」連步美都覺得自己的聲音很緊張。

「到底會發生什麼事，我沒親眼見過，所以不清楚，但一定很痛苦。」

祖母說話時表情看起來很痛苦，她垂眼望向地面，接著又再望向步美。

「所以才會一直都需要有鏡子的締約者存在，若是長期都沒有締約者，將沒人可以控制這面鏡子，一旦有人看它，便會喪命。」

「妳現在才告訴我它是這麼可怕的東西，算不算欺騙？」

步美當自己是在開玩笑，但其實有一半是真心話。儘管心裡明白現在已經沒辦法抽手，但剛才他不敢看鏡子的行為，又不知道該怎麼解釋。

祖母不為所動地搖了搖頭。

「要交由你繼承時，會按照規定的步驟，進行銅鏡主人的交接，所以不會有問題。只要遵守規定，就沒什麼好怕的。」

「可是……」

「就從這次開始吧，你離遠一點，好好看著。」

祖母抬起臉來，感覺她眼中滿溢著白天時在醫院裡看不到的力量。

土谷功一委託要見面的日向輝梨，目前下落不明。而且那可能是她捏造的名字。正當步美心中暗忖該怎麼辦才好時，跪坐在長椅前的祖母朝鏡子伸出手。

她手指擺在鏡面上，就像在攪拌飲料中的奶油般，緩緩畫圈。從步美所站的位置，無法看清她手中的動作，而且在聽過祖母充滿恫嚇的那番話後，步美更是不敢跨越雷池一步。

祖母口中唸唸有詞，那宛如嘴裡嚼著口香糖的輕聲低語，並非什麼特別的咒文，似乎是在誦唸委託人土谷功一的名字、日向輝梨的名字，以及她失蹤的日期。

不知過了多久的時間。

祖母手指擺放的鏡子，突然有一瞬間像是清楚承受了月光的照射。恍如在電影院裡，看著銀幕接收放映機從背後的小孔所投射的光線般，那月亮與鏡子之間相通的光線，好似會引來周遭的粒子匯聚，逐漸變大。宛如發光的螢火蟲，或是相似的白雪，朝某個點聚集。

以鏡子為中心擴大的光線，旋即連結成一個影像。現場突然出現一名女子的身影。

是個女人，一名與土谷功一的描述相當吻合的女子，就站在現場，全身散發著光芒。她緩緩望向四周，以及自己的手掌。

步美看傻了眼。

他原本以為在召喚死者時，是透過鏡子，從看不到的「陰間」召喚死者，把人從裡頭帶出來。不過死者並沒有從鏡子裡出現。那人就像螢火蟲匯聚而成的光線粒子，在鏡子上凝聚成一個形體。

感覺此時出現的她，與其說是死者的靈魂，不如說是她仍殘留在這世上的「昔日身影」。

也許是因為祖母的喃喃聲中，包含了委託人姓名的緣故。感覺像是土谷功一的記憶，以及想見日向輝梨的心願，透過鏡子將她的記憶引來這個現實的場所。

「妳好。」

就像在指引道路般，祖母呼喚著她，女子的目光這才投向位在自己下方的祖母。

「有個人想見妳。」

就像在看兩個人隔著聲音無法穿透的玻璃在對話般，一臉錯愕的女子，圓睜著雙眼，她遲遲沒出聲。步美想起他看過一齣卡通，劇中人物是失去聲音的人魚公主。光粒持續在黑夜中浮現，如同海中的氣泡。

祖母的表情祥和。

「日向輝梨小姐，妳記得自己發生什麼事嗎？」

在光芒中，她緊按著自己喉嚨，向後退去。她臉部表情僵硬，再次以難以置信的眼神望向祖母。

「真對不起。」

祖母低下頭，恭敬地行了一禮。

「土谷功一先生想見妳，不過他還得再等一段時間才能到這裡來，可以先詢問妳的本名嗎？」

「我叫鍬本輝子。」

在真實的聲音傳進耳中的瞬間，她身體四周飄蕩的透明亮光全部一掃而空。她手抵著嘴唇，另一隻手再次按住喉嚨，眼中淚水撲簌而下。

那天晚上祖母告訴步美，光有光的通道。

那條通道與品川這家飯店相連，就如同是在透過鏡子與月亮相連的通道中途下車般，委託人想見的死者，得以在飯店裡的房間現身。

「所以滿月是最適合的日子。月光愈強，能相處的時間也就愈長。」

鍬本輝子消失後，祖母和步美回到可以看見中庭的餐廳。營業時間老早就結束的餐廳，暖氣早已關閉，不過與外頭相比，還是感覺得到暖意，就像空氣輕柔的包覆全身。

「妳是指靈魂的通道嗎？」

如果是這樣，這種概念步美曾在一些鬼故事或解釋靈異照片的電視節目中聽過。但祖母卻是側著頭應道「與其說是靈魂，不如說是像貓所走的通道那樣」。

「就像地盤一樣，一定有個限定好的範圍。」

「嗯。」

這譬喻步美不太能理解，但他還是點了點頭。

夜裡的餐廳，自助式綠茶和飲水機仍舊運作中。準備好兩杯溫茶擺在桌上後，冒出的白茫熱氣比白天更顯眼。

祖母旋即詢問：

「感覺如何？」

「就像是捕捉記憶。」

剛才目睹的景象，深深烙印在眼裡。那名女子全身為白光包覆的身影，仍殘存於步美眼底，但隨著時間經過，覺得它存在於現實中的真切感受卻逐漸轉淡。

「給人的印象，就像是從模糊不明的地方帶出死者來。與其說是從陰間召喚死者，不如說是從各個地方收集死者遺留在人世間的碎片和記憶，勉強湊成人形。」

祖母沉默不語，步美接著說：

「可能是因為妳使用鏡子召喚死者時，喊的也是捏造的名字，所以才會給我這種感覺。即使喊的不是真名，卻還是能召喚死者，更給人這種感覺。老實說，我不太覺得那召喚的是死者的靈魂。」

「夠敏銳，我也曾經這麼想過。」

祖母這才噗哧一笑。

「不過，我是花了幾十年的時間，好不容易才想到這點，所以你算很快了。」

「我只是隱約有這種感覺，然後忍不住就這麼想了。」

這是看到那光粒匯聚的模樣後，自然湧現的想法。剛才祖母召喚的那名女子，以及先前的人們，該不會都是因為有人「想見一面」，才形成由記憶匯聚而成，擁有自我意識的殘影吧？所以死者的模樣才只能維持一個晚上，只能和一個人會面嗎？

祖母以不帶情感起伏的聲音說：

「因為我只從哥哥那裡聽到做法，繼承了這面鏡子。我召喚的某人，是否真是對方的靈魂，其實我也不清楚。」

「這樣的話……有意義嗎？」

步美自言自語。

剛才被耀眼白光籠罩的中庭，此時一片闃寂，高處的窗戶透射出的燈光，也大多熄去。走進餐廳後，連電視的聲音也聽不見了。

也不知道祖母是否有聽他說話，她靜靜坐在步美面前，神色不定。

「如果死者就這麼死了，根本沒有什麼靈魂的話……或是早已升天成佛，在那個世界過著安穩的生活……那麼，想和死者見面的這種心願，不就是活人單方面的一種自私的呈現嗎？」

由影子匯聚成的死者，就算擁有生前的自我意識和記憶，出現在人們面前，一旦到了早上還是會消失。之前步美一直相信他們是死者的靈魂，但如果在這裡會面的記憶無法帶往他處，那麼，召喚出的「死者」，將只能留在委託人在世時的記憶中。

這樣有任何意義嗎？

「秋山家代代都從事占卜。」

隔了半晌，祖母才這麼回答。這麼長的時間以來，她見證過什麼場面，看過些什麼？就算祖母自己沒說，從她的聲音中也聽得出歷經漫長的歲月。

「感到迷惘的人們，為了尋求引導而前來，這就是占卜。」

「妳的意思是，使者也是為了這個目的而存在嗎？這不是對死者的一種褻瀆嗎？死者明明完全沒任何改變，但自己的複製人卻和活人見面。」

如果記憶和想法完全一樣，那麼，比起單純的複製人，應該更接近本人才對。儘管如此，步美還是無法釋懷。

「死者為了活人而存在，這樣好嗎？」

祖母沒回答。

有人藉由和死者見面，而得以繼續面對人生。就像仰賴占卜一樣，藉此給自己的生活帶來色彩，消除心中的遺憾。但這不就像是若無其事地消費死者，蔑視死者的存在嗎？步美覺得這種想法實在過於傲慢。

有時並不會帶來好的結果，就像嵐美砂的情況一樣。

此刻自己就像是在拿別人出氣，步美自己也有這樣的自覺。他一直很猶豫，不知道自己該和誰見面。

有人想念自己，非常開心，這是受兒子召喚的畠田老太太說過的話。那聲音就像刺一樣卡在他心頭，至今仍揮之不去。

問題不在於步美想不想見他們，而是他爸媽究竟如何看待他。還有，他這麼做是否有意義？如果他們只是遺留在這世上的記憶，那麼，步美想知道事情真相，想和他們見面，終究也只算是藉此聊以自我療慰罷了。

如果步美和父母的其中一方見面，一定會為自己沒能和另一方見面感到懊悔。這首次在他腦中掠過的念頭，化為清楚的預感。

「這次交涉花了不少時間，平時都會比較快。」

祖母說。她似乎不想回答步美剛才的問題。

「不過，好在鍬本小姐決定要和對方面見。」

「……嗯。」

祖母召喚出的鍬本輝子，原本很猶豫要不要和委託人見面。

她的模樣也是令步美停下來認真思考的原因之一，她的戀人不知道她已經過世，至今仍深愛著她，等候她歸來，一旦和對方見面，這次她在對方心中將會真正的死亡。

鍬本輝子花了很長的時間才做出答覆，她說，就算會被遺忘也無妨，她還是想見他一面，她下定決心的聲音，聽起來哀痛欲絕。

她說，希望對方能繼續過往後的人生。

完全以旁觀者的立場守在一旁的步美，默默觀察她的模樣。死者究竟是為了誰，為了什麼目的而出現在這裡呢？

步美自己作抉擇的時刻也快到了。

11

祖母說，你只要帶束花去就行了。

這不合步美的個性，而且要是被他的朋友們撞見，肯定會引來訕笑。祖母不理會步美心中的排斥，仍舊很不負責任地說「現在這個時節，應該是送香豌豆花或鬱金香吧」。

「畢業典禮不也是同一天嗎？既然這樣，那有什麼關係？你只要假裝不是要送女孩子，而是要送學長或其他人，那樣就行了。」

「問題不是這個，男生帶花去學校，會顯得很突兀。」

「可是小嵐一定會很高興的。」

就只是因為接過對方電話委託，有這個緣分，祖母便像在叫親戚家的孩子般，以此稱呼嵐美砂。步美不理會祖母的話，隔天前往學校。

畢業典禮結束，用完午餐後，留在體育館裡的學生比想像中還來得多。演出的劇名為三島由紀夫的《鹿鳴館》，步美從沒看過這本書。

他在入口附近換上體育館的室內鞋時，恰巧聽人提到追悼公演的事。他急忙抬起頭來，發現有兩名看起來像學妹的女生並肩走去，其中一人還開心地叫著「我們去那邊坐吧」。兩個人看起來長得很像。

步美沒告訴其他朋友，自己悄悄前來觀看。之前直呼嵐很可愛的那位同學，今天去慶祝社團裡的學長畢業，下午有場聚會，已經先回家，或許那位同學原本關心的程度就僅止於此。步美在入口處領取節目表後，發現演出角色列在第一個的便是嵐，看來她是主角。

節目表左上方寫有一篇標題為「關於公演」的文章，文中提及御園那起意外事故，並不是由嵐執筆。

在舞台正前方最好的座位，坐著一對像是學生家長的夫婦。步美不經意地望向他們，視線定住。那對夫婦手中拿著照片，那看起來價格昂貴的木製相框裡，是那天在飯店見過的御園奈津面帶微笑的照片。

步美屏住呼吸，望向舞台。布幕放下的舞台上，似乎正在進行舞台道具的擺設，不時從布幕內傳來擔任顧問的老師催促的指示聲。步美不經意地從舞台中央望向舞台邊，視線再度定住。嵐和上次在腳踏車停放處追步美的時候一樣，穿著一件淡紫色和服，正望著觀眾席，今天她很正式地綁上腰帶。

她注視著御園遺照的眼神無比熾熱，連在一旁觀看的步美也感覺得到。御園的父母並沒發現。嵐就像下定決心般，下巴往內收，就這樣走進布幕後。

嵐所扮演的主角相當出色。

其他社團成員根本無法與之相比，她的演出流暢自然，憤怒、迷惘、喜悅、懇求、悲嘆，演來入木三分。她說起台詞行雲流水，並以鬼氣逼人的氣勢責罵她劇中的丈夫。不論是和服還是禮服，英姿挺拔的嵐穿起來都分外好看。

看著看著，步美多次很想臭罵他那位老是誇讚嵐外表漂亮的同學，這麼精采的戲，怎麼可以不來看呢。

只有嵐不一樣，現場只有她是認真的。她站在舞台上，說出最後一句台詞。

「咦，有槍聲……」

布幕放下，掌聲不絕於耳。

接著在謝幕時，所有社團成員皆笑得燦爛，就只有嵐完全不笑，看起來宛如仍沉浸在劇中那位夫人的角色中。不過，拉著禮服下襬的她，看起來像在朝某人低頭行禮。

公演結束，體育館的人潮散去後，步美幾經猶豫，決定到舞台後方探望。

可能是在一片好評聲中結束舞台表演，有種使命達成之感，社團成員們聽前來拜訪的朋友們發表感想，因受到誇獎而臉泛潮紅，相視而笑。也有許多社團成員奔向留在前方觀眾席上的御園父母，紅著眼眶和他們說話，想要替他們打氣。

到處都不見嵐的蹤影。

在舞台道具後方，她獨自站在還沒人來整理的舞台上，默默將小道具裝進紙箱。被厚厚的布幕遮蔽的舞台後方，感覺外面的聲音無比遙遠。

她沒發現步美的存在，已經換下戲服。外頭的成員們全都還陶醉在餘韻中，仍穿著戲服，但嵐已換回運動服。梳理得很講究的頭髮，以及化好妝，充滿成熟韻味的臉蛋，配上這身運動服顯得特別突兀。

她緊咬著嘴脣。

在眾多小道具中，她緊握著那件淡紫色和服。纖細的頸部，骨頭浮凸，從她眼中完全感覺不到其他成員那種喜極而泣的氣氛。

步美本想和她說話，但還是決定作罷。

「嵐——」

擔任顧問的老師在外頭叫喚，嵐表情不變，就像是她職責所在似的，應了聲「在這裡」，往舞台的另一側走去，完全沒發現步美的存在。

步美心想，在空無一人的舞台上，嵐應該還會繼續下去，包括話劇和其他一切。儘管失去了一些東西，有心事塵封心中，但她還是得繼續下去不可。

走出體育館後，步美發現嵐的單車還留在腳踏車停放處。他把花束放在嵐的單車前車籃裡，由於之前他把花藏在書包裡，有幾片花瓣已被壓爛。

他祈禱千萬別被任何人看見，轉頭張望，在並排的單車中，就只有嵐的單車有鮮花點綴的顏色。望著隨風搖曳的香豌豆花，他心想，春天到了。

季節即將更迭。

祖母住院，第一次聽聞使者的事情時，是剛入冬的十一月，如今風向已逐漸改變。亮光通過灰濛的天空。

12

土谷功一會面的日子，不巧是陰天。從前一天便一直關注天氣預報的祖母，不斷低語著「真傷腦筋」。在看不到月亮的夜晚，會面的時間會比平時更短。該改到下一次滿月嗎？至少也要等到放晴的夜晚吧？步美受祖母之託，打電話前去詢問，但土谷在電話中回答「就今天吧」。

他那空洞的聲音教人擔心，但步美還是就此掛上電話。

到了約定當天，在飯店房間裡等候的鍬本輝子雖然神情緊張，但看得出相當高興。

她一再把玩著她左手無名指上的戒指，發現步美正在看她，微笑著說道「因為我才剛收到這個戒指不久」。

她真的是那名過世的死者嗎？還是鏡子匯聚成的影子呢？步美思索著，一種無來由的不舒服感再度浮現。

「您是為了讓他繼續過自己的人生，才和他見面嗎？」

他自認已經相當小心，不讓自己露出不高興的聲音，她點頭回了聲「嗯」。那是爽朗、不顯一絲陰沉的面容。

「見了他之後，他或許會忘了我，但我還是想見他一面。」

「……這樣啊。」

死者的願望有可能實現嗎？

那該不會是活人和跟在一旁見證的使者在自我滿足吧？

頭確認。

可是，看到她說「真期待」，並一再向鏡中映照自己的戒指，令步美無話可說。

「那我走了。」步美如此低語，走下大廳去迎接她的未婚夫。

「請慢走。」鍬本輝子以開朗的聲音應道，步美心想，她或許只是在強顏歡笑，但他不敢轉頭確認。

約定的時間已過了十分鐘，步美撥打對方手機，但連一聲也沒響，就直接轉進語音信箱，這時步美開始有不祥的預感。

每次正面的玄關門開啟，車子輪胎駛過濕亮路面所發出的聲響便會傳進飯店內。每次他都會抬頭查看，但前來的人都不是土谷功一。

步美暗自咒罵。

不應該這樣吧，聲音從他口中逸洩而出。

他一再撥打那無法接通的電話，大廳的壁鐘每三十分鐘便會傳出鐘響，已經七點半了。

他不由自主地望向電梯的方向。

想到人在房裡的鍬本輝子，此時不知是以什麼樣的心情在等待她遲到的未婚夫。回想起剛才她在鏡中照著手中的戒指，頻頻整理頭上髮型和儀容的模樣，步美不禁滿腔怒火。

透過使者與死者見面，藉此繼續過往後的人生，或許這的確是活人自私的想法。但對方下定決心，為此現身，結果他自己卻臨陣脫逃，這未免太怯懦了。

步美打電話到醫院，請護理站轉接祖母。說完情況後，祖母長嘆一聲「怎麼會這樣呢」。

「奶奶，現在該怎麼辦？」

「等等，步美，對方一定會來，否則一開始他就不會來委託我們了。」

「可是我不能原諒他這種行為。」

步美的聲音充滿怒意，連他自己都嚇了一跳。他用手機撥打電話的這段時間，每次飯店大門開啟，走進來的人都不是土谷，這令他益發焦躁難耐。在房間裡不知發生何事，一味枯等的輝子，此刻心情一定更為焦急。

等今天結束，不論她是靈魂，還是生前遺留的碎片，都將真正的消失。

「他應該已經來到附近，就算得等上一整晚也沒關係，你還是要繼續等。」

「可是……」

「步美。」

「他今天要是沒來，他委託使者這件事，會令他後悔一輩子的。」

不知為何，嵐獨自默默在舞台後方整理道具的側臉浮現他眼前，與外頭飄雨的街道重疊，他掛斷電話。他明白祖母想說的話，但還是將手機放進口袋裡，步出飯店外。

步美懂得對方膽怯的心情，就算他臨陣脫逃，步美也能明白。

他穿過大門，走過前方的斑馬線時，這才發現自己把傘忘在大廳裡，他不想折返回去拿。現在要是往回走，便再也提不起勁出外找人了。現在唯一能仰賴的，就只有祖母說過的話和自己的直覺。

土谷應該已來到這附近，如果是步美，一定也會這麼做。

從這裡到車站短短的一段路，兩旁的咖啡廳和餐廳映入眼中，我豈能就這樣讓你逃掉！這是步美此刻唯一的念頭，我豈能眼睜睜看著別人在我面前陷入不幸的深淵。步美並非當事人，但是像嵐美砂當時那種教人難受的感覺，他已經不想再重來一遍。

步美此刻想做的事，一定違反規矩。

口袋裡不斷震動的手機，應該是祖母打來的。

為什麼我要這麼多管閒事呢？步美自己也覺得很急躁，在大雨淋濕身體的這段時間，他突然有種想要放棄的感覺，什麼都不想再管了。找尋土谷，感覺就像是一種很單純的作業，只為了給某人一個交代。

這麼做又有什麼用呢？

大雨下個不停，雨勢和聲響都比他傍晚抵達品川車站時還要猛烈。放棄吧，如果再找下去，就得到車站對面去了，有必要這麼做嗎……他已經提不起鬥志。

步美甚至往回走到飯店前的斑馬線，是要回飯店，還是往車站找尋？無數把雨傘從呆立原地的步美身旁通過，這時，突然正面傳來一個聲音說道「不好意思」。

步美抬起臉，目光停在眼前的一把紅傘，以及位置比它矮上些許的黃傘。過了幾秒，他才感到驚訝。望著步美的人似乎也頗為吃驚，嘴脣微張。

是他的第一位委託人，平瀨愛美。

與藝人水城沙織會面後，在朝陽下離去的那名女子。

她感覺像是突然喚住步美，自己似乎有點不知所措，平瀨愛美發出一聲驚呼後，才朝步美跑來。「你會淋濕的。」她說，接著踮起腳尖，把自己的傘靠向步美。

她身旁站著一位小女孩，小女孩撐著黃傘。她斜斜地撐著這把像玩具般的小傘，抬頭望著平瀨愛美與步美。

「愛美姑姑，怎麼了？」她以尖細的聲音，像在撒嬌似的問道。

步美說不出話來。平瀨發現步美正望著那名少女，急忙說道「她是我姪女」。

「我人在國外的大哥大嫂，最近剛回國，就住在那家飯店裡，我今天來和他們一起吃飯。」

比起去年十一月和她見面時相比，她的聲音顯得沉穩許多。雖然一樣給人很沒自信的印象，不過先前她和步美說話，戰戰兢兢地說著敬語，此時則是一改原先的口吻。

她抬起視線望向前方的斑馬線，有兩人站在前方，似乎是她的大哥大嫂。他們已早一步走過斑馬線，一臉詫異的望著他們，等候妹妹跟上。

「你是那位使者對吧？」

平瀨語帶顧忌地問道。

從步美隔著濕髮望去的視線中，可以看出她的容貌在短短半年不到的時間裡，有了很大的改變。沒塗口紅的雙唇，泛著亮澤，兩頰顯得紅潤。

她那因詫異而睜大雙眼的姪女，抓著平瀨的裙襬，伸手想和姑姑牽手。

……因為那女孩可能想尋死。

之前出現在飯店房間裡的水城沙織，她說的話蓋過雨聲。緊接著下個瞬間，步美向平瀨反問一句：

「平瀨小姐，妳向我提出委託，覺得慶幸嗎？」

平瀨闔上嘴，似乎頗為驚訝。先前在委託的過程中，步美像是套上面具加以隱藏的內心，此時已經完全顯露。

步美感到迷惘。

使者究竟是什麼？死者為了在世者而存在，這樣對嗎？想和死者見面，根本就是單方面自私的想法吧？

她一定覺得我怎麼會說這種奇怪的話，不過，平瀨卻接受了步美這番話。她緊閉雙脣，沉默片刻後深深點頭。

「我覺得很慶幸。」

由於替步美撐傘，雨水打向平瀨的額頭。儘管強風吹拂，她的手臂仍保持原樣，筆直地伸向步美。

此時是什麼在支撐著她的手，只有她自己才知道。嵐美砂為何還能繼續演話劇，也是同樣的情形。

某人失去的生命，究竟是為了什麼而存在？存在於眼前，無從改變、無法擺脫的失落感，我們又該如何去面對？

儘管嵐悶悶不樂，但應該也是因為御園，她才能站上舞台。御園如果還活著，會如何看她？她大概心中一直很在意這位已故好友的目光，即便御園已不在人世，再也無緣與她相見。

此刻站在雨中的平瀨愛美心中，或許也有水城沙織的影子。偶像真的很了不起……她中心保有這句讚嘆，代替水城原本可能擁有的生命，認真地過日子。

或許這確實與消費某人的死是同樣的意思，是在世者的自我欺瞞。不過，也許每個人都需要處在死者的目光注視下。就如同不論身在何處，做什麼事，都覺得舉頭三尺有神明，有時會因此而決定一個人的行動。比起相信從未見過的神明感覺來得更真切，有個具體的身影，無時無刻都跟在自己身邊。

心裡想著「如果是他，會怎麼看呢？」甚至希望能被他們訓斥，以這樣的心情度日。

步美突然覺得眼前一片開闊，天空轉為湛藍。

原本覺得模糊的父母臉龐，就這樣浮現眼前，昔日和他們一起生活的屋子和庭院，常在家裡進出的祖母，那個時候……

一股想吶喊的衝動湧上喉頭，步美驚呼一聲，睜開眼，他突然有新的發現。關於自己對那個家的記憶，還有他自己所認識的父母。

「不介意的話，傘就借你用吧。飯店離這裡很近，我和這孩子同撐一把傘就夠了。」

平瀨愛美就像老朋友似的，對步美說道。她朝站在身旁的姪女蹲下身，姪女就像在同她嬉鬧般，喊了一聲「啊——」笑著扭動身軀，把傘拉至胸前。

「拜託啦，小千。」

平瀨也笑了。

「妳爸媽在等我們喔。」

看到她的表情，步美立即作出決定，從平瀨手中接過傘。他已經能毫不迷惘地說出心中想說的話。

「平瀨小姐，謝謝妳。」

「嗯。」

「今天能見到妳，真是太好了。」

步美朝怔怔地站在原地的平瀨點頭行了一禮，快步朝車站走去。

來到車站對面後，在他看到的第一家咖啡廳窗邊，找到了土谷。步美沾滿雨水的前髮，水滴流向鼻端，接著再滑入口中。

「土谷先生。」

他走進店內出聲叫喚，土谷聽到聲音後，緩緩抬起頭。他的任性，游移不決，與步美的心情頗為雷同。如果他真的不想被找到，只要回家就行了。他選了這家離飯店這麼近的咖啡廳，而且還坐在靠窗的座位，其實根本沒必要這麼做。

「你不能不去見她。」

步美焦急地說道，就算要動手打架也沒關係。他和步美一樣，都以害怕當藉口，猶豫不決，只會逃避，一樣即將感到後悔。

別再任性了！步美這句話有一半是對自己說。

「請您和她見面，拜託您。」

就算這只是為了在世者著想，留在世間的人還是有義務面對他人的死。就算是為了自己好，而利用已故的死者，日子還是一樣在過，無可奈何。

活在世上的人們，是如此無可救藥的任性，而這也是必然的結果。不管你是悲傷難過，或是不為所動，結果也都一樣。

13

時節邁入三月，中庭在陰雨的洗禮下，原本乾枯的樹木和草地都展現了活力。接連呈現枯黃色澤的地面，逐漸轉為濃密的褐色，取得充分的濕氣，以迎接全新季節的到來。天氣突然放晴，昨晚的雨就像沒下過似的。

「我們去散步吧。」

來到病房後，祖母對步美什麼也沒問。就只是說了這麼一句，邀他一起去中庭散步。關於後來成功帶土谷前去會面的事，昨晚步美已經打電話告訴祖母，當時祖母就只是在電話那頭低語一聲「這樣啊」。

叔叔嬸嬸今天傍晚會再來探望祖母。

今天在叔叔嬸嬸來的同一時間，舅公定之也會前來。步美和定之說好，今天等大家探望完祖母後，他要隨同定之回秋山家。最近他常對叔叔嬸嬸提到秋山家，以此作為他執行使者勤務，在飯店過夜時的藉口。

就叔叔他們來看，步美將接連兩天在外過夜，不過這次步美並沒說謊。他心想，自己今天將正式成為秋山家的一員，定之應該有話要對他說。

「……奶奶，妳之所以選中我，把使者的身分移交給我，是想讓我成為秋山家的一員對吧？」

中央的長椅沒人坐，那是先前步美與委託人見面交談的場所。他讓祖母坐下，從高處低頭望著她的臉，祖母以顏色變淡許多的雙瞳回望步美。

「這是我最近發現的事。」步美接著說，「因為我沒有父母，妳替我擔心，只要把使者的力量轉讓給我，這樣秋山家就不會棄我於不顧，日後不管怎樣，他們都會助我一臂之力。妳想讓我和他們保有這樣的關係，所以才挑選我當使者，對吧？」

祖母沉默不語，她顯得很不積極，就如同無視於他的存在般，就只是望著腳下綻放的小花。水藍色的阿拉伯婆婆納，沒被昨夜的雨給淋塝，依然朝天空綻放嬌小的花瓣。

就像當初祖母出嫁時，她的哥哥讓她擁有這個能力一樣。定之為她設想，想讓她成為自己名正言順的家人，而祖母也希望自己的孫子能有富裕的秋山家在一旁保護。

「如果是我誤會了，我先向妳道歉。」步美先做此聲明，

「奶奶，妳也曾經把力量傳給我爸爸對吧？」祖母的臉為之一震，她挺直腰桿，望著不再出聲的步美。步美心想，果然不出我所料。

這次非得提到最尷尬的話題不可了，這個預感重重壓向步美胸口。他祈禱自己盡可能用冷靜的聲音說話，以此向祖母說明。

「……奶奶，妳給我的那本使者指導手冊，因為很老舊，所以令人在意。裡頭有些不是妳寫的字，我曾經看過那個字跡。」

那以片假名居多的文字，筆跡看起來明顯比祖母還要年輕。

是父親的字。叔叔家收藏有父親用過的文件、書本、遺物，上頭的文字與指導手冊裡的文字很相似。那本手冊交到步美手上，已經算是第二代。

祖母為何將使者的身分轉讓給父親，步美很清楚原因。

父親與祖父疏遠，後來還斷絕父子關係，就此離家，想必祖母是替兒子擔心吧。儘管父親自

由業的工作後來已逐漸上了軌道，但是就祖母那個時代的人來說，在經濟方面應該還是會不放心才對，而且步美的母親一直無法和公公見面。

既然這樣，至少也希望娘家秋山家的人可以保護自己的兒子和他一家人。

「都是我害的。」

不久，祖母這麼說。

那虛弱無力，幾乎快聽不見的聲音，與她平日的形象很不相稱，一股悶痛在步美胸中擴散開來。他一方面心想，可以不用再說下去了，但另一方面又想繼續聽下去，想知道更多。他未加以阻止。

感覺祖母的身影陡然萎縮許多。

「你說得對，我把使者的能力轉讓給你父親，並告訴他，關於這項能力以及他的職責絕不能跟任何人說，包括家人在內。就像當初我出嫁時，我父親和大哥對我說的那樣。」

「……嗯。」

步美的父母過世前，父親疑似有外遇。

命案現場，父親的手提包攤在地上，完全敞開，母親的模樣則像是在偷看手提包內。而就在那一陣子，父親傳出不好的傳聞。例如有人曾在某家飯店目睹他與某個女子獨處，雖然他說是工作，但顯然很令人懷疑。

那該不會是在品川飯店裡發生的事吧？月亮與鏡子間的光之通道，使者的工作地點。

「都是我不好，那孩子應該跟香澄把事情說清楚才對。要是能事先向她說明使者所扮演的角色，就不會發生那種事。不會被香澄誤會，也不會就此雙雙喪命。」

「奶奶，告訴我。」

祖母的聲音顫抖，帶有些許感傷。步美進一步問：

「命案現場，爸爸的手提包敞開，裡頭的東西散落一地。例如手機、錢包。當中其實也有那面鏡子對吧？」

今後祖母將交接給步美的那面青銅鏡。

鏡子持有者以外的人要是偷看，將連同持有者也一併喪命。母親喉嚨破裂，父親咬舌自盡，這些都是步美聽人說的。但這種不自然的死法，他至今仍無法理解。

連叔叔也說，就算是自殺，用咬舌的方式未免也太奇怪了。

那應該不是自殺命案，而是意外事故。

會不會是母親偷看父親的鏡子，而引發不幸的結果呢？

祖母眼皮末端連在一起的雙眼，此時瞇成一道細縫，變得扭曲。眼中開始蒙上一層淚膜，儘管已經覆滿眼皮底下，祖母仍不伸手擦拭。遲遲不溢出的水滴，一直卡在她的眼眶裡打轉。

「有，」祖母回答：「我發現他們兩人時，它就擺在桌上。我馬上便明白發生了什麼事，把鏡子藏起來的人也是我。」

都是我害的……祖母不斷重複同樣的話。

「我不能再把別人捲進來了，我當場與失去持有人的鏡子訂立契約，再度從那孩子那裡取回使者的能力。」

都是我害的，都是我害的。

就像故障的機械般，不斷發出聲音，卻又不是要放給誰聽，不知這當中暗藏了多深的懊悔。她又說了句「當初我真應該讓他講清楚的」。

「亮和香澄的感情一直都很好，既然這樣，當初就應該不要藏著祕密，打從一開始就全部跟香澄講明白才對。等到被懷疑後才發生那種事，實在太不幸了。我不知道究竟發生什麼事，不過，他們兩人一定都很痛苦。」

步美試著想像。

母親懷疑父親有外遇，想查探他的手提包，尋找證據，因而打開手提包，發現那面鏡子。就在她往內窺望時，悲劇就此降臨兩人身上。母親喉嚨破裂，父親咬舌，就這樣意外死去，鏡子將它的持有人歸為一張白紙。

「我一直覺得，日後一定要找機會告訴你才行。」

那是使勁從內心絞出的聲音，祖母身子微微顫抖，轉頭望向步美。

要直視她的臉，是很痛苦的一件事。打從決定將使者的身分轉讓給步美的時候起，祖母便打算坦白告訴步美自己所應負的責任，她老早就有這樣的覺悟。一想到這裡，步美又感到心痛了起來。祖母和她的娘家秋山家，一直都對步美充滿慈愛。多虧有他們，步美幾乎從不覺得自己是個不幸的人。

「奶奶。」

步美柔聲叫喚，當他把手搭在祖母顫抖的肩上時，不禁覺得，自己什麼時候長這麼大了？小時候，總是牽著他的手，得抬頭仰望才看得到的祖母，是那麼的高大，但現在步美早已比她還高。

他深吸一口氣。

他仰望清澄的藍天，想起自己昨晚呆立在大雨滂沱的馬路上時，突然感覺眼前出現開闊的藍天。

當時他確實看到了父母的臉，憶起昔日和他們共同生活的那個家，步美自己所知道的父母。沒有任何事可以確定。或許見面後，全部都會明白，也許步美的父母也在等他提出見面的要求。

這或許是傲慢、驕縱的想法，不過，他希望死者所擁有的故事，能對留在陽世間的人們有所助益。

死者為了活人而存在，這樣好嗎？

先前他問祖母的話，此時又回到自己身上。如果是以前的步美，一定會感到迷惘，其實現在也同樣迷惘。不過，倘若是為了讓眼前的祖母不再顫抖，不管事實是如何都無所謂。

死者就是為了留在世間的活人而存在。

「……我認為，爸爸應該向媽媽說過自己是使者的事。」

祖母臉上表情頓時停住，她眨了眨眼，靜靜望著步美的臉。

步美確認，這句話只有他能說，而且這也是事實。

「儘管奶奶向爸爸下封口令，但爸爸應該還是告訴了媽媽，而且一定很早就說了，媽媽應該是不會懷疑他才對。」

「如果是這樣，又為什麼會……」

「我不知道爸爸向媽媽說了多少，也許他只是提醒媽媽絕不能看，而沒提到偷看鏡子就會死這件事。」

先前在一旁看著祖母召喚出鍬本輝子時，聽祖母提到「喪命」這個強烈的字眼，步美不禁感到腳底發冷，也許父親不想讓母親感受到這種恐懼，只要自己保管妥當就不會有事。況且，母親也不會擅自取出那面鏡子。

若是這樣，他們兩人之間存在著一種無可撼動的信賴關係。他們不會懷疑彼此，兩人是在信賴關係下結合。

「媽媽可能是在得知使者的事情後，想代替爸爸來使用那面鏡子。她一定知道，使者無法召喚自己想見的人。」

祖母發出一聲驚呼，恍然大悟的驚奇之色在她臉上擴散。因大受震撼而表情僵硬的祖母，張開了嘴。

「你爺爺……」

她雙唇顫動發出的聲音，是對步美以外的其他人發出，她望著空中的雙眼，閃爍著白光。

步美發現，他似乎已經不必再多說，於是默默點頭。

他的父母雙亡，是與父親感情不睦的祖父過世後半年的事。

看著父親意志消沉的模樣，母親一定很心痛，因而想替他想想辦法。父親與祖父之所以會父子決裂，與母親結婚也是原因之一。母親一定對父親和祖父感到很歉疚，如果有辦法讓他們見面，她一定很想這麼做。

「媽媽她想做的事，應該和奶奶一樣。就像當初妳讓定之舅公和你們的母親見面一樣，我媽也想讓爸爸完成心願。」

這是步美知道的父母真實的一面，不是他們喪命後，人們所謠傳的那樣，而是父母生前在他心中的形象。

死亡的事實無法改變，失去的事物依舊無法重拾，不過他的父母並未彼此猜疑。倒不如說，就是因為相互信賴，才會有這樣的陰錯陽差，引發不幸。

發現屍體時，父親緊握著母親的手，就像要留住她，不讓她離自己遠去般。

祖母早已淚眼漣漣。流著淚的臉部皺紋，更加深邃、清楚地浮現出線條。她伸手掩面，旋即有一陣嗚咽聲從她十指併攏的掌中逸洩而出。

步美輕撫著她的背，雙脣緊抿，手中使勁。真相究竟為何，他不知道。但在步美心中，這就是事實。

爸爸，是這樣沒錯吧？

他抬眼仰望，從樹叢間透射而下的光線，像點點雨粒般，光華熠熠。他瞇起雙眼後，陽光變得細長。猶如填滿步美幼時記憶中的景象一般，耀眼的黃光將視野兩端串連在一起。

當步美說出自己決定不和父母見面時，祖母先是一陣沉默，接著才說了一句「這樣啊」。她已經停止哭泣，瘦削凹陷的兩頰因淚水而顯得蒼白，但感覺得出舒服的溫熱。

「奶奶，妳覺得以後我什麼時候和妳見面適合呢？」

步美接著說，祖母頓時停止眨眼，側面定住不動。由於這時對望會覺得尷尬，步美索性一口氣把話說完。

「雖然那是很久以後的事，不過，日後我要是把使者的能力轉讓給別人，我會拜託對方讓我和奶奶見面。只是，到時候我可能也是個步履蹣跚的老頭子了。」

「我可沒有步履蹣跚哦。」

祖母又恢復成平時冷淡的口吻。

「只是比喻啦。」步美回答。

「我決定要和奶奶見面，我先跟妳預約了，在那之前，妳可別跟其他人見面哦。」

「這麼重要的機會，怎麼能用在我身上呢。你的人生才正要開始，根本還什麼都不懂。你會結婚生子，今後可忙著呢，到時候你就不會想到我了。」

「就算是這樣，我現在還是要選妳。」

不知道祖母剛才那番毒舌的話語，是不是在掩飾自己的難為情。不過，步美還是覺得好笑，忍不住笑了起來。

「不過，我上了年紀之後和奶奶見面，這證明我的人生過得很平順，所以妳要等我喔。」

「……嗯。」

「和叔叔他們一起生活，我很快樂。」

儘管明白現在講這種話有點奇怪，但我覺得還是非說不可。

「因為我的家人只有奶奶和叔叔一家，這是再普通不過的事了，所以我現在沒必要委託奶奶讓我和任何人見面。」

「我明白了。」

祖母的回答還是一樣冷淡，步美望著她的臉，心想，她還是老樣子。

當初知道自己父母雙亡，始終有一些口無遮攔的謠言在自己四周流傳時，步美大感錯愕，不知如何自處。每次有人在背地裡竊竊私語，步美便無法抬頭挺胸，就像時時都得抱持著愧對某人的心態度日般，那毫無根據的罪惡感，幾欲一把攫獲步美的身心。

當時留住步美慌亂的心，讓他能有今日的，是祖母的一句話。

那時候是因為什麼原因而一同外出，步美已不記得，大概是出門買東西吧。和祖母兩人一同返家時，他們坐上公車。車內有名女子抱著小嬰兒，嬰兒有隻鞋從女子的臂彎中掉落。步美向前撿起，遞給對方，並說了一句「這是您的」，後來女子請步美幫小嬰兒把鞋穿上。

女子向步美道謝，接著望向祖母誇讚「您的孫子真可愛」，也許另外還誇他很有禮貌之類的。

祖母聞言後，很開心地回應：

「他是我內孫，不是外孫，是內孫哦。」

當時步美還不懂內孫與外孫的分別，不過，第一次聽到這個名詞，他覺得很新鮮，在他明白這個字的含義之前，他心中一直牢記此事。

內孫這個字，表示祖母連同步美的父母也一併認同。

「以前爺爺曾向人誇耀過你的事呢。」

祖母突然冒出這句話。就像之前一直忘了此事似的，顯得很唐突。

「幼稚園時，你不是有幅畫登在報紙上嗎？」

「……嗯。」

當時畫的是煎蛋飯糰，他的爸媽也都圍在報紙前看那幅畫。

「你爺爺向他的棋友炫耀那幅畫，對方明明就已經誇你很厲害了，但你爺爺就像還要對方再多說一點似的，一再拿給對方看，不斷強調。說你不是他的外孫，是內孫。」

腦後有一陣暖風吹過，祖母接受步美的目光注視，眼角浮現幾道魚尾紋，接著說：

「我猜，他當時沒注意到我正在看他，這個人就是這麼不坦率。他現在在另一個世界，可能被亮和香澄他們當成討厭的老頭呢。」

「這樣啊。」

自己的父母是否知道這件事，祖母是否告訴過他們，步美覺得用不著問。祖母在自己丈夫的影響下，曾在公車上這麼稱呼自己的孫子，就跟她丈夫一樣，這件事她或許已經不記得。可能也不曾憶起。

不過這樣也沒關係，因為步美還記得。

「你要抽手也可以喔。」

祖母突然說，以無比認真的眼神望著步美。

「如果要移交使者這項工作，我確實認為你是最適合的人選。一來是關於你父母的事，我想先告訴你，二來，你成為使者後，秋山家的人也會助你一臂之力……不過，就算你要抽手也沒關係。」

「沒關係的，我願意。」

步美回答得很乾脆，連他自己都感到意外。祖母什麼也沒說，就只是靜靜望著步美，像在等他回答般。

「我願意做。」

步美再次說。

與之前第一次在祖母的病房表示同意的時候相比，這次他已經能按照自己的心意來回答。祖母鬆開緊抿的下脣，似乎有話要說，但最後只是點了點頭。

「那我們開始吧。」

祖母悄悄從病人袍的下襬取出裝有青銅鏡的那只包袱，令步美大吃一驚。

此時還日正當中，而且是在人來人往的醫院中庭。

「在這種地方沒關係嗎？」步美問，祖母神色自若地應道「沒關係」。

「沒人規定它得多鄭重其事才行。」

她將鏡子連同紫色包巾一起遞給步美，以溫柔的聲音加以引導，「放在手上。」

「等你繼承後，詳細的交接做法我會再教你。現在你先閉上眼睛，等我說好才能睜開。」

步美緩緩讓祖母的手掌搭在自己的手上，彼此默不作聲。

闔上眼後，剛才還看到的藍天殘影仍烙印在眼中。

在步美繼承的瞬間，他感覺到自己置身在一處溫暖的場所，就算閉上眼睛也感受得到光的存在，而今天就是那關鍵的日子，彷彿有人為他獻上祝福。

手中隔著鏡子，感覺祖母的手愈來愈熱。

「現在要抽手還來得及喔。」

那不帶任何情感的聲音，不知道說的是否為真心話。不過，祖母的語氣中似乎帶有些許興奮，而且微帶笑意。

「你不後悔？」

「都這個時候了，哪還會後悔啊。」

「說得也是。」

在緊閉的眼皮外，感覺得到黃色、紅色、橘色的太陽，甚至連阻隔眼睛與空氣的眼皮薄度，也都清楚感覺得到。步美豎耳聆聽，等候祖母下達指示。

睜開眼睛吧！耳邊傳來了這聲呼喚。

國家圖書館出版品預行編目資料

使者／辻村深月著；高詹燦 譯．-- 初版．-- 臺北市
：皇冠，2012.11[民101].
面；公分．--（皇冠叢書；第4267種）(大賞;063)
譯自：ツナグ
ISBN 978-957-33-2948-0(平裝)

861.57　　101020960

皇冠叢書第4267種

大賞｜063

使者

ツナグ

作　者—辻村深月
譯　者—高詹燦
發 行 人—平雲
出版發行—皇冠文化出版有限公司
台北市敦化北路120巷50號
電話◎02-27168888
郵撥帳號◎15261516號
皇冠出版社（香港）有限公司
香港上環文咸東街50號寶恒商業中心
23樓2301-3室
電話◎2529-1778　傳真◎2527-0904
責任主編—盧春旭
美術設計—王瓊瑤
著作完成日期—2010年10月
初版一刷日期—2012年11月
初版四刷日期—2019年12月
法律顧問—王惠光律師

讀者服務傳真專線◎02-27150507
電腦編號◎506063
ISBN◎978-957-33-2948-0
Printed in Taiwan
本書定價◎新台幣280元／港幣93元